Vina Jackson est le pseudonyme de deux écrivains établis. L'un d'eux est un auteur à succès, l'autre publie ses ouvrages tout en travaillant à la City.

Du même auteur, chez Milady Romantica :

1. *80 Notes de jaune*
2. *80 Notes de bleu*
3. *80 Notes de rouge*
4. *80 Notes ambrées*
5. *80 Notes de blanc*
6. *80 Notes de nuit*

CE LIVRE EST ÉGALEMENT DISPONIBLE
AU FORMAT NUMÉRIQUE

www.milady.fr

Vina Jackson

80 Notes de blanc

Traduit de l'anglais (Grande-Bretagne) par Angéla Morelli

MILADY ROMANTICA

Milady est un label des éditions Bragelonne

Titre original : *Eighty Days White*
Copyright © 2013 by Vina Jackson

Suivi d'un extrait de : *Mistress of Night and Dawn*
Copyright © 2013 by Vina Jackson

© Bragelonne 2014, pour la présente traduction

ISBN : 978-2-8112-1271-1

Bragelonne – Milady
60-62, rue d'Hauteville – 75010 Paris

E-mail : info@milady.fr
Site Internet : www.milady.fr

Remerciements

Écrire et publier la série « 80 notes » a été une aventure exaltante dès le moment où les deux auteurs qui allaient devenir Vina Jackson se sont rencontrés de manière totalement fortuite dans un train en direction de l'est.

De nombreuses personnes doivent être remerciées pour leur contribution, leur aide, leur soutien et leur confiance. Nous commençons évidemment par notre redoutable agent, Sarah Such, de l'agence littéraire du même nom ; nos éditeurs chez Orion, Jon Wood et Jemima Forrester ; notre représentante des droits à l'étranger, Rosie Buckman ; et les divers éditeurs étrangers qui nous ont traduits. Ils ont tous contribué à paver notre route vers la liste des best-sellers, et rien ne serait arrivé sans eux.

Un grand nombre d'amis, de partenaires, d'ex-partenaires, de membres de la famille plus ou moins proche nous ont inspirés pour écrire « 80 notes », mais nous ne pouvons pas les nommer puisque, à ce stade de l'aventure, nos éditeurs pensent que nous devons garder intact le voile de mystère autour de nos identités respectives. Qu'ils sachent cependant qu'ils nous ont beaucoup aidés. Vous vous reconnaîtrez !

Une moitié de Vina Jackson doit une fière chandelle à son gentil employeur qui lui a facilité le travail ; à Gideon K. de

Black Hay, pour son encouragement artistique et musical ; à Kaurna Cronin, une musicienne de rue qui ne sait pas que Vina est tombée sur elle un matin ensoleillé à Berlin pendant qu'elle faisait ses recherches pour *80 Notes de rouge* et qu'elle s'est arrêtée pour écouter son incroyable reprise de *I'm on Fire* de Springsteen ; à Scarlett French pour Florence et les bottes cavalières ; à Garth Knight pour ses images très inspirantes de «forêts enchantées» ; à Matt Christie pour ses photos ; au site Sacred Pleasures pour l'aide et les conseils techniques ; à Ella Vakkasova qui a vérifié la géographie à Kreuzberg et nous a recommandé le café *Matilda* ; et enfin, à Verde & Co à Spitalfields, qui nous a fourni un coin tranquille et les meilleurs cappuccinos de Londres.

L'autre moitié de Vina Jackson souhaite remercier Kristina Lloyd qui a vérifié pour nous notre connaissance de la topographie de Brighton ainsi que Richard Kadrey, auteur de la splendide série «Sandman Slim» et grand photographe fétichiste qui nous a donné sans le savoir l'idée d'utiliser la *Maison des poupées en bambou* que nous avons transférée à son insu de Los Angeles à San Francisco, et transformée par la même occasion.

Il est temps pour nous de quitter Summer, Dominik, Lauralynn, Luba, Chey, Lily, Liana, Leroy, Elle, Grayson, Viggo, Dagur, Neil et tous les autres, qui nous sont chers. Mais «80 notes» sera vite de retour avec de nouveaux personnages, encore plus intéressants.

1

La fille au tatouage
en forme de larme

Si j'avais su ce qu'il signifiait, je n'aurais pas choisi ce tatouage. Mais lorsque j'ai découvert son sens il était trop tard, et j'étais déjà, pour mes amis comme pour les inconnus, la fille au tatouage en forme de larme.

Je rêvais de me faire tatouer depuis des années. Je savais que c'était inévitable – comme avoir un job et peut-être tomber amoureuse un jour. Il suffisait juste d'attendre que le temps passe jusqu'à ce que ce jour arrive enfin. J'avais plus de certitude à propos de ce tatouage qu'à propos d'un éventuel boulot après l'université, ou de la rencontre de l'amour.

Une fois Neil disparu, Liana et moi nous sommes trouvées toutes seules devant la porte patinée, innocemment blotties entre une flopée de boutiques, de fripes et de cafés, et j'ai su que l'heure avait sonné. Sur le trottoir, devant la boutique, une simple enseigne sur laquelle le mot « Tatoueur » était écrit en italiques noires sur fond blanc.

J'avais déjà traîné dans le coin auparavant. J'avais même eu le courage de pousser la porte à plusieurs reprises, mais sans jamais oser aller plus avant. J'avais imaginé à de nombreuses reprises que j'entrais, feuilletais des tonnes de catalogues avant de trouver le dessin qui me convenait le mieux, puis m'étendais sur le fauteuil et me faisais tatouer. Mais j'avais toujours reculé au dernier moment ; j'étais persuadée que les jeunes, tatoués et cool, qui dirigeaient sans doute la boutique se moqueraient ouvertement de quelqu'un comme moi, qui étais l'incarnation parfaite de la fille sage.

—Allez, viens, a dit Liana.

Elle m'a dépassée et est entrée. Elle avait toujours été l'intrépide de notre duo et elle n'avait pas une once de mésestime d'elle, contrairement à moi qui portais ce sentiment comme une seconde peau dont je n'arrivais pas à me débarrasser.

La porte s'ouvrait sur une volée de marches en béton brut, dont la peinture rouge s'écaillait. La rambarde, sur la gauche, avait la lourdeur épaisse d'une canalisation, comme si on l'avait dérobée dans un entrepôt de plomberie. Je l'ai saisie avec une certaine prudence, comme si c'était la ligne de vie qui allait me mener de celle que j'étais à celle que je voulais être, et j'ai gravi l'escalier derrière Liana.

À l'étage, on a débouché sur un studio aux murs écarlates décorés de photos de membres tatoués, de dessins et de posters de vieux groupes de heavy metal et de rock. La photo abîmée de Jimmy Page et de Robert Plant, guitare à la main, m'a réchauffé le cœur. Celui qui s'était chargé de la déco avait bon goût.

Le tatoueur ne nous a pas prêté attention. Nous avons patienté devant le comptoir pendant quelques minutes, puis Liana a toussoté, et il a fini par se présenter. Il s'appelait Jonah. Originaire de Nouvelle-Zélande, il possédait ce studio depuis une quinzaine d'années, a-t-il expliqué à mon amie, qui tentait de le charmer en le faisant parler.

Jonah était chauve et entièrement vêtu de cuir, à l'exception de l'épaisse ceinture en métal qui a tinté lorsqu'il s'est levé. Ses bras étaient couverts de tatouages des phalanges aux épaules, que sa veste découvrait.

— Vous avez bu ? a-t-il demandé en nous dévisageant, soupçonneux.

— Certainement pas ! s'est exclamée Liana. On a pris juste un verre pour se donner du courage. Ça fait des années qu'on veut se faire tatouer.

— Vous avez une pièce d'identité ?

Derrière une porte latérale, j'entendais le bruit étouffé d'une bouilloire à l'ancienne. La porte s'est ouverte brutalement, poussée par un autre homme. Il était beaucoup plus jeune, guère plus d'une vingtaine d'années, et il aurait pu être le fils de Jonah.

Ils avaient la même bouche. Une bouche comme celle de Mick Jagger, tellement pulpeuse que j'avais du mal à décider si c'était séduisant ou pas. Quoi qu'il en soit, ça leur donnait à tous les deux l'air un peu louche que Liana adorait, et qui me mettait mal à l'aise. Le jeune homme s'est appuyé contre l'encadrement de la porte et a commencé à se rouler une cigarette, faisant courir sa langue sur le papier sans quitter Liana des yeux.

— Oh, c'est bon, Jo ! a-t-il dit. Ces deux jeunes filles ont l'air très raisonnables. Ne sois pas vache. Si elles ont la thune, elles ont le tatouage.

Liana lui a souri, admirative.

Jonah a ricané.

— Pas de papiers, pas de tatouage. Je n'ai pas le temps de gérer des parents furax. (Puis il a jeté un vague coup d'œil à nos cartes d'étudiantes.) Vous savez ce que vous voulez ? a-t-il demandé.

Nous étions majeures toutes les deux et nous n'avions qu'un mois d'écart : Liana était du 21 mai et moi du 21 juin. Une paire de Gémeaux, aux deux extrémités du signe. Si l'on en croyait la mère de Liana, qui était un peu hippie sur les bords, cela expliquait pourquoi nous étions amies.

— Oui. On veut la même chose toutes les deux.

Jonah a haussé un sourcil, comme pour suggérer que cette réponse était un signe supplémentaire de notre stupidité.

Mon amie s'est immédiatement portée volontaire pour passer en premier et elle m'a fait un clin d'œil en disparaissant derrière le rideau qui séparait l'espace tatouage du reste du studio. Sa longue jupe tourbillonnait autour de ses jambes quand elle marchait, dévoilant ses chevilles fines. Elle était naturellement si mince qu'elle en était presque maigre et elle aimait les vêtements amples, un peu gitans, qui rappelaient à Neil les rideaux de sa grand-mère, mais elle se déplaçait avec une assurance qui lui conférait un charme que n'avaient pas ses traits.

Sa silhouette était manifestement au goût du rouleur de cigarette, qui n'a pas fait le moindre effort pour cacher son intérêt lorsqu'elle a traversé la pièce.

— Je m'appelle Nick, a-t-il annoncé, les yeux toujours fixés sur l'endroit où se tenait Liana un instant auparavant, comme si je n'existais pas.

— Lily, ai-je répondu à mi-voix.

— Joli nom, a-t-il commenté d'un ton désintéressé.

Je n'ai pas répondu.

Je détestais mon nom. C'était une preuve supplémentaire de mon statut de bonne petite fille riche. Saine, ennuyeuse et pratiquement vierge. S'ils tenaient tant que cela à me donner un prénom démodé, mes parents auraient pu au moins en choisir un dont le diminutif soit désinvolte et je-m'en-foutiste, comme Jo ou Jac.

Nick a allumé sa cigarette et exhalé de la fumée. J'ai retenu mon souffle ; pas question de lui donner la joie de me faire tousser.

Nous n'avons pas échangé un seul mot jusqu'à ce que Liana ait fini. Je me suis précipitée derrière le rideau après elle. J'étais pressée d'en finir, de peur de changer d'avis.

— Voyons voir, ai-je entendu Nick dire à Liana.

Elle a gloussé. Je l'ai imaginée en train de relever sa jupe beaucoup plus haut que nécessaire et de tendre la jambe pour dévoiler sa peau nue, que Nick caresserait légèrement.

— La même chose pour toi ? a demandé Jonah sans me regarder.

Il était penché sur des instruments disposés sur un plateau en métal et préparait une aiguille neuve.

— Non.

— Non ?

Il a levé les yeux vers moi, un léger sourire sur ses lèvres épaisses.

— Je croyais que vous y pensiez depuis des années.

— Je veux autre chose.

J'en avais soudain plein le dos de faire ce qu'on attendait de moi. Même si j'aimais beaucoup Liana.

— Tu es sûre de toi ? a-t-il répondu lorsque je lui ai expliqué ce que je voulais.

L'idée m'était venue quelques instants auparavant, alors que je jetais un dernier coup d'œil aux photos avant de franchir le rideau.

— Absolument, ai-je rétorqué.

— Comme tu veux.

Il a fait un geste vers le fauteuil à ses côtés, et je me suis installé. J'ai brièvement envisagé de lui demander un antalgique ou un anesthésiant, comme chez le dentiste. Mais j'ai pensé que, même si Jonah avait ça en stock, il aurait ricané en entendant ma demande. Et puis je ne voulais pas paraître faible et indécise, ou manquer un seul instant de l'expérience. Le tatouage serait si petit que je ne sentirais rien d'autre qu'une piqûre de moustique, intense et ennuyeuse.

J'avais tort.

J'ai failli crier quand l'aiguille a percé ma peau et j'ai agrippé violemment les accoudoirs du fauteuil. La douleur a irradié ma joue, puis ma mâchoire, gagnant même les terminaisons nerveuses au bout de mes doigts, qui se sont agités. J'avais l'impression d'être une grenouille qui aurait été électrifiée avant de se retrouver sur la table de dissection d'élèves moqueurs. Mon imagination galopait déjà.

J'ai fermé les yeux.

Juste au moment où la douleur s'estompait un peu, ou peut-être étais-je en train de m'habituer, la deuxième morsure de l'aiguille m'a frappée. J'ai inspiré brusquement, et les odeurs du salon m'ont assaillie : des produits chimiques non identifiables, la fragrance sèche de toute la poussière invisible en suspension, l'odeur masculine de Jonah penché sur moi, son vieux veston en cuir, la vieille fumée de cigarette mêlée à celle plus récente et même le parfum bon marché de Liana, alors qu'elle attendait de l'autre côté du rideau, choyant sa cheville et son nouveau tatouage, et sans aucun doute flirtant avec Nick.

Le bruit étouffé de l'instrument de Nick s'est lentement estompé, et mon cerveau a finalement enregistré ce qui se passait, mettant de côté la sensation, isolant la douleur jusqu'à ce qu'elle appartienne à une autre dimension, à des kilomètres de là, sans aucun rapport avec moi.

—Comment ça se passe, ma chérie? a crié Liana.

Je suis sortie de ma transe et suis revenue brusquement à la réalité.

—Euh… bien, je crois, ai-je marmonné.

Jonah a reculé pour contempler son œuvre.

—C'est presque fini. Il ne reste plus qu'à la remplir.

—En noir, s'il vous plaît. Pas en bleu. Je ne veux pas de bleu.

—J'avais entendu la première fois.

Du coin de l'œil, je l'ai vu prendre une autre aiguille et la glisser dans son pistolet. J'ai inspiré profondément lorsque sa main lourde s'est de nouveau posée sous mon œil gauche, à quelques centimètres de mon champ de vision.

Cette fois-ci, la douleur n'a pas été aussi intense. Diffuse, voire apaisante. Presque agréable.

J'avais toujours aimé me rendre chez le médecin et chez le dentiste, et c'était presque la même chose. J'étais détendue sur le fauteuil et je laissais un spécialiste s'occuper de moi, ce qui me rassurait. Le décor spartiate qui m'entourait était curieusement réconfortant, de même que l'éclat froid des instruments stériles, les mouvements précis et méthodiques de Jonah. La caresse de ses doigts gantés était aussi douce que le frôlement d'un insecte sur ma joue.

Une fois passé le choc et la brûlure initiaux, ce n'était pas aussi affreux que ce à quoi je m'attendais. J'étais sur un nuage. Jonah s'affairait, les yeux à quelques centimètres des miens, chaque pore de ses joues couperosées grossi par la faible distance, les traits déformés comme par un miroir dans une fête foraine. L'homme qui me marquait à jamais ressemblait à une caricature dans un dessin animé.

—Je vais acheter des clopes, j'en ai pour deux minutes. D'accord ? a crié Liana.

J'ai entendu le carillon de la porte.

—Je n'en ai plus pour longtemps, a dit Jonah en essuyant doucement l'endroit tatoué.

Le nettoyage. L'odeur âcre du désinfectant a assailli mes narines, forte et puissante.

La douleur n'était plus qu'un lointain souvenir, une chaleur diffuse qui faisait toujours vibrer mes sens légèrement ivres. Mais je me sentais plus sobre que jamais. Je l'avais fait ! Je m'étais fait tatouer !

Une vague d'appréhension m'a parcourue en pensant à la réaction de mes parents. Mais je savais que c'était exactement pour cela que je l'avais fait. C'était pour cela que, sur un coup de tête, j'avais proposé à Liana de venir nous faire tatouer ici alors que nous nous baladions dans le quartier commerçant de Brighton après avoir célébré la fin du semestre tout l'après-midi.

J'en avais ras-le-bol d'être Lily, la provinciale, la fille dévouée mais rasoir. Je voulais me démarquer, être différente. Faire quelque chose à laquelle personne ne s'attendait pour une fois.

— Et voilà, a dit Jonah en me tendant un miroir.

J'ai ouvert les yeux.

C'était parfait.

Une minuscule larme glissait sous mon œil gauche, auquel elle était liée par un fin trait noir.

Noir profond sur ma peau blanche.

Je ne ressemblais plus à « Blanche-Neige », le surnom dont mes parents et ma famille m'avaient gentiment affublée jusqu'à mes douze ans, âge où je m'étais révoltée contre cette appellation une bonne fois pour toutes. Plus personne ne l'avait utilisée. Je haïssais les films de Walt Disney.

— C'est magnifique, ai-je dit, pendant que Jonah badigeonnait le tatouage de crème, puis le recouvrait de plastique transparent.

— J'espère que tu seras toujours du même avis dans vingt ans.

J'ai ramassé mes affaires et quitté la boutique.

Liana et Nick fumaient, debout sur le trottoir, le regard rêveusement tourné vers la mer.

— J'ai fini, ai-je annoncé.

Liana a levé les yeux vers moi.

— Putain de merde! s'est-elle écriée. Tu t'es fait tatouer le visage! (Elle a plissé les yeux pour y voir plus distinctement.) Qu'est-ce que tu as foutu, Lily?

— J'ai changé d'avis. Je voulais quelque chose de différent.

Nick a souri de toutes ses dents, approbateur, et a sifflé.

— J'étais certain que tu étais surprenante, a-t-il ajouté.

— C'est pas vrai…, a soupiré Liana. Je croyais qu'on avait décidé de se faire faire le même.

Elle a tendu la jambe et a désigné le petit papillon coloré sur le côté de sa cheville, décelable mais déformé par la protection plastique.

J'ai souri.

Peut-être que demain je me ferais couper les cheveux. Je laisserais enfin s'exprimer mon nouveau moi. Mes cheveux étaient déjà noirs comme la nuit : au moins n'aurais-je pas besoin de les teindre.

— Tu es complètement dingue!

Je ne l'avais pas toujours été. En réalité, si vous aviez posé la question à quiconque m'avait connue avant que je fréquente l'université du Sussex, on vous aurait répondu que j'étais inintéressante. Classe moyenne, parents respectables, maison avec jardin et animaux domestiques, une chambre rien qu'à moi et tout le tintouin. J'avais grandi dans un environnement heureux, bien qu'étriqué, et je n'ai commencé à remettre tout cela en question que lorsque j'ai quitté la maison. J'ai commencé par me poser des questions sur des détails, puis sur des choses plus importantes. Et une fois les graines du doute semées dans mon esprit, elles ont germé…

Lorsque je pensais à la vie de ma mère – elle avait abandonné sa carrière pour me mettre au monde puis avait rempli son existence de couches, de trajets vers l'école et d'arrachage de mauvaises herbes dans notre jardin clos – une partie de moi se recroquevillait, apeurée. La vie n'avait-elle rien d'autre à offrir ? J'avais eu quelques petits copains et je m'étais débarrassée de ma virginité à dix-sept ans avec un gentil garçon dont je n'étais pas amoureuse mais qui avait le mérite d'être là, et j'avais donc joué le jeu. Les relations sexuelles avec lui étaient sympas sans plus, mais je savais que ce serait mieux un jour. Cependant, j'étais certaine qu'il me manquait quelque chose. Quelque chose d'important. Je ne savais cependant pas de quoi il s'agissait.

Je n'étais pas une rebelle ; je n'avais aucune cause à défendre. Pour toute révolte, je m'étais contentée de décorer les murs de ma chambre de posters de groupes de heavy metal. Je me sentais étrangement inspirée par les images violentes d'Alice Cooper et de Kiss, même si j'étais consciente que ma révolte musicale avait vingt ans de retard et que mes héros étaient devenus vieux et respectables. Je me contentais surtout de me laisser porter.

J'ai rencontré Liana le premier jour de fac. Nous étions toutes deux assises à la même table à la cafétéria des étudiants.

Toutes deux loin de chez nous pour la première fois de notre vie, nous cherchions nos marques et n'étions pas encore intégrées. Nous étions deux outsiders et nous nous ressemblions, même si ses cheveux étaient châtains et les miens noirs, et qu'elle soit plus grande et plus mince que moi. Alors que mes parents avaient tous les deux fait des études de médecine, son père était un scientifique spécialisé dans les brevets, et sa mère avait été hôtesse de l'air.

Ce ne sont pas ces ressemblances-là qui m'ont attirée vers elle, mais sa personnalité : je devinais en elle une fougue et une témérité que j'avais envie d'imiter. J'avais l'impression qu'elle avait brisé les chaînes invisibles qui nous retenaient. Nous étions toutes deux inscrites en littérature anglaise et nous avions de nombreux cours en commun. Nous sommes rapidement devenues inséparables, allant même jusqu'à emménager ensemble l'année suivante, dans un grand appartement près de Hove, que nous partagions avec quatre autres étudiants.

Neil était l'un d'eux. Il n'était qu'en première année, et nous l'avons pris sous notre aile. On le traitait comme un jeune frère, inoffensif et omniprésent, même si Liana m'a avoué un jour qu'il lui rappelait son père dans sa manière de toujours désapprouver ses excès.

On était vendredi après-midi, et, avec Liana, Neil et une dizaine d'autres, nous avions commencé à boire tôt au bar des étudiants avant de faire la tournée des pubs de la ville. Liana et moi prenions notre mal en patience – nous avions prévu de passer la nuit dehors dès que nous aurions semé les autres. Ni l'une ni l'autre, nous n'avions l'intention de rendre visite à nos parents pendant ces courtes vacances et, comme l'avait formulé Liana, nous aurions donc tout le week-end pour dessoûler avant la reprise des cours lundi.

Quand nous sommes parvenus au bord de mer et au quartier commerçant, nous n'étions plus que sept à faire nonchalamment la tournée des bars, d'excellente humeur. Liana et moi n'avions pas bu grand-chose et nous amusions du comportement de nos camarades, qui ne tiendraient pas plus de quelques heures, alors que nous avions toute la soirée devant nous.

Quelques-uns nous ont abandonnées après la pause-*fish and chips* prise sur la jetée principale en milieu d'après-midi. Nous en avons perdu d'autres avant d'atteindre le *Komedia*, sur Gardner Street – Neil connaissait bien les serveurs, et ils acceptaient de laisser une bande d'étudiants agités s'asseoir dans un coin en faisant durer leurs consos.

Liana a fourragé dans son sac ridiculement grand en jurant entre ses dents, comme si c'était une formule magique qui allait faire apparaître une liasse de billets de banque.

— Merde, merde, merde! a-t-elle dit. J'étais certaine qu'il me restait du fric.

— Comme d'habitude, ai-je remarqué.

Neil était assis en face de nous. Il était pâle et avait l'air malade, sa tolérance à l'alcool n'étant pas encore aussi élevée que la nôtre. Son regard était vague et vitreux.

— Je pense que je vais arrêter de boire, a-t-il murmuré faiblement.

— Rabat-joie! a rétorqué Liana.

Je me suis contentée de sourire.

— Je crois qu'il faut que je rentre, a dit Neil en se levant en vacillant.

Il s'est rattrapé en posant la main sur la table jonchée de verres vides, qui ressemblait à un champ de bataille déserté. Liana a cessé de lui prêter attention et s'est tournée vers moi.

— Où sont les deux autres? a-t-elle demandé. Ils s'appellent comment déjà? Wally et Dasha?

Elle venait juste de remarquer que les étudiants en science qui nous avaient accompagnées étaient partis et que nous n'étions plus que trois. Bientôt deux, puisque Neil s'apprêtait à jeter l'éponge.

— Enfin tranquilles toutes les deux, a commenté Liana en me faisant un clin d'œil pendant que Neil disparaissait par la porte qui menait à Gardner Street. Nous sommes en pleine forme, et la soirée ne fait que commencer, ma chère Lily.

— Je ne pense pas que je tiendrai toute la nuit, même si on en a les moyens, ai-je répondu en regardant Liana fourrager de nouveau dans son sac.

La longue journée et le verre de bière que je venais de boire avaient commencé à faire leur effet.

Le visage de Liana s'est illuminé, et elle a brandi deux billets de 50 livres.

—Je savais que j'avais de l'argent! J'en étais certaine. Mes économies.

Elle m'a tendu les billets.

—Tu me rembourseras quand tu voudras. Cet argent n'est pas vraiment à moi, et je suis presque certaine que la dernière fois c'est toi qui as payé.

—Cent livres! me suis-je exclamée. Depuis quand tu as autant d'argent sur toi?

—Papa me l'a envoyé au milieu du semestre. Il se sent certainement coupable de quelque chose.

—Ne l'exhibe pas comme ça ici.

—On devrait s'en servir pour une bonne cause. Si ce n'est pas pour se bourrer la gueule, que ça soit au moins pour quelque chose qui en vaut la peine. T'as une idée?

—Pas la moindre, ai-je répondu. Dommage que Neil soit parti. Il aurait pensé à quelque chose.

—Oh oui, ça ne fait aucun doute! a rétorqué Liana avec un grand sourire.

—Qu'est-ce que tu entends par là?

—Ne fais pas l'innocente. Ne me dis pas que tu n'as pas remarqué comment il te reluque.

Si. Mais je n'y avais guère prêté attention. Neil était sympa, pas trop moche, mais… sans intérêt.

—Il n'est pas mon genre.

—C'est quoi, ton genre? Allez, a insisté Liana. Tu vas passer ta vie toute seule si tu continues.

Tous les visages sur les posters dont j'avais naguère décoré les murs de ma chambre ont refait surface. Des hommes maquillés en noir, des hommes vêtus de cuir et de métal, des hommes dangereux. J'avais laissé ces posters chez mes parents, ne voulant pas m'exposer au ridicule en les accrochant dans l'appartement. J'avais décidé d'être discrète. En remarquant mon expression fermée, Liana a changé de sujet.

— Putain, qu'il fait chaud ici! a-t-elle dit en repoussant une mèche de cheveux de son front. Je vais m'endormir si ça continue. On va se balader? On trouvera bien quelque chose à faire tôt ou tard.

— D'accord.

Le crépuscule tombait, et le fond de l'air était frais. La plupart des bijouteries et des magasins d'antiquités étaient en train de fermer, et il y avait moins de monde dehors.

Nous déambulions, conscientes que nous avions encore toute une soirée et toute une nuit à occuper, et que nous ne savions toujours pas quoi faire, lorsque nous sommes parvenues devant le tatoueur.

— Hé! me suis-je exclamée.

— Quoi?

— On avait bien parlé de se faire faire le même tatouage toutes les deux, non?

Cette discussion avait eu lieu peu de temps après notre rencontre, et nous étions nettement plus ivres qu'à présent. C'était il y avait plus d'un an, et nous étions encore excitées par l'éloignement de nos familles et la découverte de nos nombreux points communs. Je n'avais gardé qu'un souvenir flou de cette conversation, mais cette idée me paraissait soudain absolument géniale, parce qu'elle était un peu perverse. Une fille comme il faut ne ferait jamais une chose pareille.

—Génial, a répondu Liana. Allons-y. Tu crois qu'on a assez de fric? a-t-elle demandé avec un geste vers les billets froissés qu'elle avait glissés dans la poche de sa jupe.

Je ne savais pas du tout combien coûtait un tatouage.

—De toute façon, on en veut un petit, ai-je répondu en haussant les épaules et en me dirigeant vers la porte.

—Oh, Lily, c'est tellement excitant! a gloussé Liana.

Et voilà que nous l'avions vraiment fait.

—Alors, les filles, qu'est-ce que vous avez prévu maintenant?

—On va boire un verre pour fêter ça? a proposé Liana.

Elle était toujours d'excellente humeur, même si, à en croire la douleur que je ressentais sur le côté gauche de mon visage, sa cheville devait toujours la faire souffrir.

—Je déteste jouer les rabat-joie…, a commencé Nick.

Il s'est penché vers Liana et a écarté une mèche de cheveux de son visage, comme s'il la connaissait depuis toujours. Je commençais à me sentir exclue, comme si j'étais de nouveau la cinquième roue du carrosse, et j'étais tentée de les planter là et de rentrer à la maison pour soigner ma jalousie et mon nouveau tatouage. Mais je me faisais du souci pour Liana : dans quelles emmerdes allait-elle encore se retrouver ? J'étais donc condamnée à supporter Nick aussi longtemps que Liana le laisserait lui tourner autour.

—... mais ce n'est pas une bonne idée d'aller picoler juste après un tatouage, a poursuivi Nick. Il faut rentrer le nettoyer. Vous n'avez pas écouté les instructions ?

—Bien sûr que si, a rétorqué Liana en tirant sur sa cigarette. On n'est pas débiles. Mais un petit verre ne peut pas nous faire de mal, non ? C'est vendredi soir, et on n'a quasiment pas bu une goutte.

J'ai gardé le silence, mais j'avais l'impression que j'allais me mettre à pleurer. J'avais été complètement idiote de croire qu'un tatouage allait changer ma vie. Je n'avais plus le même visage, mais j'étais toujours la même fille avec la même vie.

—J'habite juste à côté. J'ai fini ma journée, et Jonah va fermer boutique. Vous pouvez venir boire un verre chez moi toutes les deux et nettoyer vos tatouages à l'eau tiède. Je vous ferai un café et j'appellerai un taxi pour que vous puissiez rentrer chez vos parents. Je n'envie pas ce qui va suivre, a-t-il ajouté en jetant en coup d'œil vers mon tatouage.

—On ne vit pas chez nos parents, ai-je répondu sèchement.

—Alors vous pouvez passer la nuit chez moi, par mesure de sécurité. Je ne voudrais pas que ton œil s'infecte.

Sa façon très directe de draguer l'amusait manifestement, et j'ai résisté à l'envie de le frapper, même si je devais bien admettre que ce mec était plutôt mignon, surtout quand il souriait et que ses lèvres pleines dévoilaient deux rangées de dents parfaites. Il était attirant, d'une manière négligée et décoiffée. C'était le genre d'hommes qui se serait moqué des passages quotidiens de Neil au club de sport, mais qui se débrouillait pour garder un corps mince et musclé sans aucun effort. On aurait dit que ses cheveux n'avaient pas vu de peigne de la semaine.

—Allons-y, alors.

Liana nous a pris chacun par le bras, et nous avons parcouru les quelques rues qui nous séparaient de l'appartement de Nick, sur King's Road.

Pendant que Liana et son nouveau plan drague achetaient du vin et des cigarettes au magasin de spiritueux au coin de la rue, je suis restée dehors et j'ai contemplé les vagues qui léchaient la jetée. Mon téléphone a vibré dans mon sac à main.

« Vous allez bien ? Vous voulez que je vienne vous chercher ? »

Neil avait suffisamment dessoûlé pour prendre de nos nouvelles et proposer de nous récupérer et de nous raccompagner à la maison. Il se faisait probablement du souci depuis qu'il était rentré. Il était gentil mais étouffant, exactement comme mes parents.

« On va bien. On est chez un pote. Ne nous attends pas », ai-je répondu au cas où on passerait la nuit dehors.

Je ne voulais pas que Neil flippe et appelle les flics.

Mon tatouage me faisait mal, et j'ai soudain eu envie de descendre la jetée en courant et de me jeter à l'eau pour laisser le liquide glacé apaiser la douleur et l'étrange crainte qui s'était abattue sur moi et qui avait envahi ma vie, comme si un plongeon dans la mer pouvait effacer les dix-huit années de mon existence et faire de moi une nouvelle femme, comme un baptême. J'ai soudain eu le pressentiment que cette nuit serait la première du restant de ma vie.

Je ne savais pas à quel point c'était vrai.

— Tout va bien, ma chérie ?

La voix de Liana a interrompu ma rêverie.

— Ne sois pas triste. Je suis certaine que tes parents se feront une raison. Tu n'y vas pas souvent, ils n'auront pas à te regarder en permanence.

Elle a éclaté de rire et m'a prise par la main, me tirant dans le sillage de Nick, que nous avons suivi jusqu'à sa porte.

— Eh ben ! a commenté Liana une fois à l'intérieur en faisant quelques pas dans l'immense salon, dont la grande baie vitrée donnait sur la mer. On peut pas dire que tu sois du genre artiste maudit.

— Je peux dire merci à mes parents. Vous n'êtes pas les seules rebelles de la classe moyenne, vous voyez.

Je l'ai trouvé plus sympa après cet aveu. Sa mère était une avocate de haut vol et son père un banquier. Il avait abandonné ses études de droit et était devenu apprenti tatoueur auprès de son oncle, Jonah, histoire d'échapper à la pression parentale.

Liana a immédiatement fait comme chez elle : elle s'est lovée dans le canapé et a étendu sa cheville tatouée sur une ottomane. Je me suis maladroitement perchée à ses côtés.

Nick nous a servi un verre de vin à chacune, puis il est revenu avec un bol d'eau tiède et un tissu propre. Il a mis une chaise près de Liana et a soulevé sa jupe, dévoilant son mollet, son genou et la moitié de sa cuisse, alors qu'il devait s'occuper de sa cheville, qui était déjà découverte.

J'ai bu une gorgée de vin. C'était un mauvais rouge, mais j'avais besoin de me donner une contenance. Tout pour supporter la vision de Liana et d'un inconnu en train de se caresser.

Il a fait courir le bout de ses doigts sur sa cheville, comme si c'était un nouvel univers dont il devait dresser tous les contours, avant d'ôter le film plastique qui recouvrait le tatouage. Liana a poussé un cri étouffé.

—Doucement, mon pote, a-t-elle marmonné en serrant les dents.

Sa réaction n'a fait qu'enflammer le désir de Nick. Il a rougi, et, alors que cela me semblait impossible, sa lèvre inférieure a gagné en volume. Il avait la bouche légèrement entrouverte, comme s'il avait déjà commencé à l'embrasser, du moins dans son esprit.

J'ai jeté un coup d'œil à son entrejambe et j'ai immédiatement détourné le regard, stupéfaite par la taille de son érection. La souffrance de Liana avait l'air de l'exciter, et je ne savais que faire. Nous aurions dû rentrer chez nous tout de suite. Je savais que des deux, c'était moi la fille responsable et que, malgré son entêtement, Liana m'aurait suivie si je m'étais levée pour partir. Elle était téméraire mais loyale.

Cependant, sa vie sentimentale ne me concernait pas. Elle n'était pas ivre, et il était clair que Nick lui plaisait.

— Vous fumez ? a demandé celui-ci.

Il ne parlait manifestement pas de cigarettes, vu sa façon d'appuyer sur le « u » de « fumez ».

— Pourquoi pas ? a répondu Liana en souriant. C'est plus fun que de prendre une aspirine.

Nick a caressé une dernière fois sa jambe, puis il s'est levé pour aller fourrager dans un placard non loin.

— Je pense qu'il en reste juste assez pour trois, a-t-il déclaré en lançant un petit paquet en papier alu et du papier à cigarettes à Liana. Tu sais rouler ?

Elle a acquiescé et a ouvert avec précaution le papier alu, dévoilant les miettes d'herbe verte séchée. L'odeur, douceâtre et entêtante, était reconnaissable entre mille. Je n'avais jamais fumé auparavant, mais j'en avais respiré sur le campus.

— Encore une première pour toi, ma douce et innocente Lily ? m'a demandé Liana en saupoudrant généreusement le papier d'herbe.

J'ai acquiescé.

— Ne t'inquiète pas, a-t-elle poursuivi. Je vais te montrer comment on fait.

29

—Inutile de me prendre de haut, ai-je rétorqué.

Le vin commençait à me monter à la tête, et je me sentais plus bagarreuse que d'habitude. Pour toute réponse, Liana a ri.

Elle a allumé le joint et en a aspiré une longue bouffée, puis elle m'a frénétiquement fait signe de m'approcher d'elle.

—C'est moins fort si tu l'aspires par moi, a-t-elle articulé sans desserrer les dents.

Elle m'a doucement attrapée par les épaules et s'est penchée sur moi, posant ses lèvres sur les miennes. J'ai compris qu'elle soufflait la fumée dans ma bouche, et non qu'elle essayait de m'embrasser, juste à temps pour l'aspirer.

—Garde-la, a-t-elle ordonné dans un souffle, en inspirant brusquement lorsque nos lèvres se sont séparées.

Sa bouche était d'une infinie douceur et avait un goût de vin, et je me suis surprise à regretter qu'elle s'éloigne.

—Ouah, voilà qui est agréable à regarder! a commenté Nick qui avait quitté la pièce pour aller chercher de l'alcool et qui était revenu juste à temps pour assister à notre échange. C'est mon tour.

Il a saisi le joint des mains de Liana et, le tenant entre son pouce et son index, il en a généreusement tété le bout avant de se pencher sur elle. Il a pris son menton entre ses doigts et a levé son visage vers lui. Sa main a glissé vers le cou de mon amie, et, pendant un instant, j'ai paniqué et je me suis préparée à plonger pour l'éloigner. La gorge de Liana avait l'air incroyablement fragile dans la paume de Nick.

Mais Liana n'avait l'air ni inquiète ni effrayée ; je l'ai vue avec stupéfaction arquer le dos et rapprocher impatiemment ses lèvres des siennes. Il a accentué la pression sur son cou pour le maintenir bien en place pendant qu'il faisait passer la fumée de sa bouche à la sienne. Il l'a relâchée brusquement, et elle s'est affalée sur le canapé, une expression de calme satisfaction sur le visage.

J'étais incapable de chasser de mon esprit la vision de la main de Nick sur le cou de Liana et la réaction de mon amie. Étrangement, j'ai commencé à glousser.

— Je pense qu'il faut que j'aille aux toilettes, ai-je murmuré lorsque j'ai retrouvé l'usage de ma voix.

Nick a montré le couloir du doigt.

— Deuxième porte, a-t-il ajouté sans lever les yeux vers moi.

Il avait le regard fixé sur Liana. Aucun des deux n'avait réagi en m'entendant rire de manière incontrôlable. C'était comme si je n'existais pas, comme s'ils se rencontraient enfin pour la première fois.

Je me suis levée en vacillant, sans comprendre ce dont j'avais été témoin, puis j'ai gagné le couloir et je me suis appuyée contre le mur pour m'orienter. J'avais la tête qui tournait ; j'essayais de comprendre ce qui se passait entre Nick et Liana, et la drogue commençait à faire son effet.

Le reflet que m'a renvoyé le miroir était celui d'un visage aux yeux rouges, déformé par la présence du tatouage qui n'ornait qu'une joue. J'avais l'impression de m'être coupée en deux. Il y avait deux Lily à présent : l'ancienne, la respectable, et la nouvelle, la rock'n roll. J'avais l'air d'un clown, et le pansement me démangeait. J'avais envie de l'arracher et de me gratter, mais je me suis forcée à le laisser en place. Je me suis contentée de me passer de l'eau sur la figure et j'ai regagné le salon.

Dark Side of the Moon, des Pink Floyd, passait sur la chaîne, et le son me faisait un tel effet qu'on aurait dit qu'il sortait de sous ma peau. Je me suis avachie sur le meuble le plus proche, un pouf mou juste à l'entrée du salon, et me suis détendue, laissant la musique glisser sur moi, vague après vague. Même si j'avais voulu me lever, j'aurais eu du mal à tenir debout.

Il m'a fallu quelques instants pour comprendre que la scène qui se déroulait sous mes yeux était réelle, et non le fruit de mon imagination.

Nick était torse nu. Son jean taille basse dévoilait le V de son pelvis, qui formait une flèche vers son érection. Il était très musclé, mais il avait une silhouette sèche et non trapue, et chacun de ses mouvements faisait rouler ses muscles comme de l'eau. Le léger duvet qui recouvrait sa poitrine se fondait dans la couleur dorée de sa peau. Il avait enfilé une paire de gants en latex, comme celle que Jonah portait pour me tatouer.

Liana était entièrement nue, agenouillée sur le sol devant lui, les poignets liés dans le dos. La corde qui les retenait était attachée à ses cuisses, encadrant son cul. Sa tête et ses genoux étaient posés sur des coussins qui la protégeaient de la dureté du sol. Le décalage entre la corde et les oreillers était presque comique, et j'ai cru un instant que j'allais me remettre à rire.

J'avais toujours la bouche sèche et brûlante à cause de la fumée. Je l'ai ouverte pour parler, mais j'ai à peine réussi à articuler un croassement qui a été couvert par la musique. Voir Liana dans cette position m'a abasourdie. Le temps qu'il me vienne à l'esprit que Nick était peut-être en train d'abuser d'elle, j'ai aperçu le visage de mon amie et j'ai compris que ce n'était pas le cas du tout.

Elle avait l'air extatique. Elle faisait parfois courir sa langue sur ses lèvres entrouvertes. Elle ne se débattait absolument pas ni ne faisait aucun effort pour résister à ses avances. Au contraire, elle reculait le plus possible, les jambes largement écartées, pour l'encourager à la pénétrer.

Nick avait l'air aussi fasciné par la silhouette entravée de Liana que moi. Il l'a contemplée, debout, pendant une éternité, avant de s'agenouiller à son tour et de tester sa moiteur avec un doigt ganté qu'il a glissé en elle avec facilité. Il en a mis un autre, puis encore un autre, jusqu'à ce que seul son pouce soit visible, posé contre son anus.

Liana s'est arquée contre sa paume, donnant de violents coups de reins malgré l'évidente gêne provoquée par la corde qui entamait ses poignets et ses cuisses. Ses bruits de plaisir étaient clairement audibles malgré la musique et ils étaient plus gutturaux que des gémissements. Elle grognait comme un animal, dans un mélange de souffrance et de désir intense, l'un et l'autre augmentant à la même cadence. Plus les mouvements de Nick étaient brutaux, plus les gémissements de Liana devenaient forts. Il grognait au même rythme, comme s'il voulait orchestrer ses réactions et les accorder aux siennes.

Il a tendu l'autre main et a tiré ses longs cheveux afin de lui faire relever la tête. Elle a crié.

— Qu'est-ce que tu es ? a-t-il demandé, très fort.

— Une salope.

— Pas tout à fait.

— Ta salope.

— Voilà qui est mieux. Maintenant, jouis.

Il a lâché ses cheveux, et elle s'est effondrée sur les coussins. Nick a levé la main puis l'a abattue sur sa fesse avec fracas. Il a ensuite glissé les doigts entre ses jambes, et, à la rougeur qui s'est répandue sur les joues de Liana et au changement de rythme de ses gémissements, j'ai compris qu'il caressait enfin son clitoris.

L'air de la pièce était lourd et épais, à cause de l'odeur de sexe et de celle, légèrement chimique, des gants en latex. J'étais ivre, pas seulement à cause du vin, de la marijuana et de la douleur du tatouage, mais aussi à cause de la vision de mon amie nue, à quatre pattes tout près de moi. J'aurais pu la toucher en tendant la main, mais je ne l'ai pas fait. Nous étions séparées par un gouffre : c'était la distance entre deux possibles.

Liana a fini par jouir dans un cri encore plus fort que les précédents. En l'entendant, j'ai été envahie par un désir si puissant que j'ai pensé que j'allais m'évanouir si je ne jouissais pas à mon tour. J'aurais voulu que Nick l'abandonne pour s'occuper de moi, qu'il me procure le même genre de plaisir étrange que celui qu'il venait de lui procurer, mais ma bouche semblait faite de ciment, et mes membres étaient en bois, indéracinables.

Nick a ôté ses gants, qui ont claqué contre sa peau, les a balancés sur le sol, puis il a pris Liana dans ses bras et l'a bercée comme un père réconforte un enfant malade. Elle s'est blottie contre sa poitrine en position fœtale, et il lui a caressé les cheveux et le visage avec une douceur infinie qui m'a fait douter de sa brutalité antérieure.

Ils sont restés comme cela un long moment, et je les ai observés, toujours assise sur le pouf. Ils partageaient une intimité plus intense que leurs ébats sexuels, et j'ai commencé à me dire que je n'avais pas le droit d'être là. Que se passerait-il si le sortilège dont ils semblaient victimes s'estompait et qu'ils trouvaient mon voyeurisme déplacé et importun ? Me prendraient-ils pour une perverse ? Je savais que, au vu des circonstances, ma culpabilité était ridicule, mais elle a été suffisamment forte pour me pousser à sortir de ma stupeur et à me lever.

J'ai jeté un coup d'œil à l'horloge. Il s'était écoulé plusieurs heures, même si, depuis que j'avais fumé le joint, le temps avait semblé suspendu. C'était presque l'aube.

Liana était toujours blottie dans les bras de Nick, et ils étaient étendus sur le sol, leurs têtes reposant sur les coussins où Liana s'était agenouillée un peu plus tôt.

J'ai saisi la couverture placée sur le dossier du canapé et je les en ai doucement recouverts. Aucun des deux n'a bougé.

J'ai attrapé mon sac et je suis partie en courant.

Je n'ai pas vu Liana pendant les dix jours qui ont suivi cette soirée. Elle n'a pas mis les pieds à l'appartement. J'ai supposé qu'elle était chez Nick ou qu'elle avait finalement décidé de rendre visite à ses parents.

Nous n'avons pas cherché à nous appeler. Nous avions peut-être les mêmes raisons de ne pas le faire : de son côté la honte de s'être laissé entraîner, du mien une répugnance à discuter de ce que j'avais vu et de mes réactions.

J'ai dormi quasiment toute la journée qui a suivi et je n'ai pas quitté ma chambre. J'ai mangé de vieux biscuits et bu l'eau du robinet. Je me suis tournée et retournée dans mon lit, éliminant le vin et l'herbe de mon corps, et tâchant d'effacer la vision de Liana et de Nick de mes souvenirs, et l'expression du visage de mon amie tandis que Nick la faisait jouir.

J'essayais déjà de formuler ce que je lui dirais lorsque nous nous reverrions, mais tout était absurde, et je changeais d'avis environ tous les quarts d'heure. Le silence serait peut-être préférable. Je pouvais prétendre n'avoir pas été là. N'avoir rien entendu.

Je n'ai pas répondu aux coups occasionnels frappés à ma porte avant la fin de l'après-midi, lorsque Neil a finalement crié mon nom.

Pour toute réponse, j'ai gémi, repoussé les couvertures et je me suis dirigée sur la pointe des pieds vers la porte, toujours en sous-vêtements.

Lorsqu'il a vu que j'étais si peu habillée, Neil a ouvert des yeux comme des soucoupes, mais cette réaction n'était rien en comparaison de celle qui a suivi quand il a levé les yeux et vu mon tatouage en forme de larme.

J'avais délicatement ôté le pansement en rentrant et j'avais tout nettoyé. La peau était toujours rouge, mais la larme était clairement visible sous la fine couche de crème antiseptique que j'avais étalée dessus suivant les instructions de Jonah.

Neil est resté bouche bée pendant une éternité, comme s'il ne trouvait plus les bons mots dans les profondeurs de son subconscient. J'ai bâillé et je me suis étirée devant lui.

Puis j'ai souri et imité le O que formaient ses lèvres.

—Tu as quelque chose à dire? ai-je demandé.

Il a fermé la bouche et a enfin commencé à articuler quelque chose.

—Qu'est-ce que…, sont les seuls mots qu'il est parvenu à prononcer.

Il était hypnotisé par la marque sur ma joue.

—C'est un tatouage, Neil. C'est tout.

Il m'a dévisagée puis il s'est passé la main sur le visage.

— C'est un vrai ? Ou un temporaire ?

— Un vrai. Pas un faux. Un vrai de vrai.

S'il m'avait demandé pourquoi j'avais fait cela, je pense que je l'aurais juste envoyé balader, mais il n'en a rien fait. J'étais certaine qu'il le ferait plus tard.

— Quand ?

Il essayait manifestement de comprendre quand j'avais pu faire cela après son départ du *Komedia* la veille en fin d'après-midi.

— Hier. Peu de temps après que tu es rentré, ai-je répondu calmement. Liana s'en est fait faire un aussi. Sur la cheville.

— Sur la cheville ?

L'idée d'une larme sur la cheville de Liana le rendait manifestement perplexe.

— Un autre, ai-je expliqué. Un papillon.

— Oh !

Il a dégluti, toujours fasciné par la larme sur ma joue.

— C'est… curieux, a-t-il dit. En fait, ça te va bizarrement bien. Il est si noir et tu es si pâle.

— Vraiment ?

J'étais surprise qu'il aime mon changement d'apparence – je ne m'y attendais pas de sa part.

— Je ne ressemble pas à un clown ou à Alice Cooper, hein ?

J'ai eu un moment de doute en lui posant la question.

Il ne cillait toujours pas.

— Non, pas du tout, a-t-il affirmé. Il avait des cercles autour des yeux et de fines lignes, pas des larmes. Et puis c'était du maquillage, pas des tatouages.

— Je n'aurais jamais cru que tu connaissais Alice Cooper.

— Je l'ai rencontré une fois, a-t-il répondu, à ma grande surprise. Mon père a joué au golf avec lui dans un tournoi de charité. C'est un fou de golf.

J'ai éclaté de rire. Cela devenait ridicule. Le regard de Neil a fini par abandonner mon visage et par errer sur mon corps dénudé. J'ai soudain pris conscience que ma culotte était transparente et que je ne m'étais pas douchée en rentrant, aux petites heures du jour. Mais je ne me sentais ni menacée ni excitée : Neil n'était pas dangereux. Pour moi, il était asexué.

— Tu aimes vraiment alors ?

— Oui. C'est joli et étonnant, même si…

— Même si quoi ?

— C'est juste que les tatouages en forme de larme ont une histoire, a-t-il répondu avec réticence.

— Quelle histoire ?

— Je suis étonné que tu ne sois pas au courant. Je pensais que tout le monde savait ça.

— Quoi ? ai-je demandé de nouveau avec brusquerie.

— Les prisonniers s'en font faire quand ils ont tué quelqu'un.

— Oh, merde ! me suis-je exclamée.

Neil a pâli, prenant mon rire hystérique pour une manifestation de colère.

39

— Eh bien, ai-je rétorqué, j'ai peut-être fait une connerie, mais je ne peux pas revenir en arrière ! Je n'ai pas fait de prison et je n'ai tué personne. Pas encore. Maintenant, dégage que je puisse m'habiller.

Neil a rebroussé chemin jusqu'à la porte et m'a laissée avec mes pensées.

J'avais pris cette folle décision sur une impulsion et maintenant j'en subissais les conséquences.

J'étais devenue la fille avec le tatouage en forme de larme, et ma vie ne serait plus jamais la même.

2

LES FEUX DE LA NUIT

LE LIT ÉTAIT TROP ÉTROIT, ET, EN SE PENCHANT SUR LE côté pour attraper son pantalon, il a entraîné avec lui la couverture, ce qui m'a découverte. La froideur du matin a interrompu ma rêverie. Ses épaules étaient très poilues, ce qui m'a surprise. Comment pouvait bien s'appeler ce mec?

Peter? Mark? Impossible de m'en souvenir même si ma vie en dépendait. Il avait un prénom banal, à l'image de sa façon de baiser. Je me suis rappelé qu'il s'était endormi tout de suite après avoir rapidement joui et que j'avais été obligée de me caresser pour atteindre l'orgasme.

David.

Voilà.

—Une cigarette? m'a-t-il proposé en en allumant une.

—Non, merci.

Nous nous étions dragués pendant plusieurs semaines dans le pub de Cambridge Circus dans lequel nous avions tous les deux nos habitudes. La veille au soir, il m'avait eue à l'usure, et j'avais accepté de le suivre dans l'appartement dans lequel il vivait en colocation à Hackney. Sa performance tiède avait peut-être été une réponse à mon manque d'enthousiasme évident.

Je n'étais même pas certaine qu'il me plaise. La vie londonienne me poussait à faire des choses irrationnelles, et c'était la dernière d'une longue série d'erreurs. Après quelques baisers maladroits dans le noir une fois la porte refermée derrière nous, nous nous étions déshabillés, et j'avais rapidement compris que David espérait me sauter sans utiliser de protection. J'avais fermement insisté pour qu'il mette un préservatif. L'idiot n'en avait ni dans sa chambre ni ailleurs. Heureusement, j'en avais un, caché au fond de mon sac. Il avait trouvé très excitant qu'une femme en transporte dans son sac à main, et son érection avait tout de suite pris des proportions intéressantes. Hélas, cela avait été de courte durée!

Alors qu'il fumait avec arrogance sans se préoccuper de moi, j'ai décidé qu'il était temps de tirer un trait sur cette expérience plus que médiocre. Je me suis levée en silence, ai ramassé mes affaires et commencé à m'habiller.

— Tu ne veux pas te doucher et prendre le petit déjeuner avec moi? a demandé David.

— Pas vraiment, non.

J'habitais à Londres depuis quelque temps et je menais la vie indépendante dont j'avais toujours rêvé. Je n'étais pas plus heureuse pour autant. Après l'obtention de mon diplôme, j'avais décidé de ne pas retourner chez mes parents et de passer l'été à Brighton. Liana avait fait le même choix, et ma décision n'était pas étrangère à la sienne.

Neil avait pris le large, décidé à se concentrer pendant quelques mois sur sa recherche d'emploi. Il avait même trouvé quelqu'un à qui sous-louer sa chambre, un étudiant en informatique qui passait son temps à jouer sur Internet et quittait rarement sa chambre.

À ma grande surprise, mes parents n'avaient pas protesté quand je leur avais annoncé que je ne rentrais pas ; ils avaient même proposé de me donner de l'argent afin que je puisse profiter des six mois suivants pour voir venir. J'ai pensé que, depuis trois ans, ils étaient habitués à mon absence et qu'ils n'étaient guère impatients de retrouver leur fille tatouée.

Liana et Nick sortaient ensemble depuis plus d'un an, et, à la fin de l'été, Liana a décidé d'emménager chez lui. Je n'avais plus les moyens de payer le loyer de l'appartement que nous partagions depuis si longtemps et je n'avais ni l'envie ni l'énergie de faire passer des entretiens à d'éventuels colocataires pour partager les lieux et me permettre de joindre les deux bouts. Ce seraient certainement des étudiants de première ou de deuxième année, qui se révéleraient aussi débiles que je l'étais à leur âge et avec qui je n'aurais rien en commun.

J'ai fini par déménager à Londres. Mon tour était venu de me frotter aux lumières de la ville. Une cousine éloignée m'avait prêté son canapé dans son logement de Mill Hill pendant un temps, mais vivre en banlieue grevait mon budget et ne convenait pas à mon esprit aventureux. J'ai trouvé un emploi de serveuse à temps partiel puis une colocation à Dalston.

Avec mon diplôme en littérature, j'espérais trouver un job dans une librairie, mais je me suis vite aperçue qu'il y avait mille candidatures par emploi et que mon tatouage ne m'aidait pas vraiment.

Le vrai problème, c'est que je ne savais pas du tout quoi faire de ma vie. Je n'avais jamais été particulièrement ambitieuse ni assurée. L'amour n'avait jamais croisé mon chemin, et je finissais par penser que je serais de toute façon incapable de le reconnaître s'il pointait le bout de son nez. Le grand, le vrai. Les hommes avec lesquels je sortais étaient très décevants, et l'intimité était une chose fugace et bien trop souvent illusoire. Bienvenue dans la vraie vie, Lily!

Je n'ai pas perdu Liana de vue: nous nous rendions visite quand nous le pouvions et nous nous téléphonions régulièrement. Cependant, je voyais émerger le côté obscur de sa personnalité, auquel j'avais déjà été confrontée lors de sa première rencontre avec Nick. Je l'ai observée de loin, un peu mal à l'aise, tandis que ses nouveaux amis l'introduisaient dans un monde étonnant, où l'on pratiquait le BDSM et d'autres activités à propos desquelles elle avait du mal à se confier.

Lors d'une de ses visites à Londres, elle m'a autorisée à l'accompagner, elle et son compagnon, un mec plus âgé avec un goût peu sûr pour le cuir, à une soirée. Je les ai suivis dans un club souterrain de l'autre côté du vieux Smithfield Market, où il n'y avait apparemment presque pas de limites à ce qui était permis.

Liana n'avait pas voulu me dire quel était le *dress code* de rigueur, et je ne l'ai découvert que lorsqu'elle a ôté son manteau. Elle portait une combinaison en dentelle entièrement transparente et aucun sous-vêtement. Ses tétons pointaient tellement sous le tissu que l'hôtesse à la porte, qui semblait bien la connaître, lui a suggéré de servir de portemanteau. Elle arborait aussi des gants noirs et un nœud papillon dans un étrange tissu que je n'avais jamais vu auparavant, mais qui semblait avoir les faveurs de la plupart des participants.

C'était du latex, m'a expliqué Liana, et j'en ai découvert bien davantage lorsque, poussée par la curiosité, j'ai suivi mon amie et son compagnon tout de cuir vêtu vers le bar. Sur la piste de danse, une troupe de femmes à l'air pas commode portait exactement ce genre de tissu.

J'ai rapidement oublié le latex lorsque j'ai posé le regard sur les hommes qui accompagnaient ces femmes. L'une d'entre elles tenait un homme en laisse, recroquevillé à ses pieds comme un chien. Un autre homme faisait la queue au bar. Il n'était vêtu que d'un string, dont le triangle rose couvrait son sexe. L'une des femmes lui a demandé pourquoi il mettait autant de temps à leur apporter leurs boissons. Je l'ai alors vue, horrifiée, lever quelque chose qu'elle tenait à la main et lui en cingler les fesses pour le presser.

— C'est quoi, ce putain d'endroit ? ai-je demandé à Liana.

— Ça va te plaire, a-t-elle répondu. Fais-moi confiance.

Au fur et à mesure que la soirée avançait, j'ai été témoin de comportements de plus en plus étranges. Liana a passé la majeure partie de son temps sur la piste de danse, et, livrée à moi-même, je suis allée jeter un œil dans la partie qu'elle appelait le «donjon». J'y ai vu des hommes et des femmes étalés sur des meubles, à des degrés divers de nudité, chacun ayant un partenaire qui semblait le torturer d'une manière ou d'une autre. Un homme vêtu d'un kilt en cuir fessait à mains nues une femme qui gémissait à en réveiller les morts.

J'avais l'impression d'être en plein film d'horreur. Je voyais des choses que je ne voulais pas voir, mais j'étais cependant incapable de tourner les talons. Une partie de moi ressentait une étrange connexion avec les gens dans le donjon. Les scènes auxquelles j'assistais ne m'excitaient pas particulièrement, mais elles éveillaient mon intérêt. Au grand amusement de Liana, je lui ai demandé d'y retourner le week-end suivant, puis encore celui d'après.

J'étais étrangement fascinée par la diversité des pratiques de ce club, qui allaient du bizarre au trash. Je n'avais aucune envie de participer, préférant satisfaire mon côté voyeur. Je restais à la périphérie des activités, ce qui a éveillé la curiosité de l'une des tenancières du club. Quelques semaines plus tard, elle m'a proposé un job à mi-temps : tenir le vestiaire, et d'autres bricoles deux ou trois nuits par semaine.

— On dirait que tu observes tout et que tu prends des notes dans ta tête, a-t-elle remarqué. C'est bien. On aura peut-être besoin d'une chroniqueuse un jour.

C'était une femme imposante, qui portait ce soir-là une combinaison intégrale en latex rouge. Ses longs cheveux bruns flottaient le long de son dos et glissaient sur la surface brillante de son costume. Elle était toute en courbes, ses jambes fortes moulées dans le vêtement et mises en valeur par ses talons vertigineux. C'était elle la maîtresse de cérémonie ce soir, et elle allait de groupe en groupe, encourageant, suggérant, motivant, la voix rauque et basse, apaisante pour les uns et cinglante pour l'équipe qu'elle dirigeait comme s'ils étaient ses marionnettes. Tout le monde l'appelait « Elle », et il paraissait dangereux de chercher à connaître son véritable prénom.

Abasourdie et admirative devant tant d'assurance, j'ai immédiatement accepté sa proposition.

— Il va falloir que tu t'habilles autrement, cela dit, a-t-elle remarqué.

Je ne possédais aucune tenue fétichiste, ce qui était le *dress code* du club, et je me contentais d'emprunter une robe noire à Liana.

— Je n'ai rien d'adéquat, ai-je répondu, désolée.

— Pas de souci, m'a-t-elle rassurée en me regardant de bas en haut comme pour évaluer mes (petites) mensurations.

47

On va trouver quelque chose qui t'ira très bien. Tu as la peau si pâle, et j'adore tes cheveux.

J'étais l'une des rares filles de ma connaissance à n'avoir jamais coupé mes cheveux. Ils étaient d'un noir de jais et descendaient jusqu'à ma taille puisque je n'y avais pas touché depuis le début de mon adolescence.

J'avais trouvé un job comme vendeuse dans une boutique d'instruments de musique sur Denmark Street, le vieux Tin Pan Alley de Londres, juste à côté de Charing Cross. La musique avait toujours été l'une de mes passions, peut-être même la seule. J'avais pris des leçons de violoncelle pendant une dizaine d'années et j'avais appris la guitare toute seule, même si, pour une raison que je ne m'expliquais pas, je n'avais pas joué une note depuis que j'avais quitté la maison. La boutique vendait et louait du matériel de musique et des partitions.

Entre cet emploi et les nuits au club, pour la première fois, j'arrivais à subvenir à mes besoins. Non pas que j'aie des goûts dispendieux ou un train de vie coûteux. Je n'ai pas regretté la perte de mon temps libre : les deux activités me plaisaient et formaient un agréable contraste. J'avais l'impression de vivre dans deux mondes différents, et ma vie n'en était que plus intéressante.

Londres offrait une forêt de possibilités, et je voulais en explorer chaque branche. Je voulais de la musique à fond sous le feu des projecteurs, être seule dans la foule et faire partie d'une multitude qui ne pensait à rien, pique-niquer à Regent's Park, à Hyde Park ou à Hackney Downs, déambuler pendant des heures à Brick Lane ou dans les dédales des marchés de Camden, me soûler à Hoxton et méditer au petit matin sur les pentes de Primrose Hill, acheter des légumes exotiques au marché de Brixton, de la viande halal à Southall et des pâtisseries cacher à Golders Green.

Mais, avant toute chose, je me suis offert un autre tatouage, plus grand, sur l'épaule droite : un paysage multicolore d'orchidées sauvages. Je me suis fait percer les oreilles, que j'ai ornées d'une profusion de petits anneaux métalliques. Il m'arrivait parfois de porter un faux anneau dans le nez et un rouge à lèvres rouge foncé pour parfaire mon look gothique.

La Lily de Londres était née.

Je ne pouvais pas savoir que les violons saboteraient mes plans si savamment improvisés.

Je travaillais dans la boutique de Denmark Street depuis trois mois lorsque, peu de temps après l'ouverture à 10 heures du matin, un homme entre deux âges, plutôt mignon, à l'air sérieux – et étrangement détaché –, est entré et a posé des questions sur la location de violons.

Nous en avions, mais, comme notre clientèle était plus intéressée par les guitares électriques et les basses, ils n'étaient pas en évidence dans la devanture mais rangés dans un meuble vitré derrière le comptoir.

L'homme semblait un peu anxieux, comme s'il avait peur de ne pas être au bon endroit, mais il m'a fait un grand sourire chaleureux lorsque je lui ai montré du doigt la grande vitrine derrière moi en lui confirmant que nous ne nous contentions pas de vendre des instruments, que nous en louions aussi.

Avec les hommes, mon premier mouvement est de regarder leurs mains : je décèle les musiciens à des kilomètres. Ce n'en était pas un, même si ses doigts étaient suffisamment longs et fins. Je me suis demandé ce qu'il faisait dans la vie, mais c'était un peu tôt pour poser la question, ai-je songé en déverrouillant la vitrine avec une des clés du gros trousseau que nous gardions accroché à la caisse.

Il m'a expliqué que le violon qu'il voulait louer n'était pas pour lui, ce qui a confirmé qu'il n'était pas musicien, et il m'a poliment demandé si j'en jouais. L'amie pour qui il cherchait un instrument jouait de la musique classique. J'ai répondu que j'étais plutôt une nana rock'n roll, ce qui lui a arraché un maigre sourire.

Lorsque je lui ai tendu l'un de nos instruments, il l'a saisi avec précaution, l'a presque soupesé et a contemplé avec fascination la façon dont l'éclairage de la boutique se reflétait sur la couleur ambrée du bois avant de faire courir ses doigts avec sensualité sur le coffre, comme s'il s'agissait d'une femme.

Je n'ai pas pu m'empêcher de frissonner. Aucun homme ne m'avait jamais caressée comme il caressait le violon, et je me suis soudain sentie à la fois excitée et jalouse. Il a brièvement interrompu son examen et levé les yeux vers moi. Nos regards se sont croisés. J'ai eu l'impression qu'il voyait à travers mes vêtements. Il a semblé pensif un instant, comme s'il se posait des questions sur mon corps nu. J'ai rougi et détourné le regard.

La fugace connexion que nous avions partagée a été rompue, et il a reporté son attention sur l'instrument. Il m'a annoncé qu'il voulait le louer, et je me suis affairée avec la paperasse et les calculs.

Il a rempli les formulaires et a payé la caution et la location par carte bleue. Il s'appelait Dominik.

Je l'ai regardé quitter la boutique à grandes enjambées et gagner la rue venteuse dans laquelle il a rapidement disparu, avalé par la foule.

Cette nuit-là, dans ma petite chambre de l'appartement dans lequel je vivais en colocation, je me suis allongée, seule. J'avais froid, mais j'avais la flemme de me lever pour monter le chauffage. Je songeais sans cesse à la femme pour qui Dominik avait loué le violon, et mon imagination cavalcadait dans toutes les directions. Je ne comprenais pas pourquoi j'étais si agitée. Pourquoi une rencontre si insignifiante suscitait-elle de telles réactions chez moi ?

J'ai fait des rêves étranges cette nuit-là. Mais pas de cauchemars.

David, qui travaillait pour un gros cabinet comptable non loin de la boutique de Denmark Street, m'a appelée le lendemain matin. Il voulait que nous sortions ensemble. J'ai sèchement décliné. C'était comme si cette brève rencontre avec un parfait inconnu avait ouvert dans mon esprit une porte vers de nouvelles possibilités, une vie différente. C'était complètement absurde, me suis-je morigénée, mais je le ressentais ainsi. Je n'avais aucune idée de ce que serait l'étape suivante.

C'est arrivé lorsque le deuxième violon a croisé mon chemin.

Après ma rencontre avec l'énigmatique Dominik, j'ai passé plusieurs semaines immergée dans la musique. J'ai rendu visite à mes parents, comme je le faisais de temps en temps pour maintenir les apparences, et j'ai profité de l'occasion pour récupérer ma vieille guitare et quelques boîtes de LP et de CD, que j'avais laissées dans ma chambre, des disques sur lesquels j'avais chanté et dansé pendant mon adolescence, dans un isolement sublime, avant de ne plus comprendre ce que j'avais bien pu leur trouver une fois partie pour Brighton et la fac.

C'était pareil que de se remettre en selle : mes accords étaient rouillés mais pas trop affreux, même si je ne savais plus jouer correctement qu'une dizaine de morceaux. Mais la musique d'Alice Cooper, de Kiss, de Free, d'Iron Maiden, de Def Leppard et de tous mes anciens préférés était une véritable joie pour mes oreilles. J'ai refait connaissance avec leur musique puissante, que j'écoutais au casque pour ne pas déranger mes colocataires.

Les nuits où je ne travaillais pas au club, je rentrais précipitamment du boulot et je passais des soirées entières dans ma chambre à écouter la musique perdue de ma jeunesse. Je n'avais jamais vraiment aimé le punk, mais, à présent que je les écoutais d'une oreille neuve, je découvrais un intérêt tout nouveau aux chansons des Clash, de Jam et des autres.

Je communiais de nouveau avec la musique, et c'était un sentiment sacré. J'avais l'impression d'avoir retrouvé quelque chose que j'avais perdu depuis une éternité.

Dominik a rendu le violon un jour où je ne travaillais pas, une quinzaine de jours plus tard. Je ne l'ai plus jamais revu. C'était peut-être mieux ainsi.

C'était un samedi après-midi gris, et Jonno, l'un des employés de la boutique, et moi-même étions impatients de fermer. La journée avait été très désagréable : il avait bruiné sans discontinuer, et les clients avaient été rares mais pénibles, indécis ou grossiers.

Un homme est entré, et nous avons tous deux soupiré, agacés – nous ne pourrions certainement pas fermer avant un bon quart d'heure, le temps de nous occuper de lui. Jonno l'a ignoré et a gagné le sous-sol, me laissant me débrouiller avec lui.

C'était un homme d'une bonne quarantaine d'années, brun et mélancolique. Il portait une veste en velours marron et un jean propre et droit, une tenue qui avait l'air faite pour lui. Il tenait un étui à violon noir et abîmé sous un bras.

Je n'avais jamais été impressionnée par la toile vierge des visages des hommes jeunes. Les hommes plus âgés étaient différents : leurs traits permettaient parfois de deviner quelle vie ils avaient menée. Comme si leurs expériences et leurs émotions les avaient façonnés, rajoutant une couche supplémentaire de séduction. Ils n'étaient pas tous comme cela, évidemment. Je n'avais, par exemple, jamais été attirée par mes professeurs ni par les brillants conférenciers de l'université. Mais cet homme était différent. Son visage était un livre dans lequel j'avais envie de me plonger, un mélange fascinant de chagrin et de magnétisme animal, qui m'a prise par surprise et frappée à l'estomac.

Il m'a regardée, interrogateur, et j'ai senti ses yeux se poser sur mon tatouage. Ce n'était pas un regard désapprobateur, comme c'était souvent le cas avec les gens plus âgés, mais plutôt légèrement amusé et un peu fasciné.

—On m'a dit que vous achetiez des instruments d'occasion. Une boutique plus bas dans la rue me l'a confirmé.

Il a posé l'étui à violon qu'il avait en main sur le comptoir en verre derrière lequel je me tenais.

—C'est vrai, ai-je répondu. Mais seuls les gérants sont à même de le faire, et aucun n'est là aujourd'hui. Vous allez devoir repasser.

—Oh !

Il n'a pas bougé.

Il pouvait certainement attendre lundi. Il n'avait pas l'air d'avoir un besoin urgent d'argent.

—Je peux y jeter un coup d'œil si vous voulez et vous donner mon avis. Je peux même l'évaluer approximativement, même si je ne peux pas vous garantir que mes patrons vous le prendront, ai-je proposé.

—Ce n'est pas une question d'argent, a répondu l'homme. Je veux juste lui trouver un nouveau propriétaire. Quelqu'un qui prendra plaisir à en jouer. Ce violon appartenait à ma femme.

—Votre femme ?

—Elle est décédée il y a peu.

—Je suis désolée.

—Je serais même heureux de le donner, si c'est à quelqu'un qui prendra plaisir à en jouer, a-t-il poursuivi, presque sur un ton d'excuse.

—C'est une idée très gentille. Revenez la semaine prochaine. Je suis certaine qu'on trouvera un terrain d'entente.

Il s'apprêtait à reprendre l'étui qu'il avait posé sur le comptoir, mais je me suis penchée en avant, m'en suis emparée et l'ai ouvert. Le violon était en bon état. Ce n'était pas une antiquité mais un joli instrument bien entretenu.

—Je suis sûre qu'on lui trouvera un acheteur, ai-je affirmé.

Il s'est visiblement détendu.

—Ce serait bien.

Je lui ai rendu l'étui.

Nos doigts se sont frôlés. Sa peau était tiède et étonnamment douce.

—Je m'appelle Lily.

—Leonard.

Il est revenu la semaine suivante et s'est mis d'accord sur un prix raisonnable avec l'un de mes patrons. Tous deux ont eu l'air satisfaits de la transaction. Un peu moins de quinze jours plus tard, j'ai vendu le violon avec un petit bénéfice à une jeune étudiante qui entrait en première année au Royal College of Music.

Leonard avait dû remplir des papiers pour vendre son violon, et j'étais donc en possession de son adresse mail. Une fois l'instrument vendu, j'ai pensé que ce serait sympa de ma part de le tenir au courant. Je savais que cela lui ferait plaisir. C'est ainsi que nous avons entamé une correspondance.

Au départ, nous parlions surtout de musique. Ce qu'il aimait, ce que je n'aimais pas. Nous échangions des souvenirs de morceaux et même de chansons – j'avais été surprise de découvrir qu'il en connaissait un véritable rayon côté rock'n roll, même si nous n'étions pas d'accord sur les Clash, que j'appréciais depuis peu, mais que Leonard méprisait.

Il n'accordait pas grand intérêt non plus au heavy metal sous toutes ses formes, ce qui était le sujet de discussions passionnées que nous appréciions tous deux, même si sa façon de conclure systématiquement en disant que je comprendrais mieux ses goûts et que je me rangerais à son avis quand je serais plus âgée m'agaçait prodigieusement.

Il nous arrivait parfois de nous écrire dix fois par jour, et j'ai vite pris l'habitude de me précipiter sur ma boîte mail dès mon réveil pour y trouver le dernier message de Leonard, qu'il envoyait en général aux alentours de minuit. C'était un homme d'habitudes.

Nous évitions soigneusement certains sujets : sa défunte femme et les circonstances de sa mort, nos vies sexuelles, la raison pour laquelle nous nous entendions si bien, l'étrangeté de notre rapprochement ou nos vingt ans d'écart.

Mais, même si nous les contournions soigneusement, le cercle concentrique de ce que nous passions sous silence s'est resserré, et chaque mail est devenu plus chargé de sens que le précédent. Bien que ni l'un ni l'autre ne le mentionne, nous étions tous deux très conscients de ce qui planait au-dessus de nous. Nous savions que, si nous voulions continuer à discuter ainsi, nous devions nous revoir en chair et en os, pour la première fois depuis qu'il avait quitté la boutique en laissant derrière lui le violon de sa femme sans penser que nous nous reverrions un jour, comme on aurait pu s'y attendre dans un monde normal.

Leonard voyageait beaucoup. Il travaillait dans l'exportation de marchandises, un domaine auquel je ne comprenais rien malgré ses nombreuses explications. Il s'absentait au moins une semaine par mois. Notre correspondance ne s'interrompait pas pour autant, mais se chargeait alors d'une certaine urgence : sa solitude perçait dans les mots décousus qu'il écrivait dans l'obscurité des chambres d'hôtel étrangères et dans l'anonymat des salons d'aéroport. Il n'était pourtant pas triste : la description des gens qu'il croisait dans son travail ou des particularités des villes qu'il traversait était toujours pleine d'humour.

Notre solitude nous rapprochait.

Nos mails se croisaient au-dessus du vide électronique.

« On pourrait peut-être prendre un café ensemble ? Ce serait sympa de pouvoir discuter plus longuement sans être interrompus. »

« Je serai à Londres la semaine prochaine. Ça te dirait qu'on se revoie enfin ? »

Il était dans la chambre sans âme d'un hôtel *Marriott* quelque part dans l'Ouest américain, et j'étais dans le sous-sol de la boutique de Denmark Street. Nous avons appuyé sur « Envoyer » en même temps.

La vie est parfois une étrange suite de coïncidences.

Dix jours plus tard, nous avions choisi une date et un endroit, le bar d'un grand hôtel international près de Marble Arch. Il m'avait fait remarquer que dans un pub le bruit nuirait à la conversation.

Je n'avais dit à personne que j'avais rendez-vous avec Leonard. Certainement pas à Jonno ni à Neil avec qui je discutais de loin en loin. Je l'avais même caché à Liana, à qui je téléphonais souvent, ne serait-ce que pour constater à quel point nos vies avaient emprunté des chemins très différents. J'avais gardé secrètes notre rencontre et notre correspondance. Je savais que Neil désapprouverait, que Jonno me taquinerait et que Liana ne comprendrait pas. Elle aurait trouvé que notre écart d'âge était merveilleusement décadent, mais aurait pensé que Leonard était trop raisonnable et pas assez charismatique pour elle, toujours attirée par les extrêmes.

Après avoir passé dix bonnes minutes à considérer avec perplexité ma garde-robe en me demandant ce que je devais mettre pour aller boire un verre avec un homme deux fois plus âgé que moi dans un hôtel du centre de Londres, j'ai décidé de rester moi-même. J'ai enfilé un jean noir, une paire de bottines plates et un gilet bleu pâle pour lutter contre l'air frais. Le col était très échancré et dévoilait l'orchidée tatouée sur mon épaule.

Ce n'était pas le moment d'essayer d'être ce que je n'étais pas ou de porter une robe de cocktail pour tenter de paraître vingt-huit ans au lieu de vingt et un. Je voulais que Leonard soit bien conscient de la situation et de notre différence d'âge.

Pour Liana, s'habiller était un rituel. Elle choisissait ses vêtements en fonction de la douceur du tissu et de la façon dont celui-ci s'enroulait autour de son corps. Elle m'avait avoué un jour que le shopping était pour elle une expérience sexuelle.

Pour moi, c'était une corvée. Malgré mes penchants gothiques, j'avais toujours l'impression d'être déplacée, comme si je n'avais pas encore découvert quelle était ma place dans le monde et comme si je ne savais pas quelle peau enfiler lorsque je sortais de chez moi. De manière étonnante, je me sentais à ma place dans ma tenue en latex au club fétichiste. Au moins, là-bas, je savais exactement quel rôle j'étais censée jouer, et les règles sur la tenue à adopter étaient parfaitement claires.

Aller boire un verre avec Leonard était une autre histoire. Il n'y avait pas de règles.

Quand je suis arrivée, il était déjà assis sur un tabouret haut tout au bout du long comptoir en acajou poli. Il ne m'avait pas vue entrer et il était penché en avant, les coudes sur le comptoir. Il tapait sur son smartphone avec un air très concentré. Il portait un pantalon de costume et une chemise blanche dont il avait roulé les manches, comme s'il sortait tout juste d'une réunion importante. Sa veste était accrochée au dossier de son tabouret.

Ses cheveux poivre et sel étaient ondulés, et il les portait juste un peu trop longs pour un homme de son âge. Ce n'était pas de l'affectation de sa part, juste une façon de montrer qu'il n'accordait aucune importance aux conventions ou à la mode et qu'il était bien dans sa peau. Le coin de sa bouche était toujours légèrement relevé, et je ne savais pas s'il s'agissait de l'esquisse d'un sourire ou si c'était sa manière de considérer la vie, avec toujours une pointe d'ironie. Une impression de paix se dégageait de lui, et je me suis sentie bien.

C'est sa vie, ai-je songé. Des bars d'hôtels et des mails. Je me suis vaguement demandé combien de femmes il fréquentait de cette manière. Je n'étais certainement pas la seule. Avait-il des rendez-vous tous les soirs de la semaine avec des inconnues rencontrées dans les boutiques ou sur Internet pour se distraire de la solitude de son métier?

Il a levé son verre et a bu une gorgée. Un gin tonic, ai-je compris en voyant la petite bouteille de Schweppes à côté de lui. Zéro. Son verre était plein de glaçons, et j'ai pensé que le bout de ses doigts devait être glacé.

Il a fini par lever les yeux. Il m'a souri.

— Lily, a-t-il dit. Je suis ravi de te voir.

Il a rangé son téléphone dans la poche de sa veste, a glissé de son siège et a posé légèrement sa main sur mon bras. Je me suis penchée pour lui faire la bise.

— Assieds-toi, a-t-il ajouté en rapprochant le siège à côté du sien. Qu'est-ce que tu veux boire?

Il avait à peine tourné la tête vers la barmaid que cette dernière a accouru.

— Un whisky sour, ai-je commandé avec une assurance que j'étais loin de ressentir.

J'ai ignoré le regard que la serveuse a jeté à Leonard en lui demandant s'il désirait boire autre chose. Elle l'a appelé « chéri », et sa main a frôlé trop longtemps la sienne quand elle lui a rendu la monnaie.

En entendant ma commande, Leonard a haussé un sourcil et réprimé un sourire. Je ne savais même pas ce qu'était un whisky sour. J'avais entendu Liana en commander un une fois, alors qu'elle sortait avec un étudiant de troisième année qu'elle voulait impressionner à sa manière personnelle et nonchalante. Une cerise rouge flottait sur le breuvage, et je me rappelais à quel point la bouche de Liana était sensuelle lorsqu'elle s'était refermée sur le fruit qu'elle avait happé. L'étudiant était cuit.

J'espérais pouvoir l'imiter, mais, quand le cocktail est arrivé, j'étais trop timide pour essayer d'être sexy. Je me suis contentée de laisser flotter la cerise comme une bouée perdue.

Nos genoux se sont frôlés quand je me suis juchée sur le tabouret. Je me sentais toute petite sur ce genre de chaises, comme une enfant dont les pieds se trouvent à cinquante centimètres du sol. Leonard mesurait plus d'un mètre quatre-vingts et il était confortablement installé.

— Tu préfères qu'on s'assoie sur un des canapés ? a-t-il poliment demandé pendant que je gigotais sans parvenir à m'installer correctement.

— Si tu veux, ai-je répondu jovialement, tout en regardant les canapés avec anxiété.

Deux énormes monstres en cuir délimitaient le coin bar, séparés par une élégante table basse de la taille d'une petite île.

Leonard a saisi sa veste et l'a pliée sur son bras. J'ai perdu l'équilibre en essayant de descendre du tabouret, et il m'a rattrapée par le coude alors que j'étais sur le point de tomber sur lui.

— Tu n'es pas habituée au whisky ? a-t-il demandé en me remettant sur pied.

— Je ne suis pas habituée aux tabourets hauts, ai-je rétorqué. Je préfère être assise plus près du sol.

Il y a eu un instant de gêne quand, une fois devant les canapés, nous avons compris que nous ne pouvions nous asseoir ni aux deux bouts d'un canapé ni sur deux canapés différents : nous nous serions trouvés si éloignés l'un de l'autre que nous aurions dû crier pour nous parler ou agiter nos bras comme des sémaphores. Nous étions obligés de nous installer l'un à côté de l'autre, et les coussins nous poussaient encore plus près, nous obligeant presque à nous enlacer comme un véritable couple.

Sous cet angle, je pouvais étudier son profil. Une mâchoire carrée, pas un brin de barbe et une coupure récente due au rasage, sur laquelle j'ai soudain eu envie de presser mes lèvres. Une pointe de gris saupoudrait la mèche de cheveux derrière son oreille et celle qui tombait sur son front. J'ai songé qu'il était plus vieux que le père de Liana. Ses parents l'avaient eue alors qu'ils n'étaient encore qu'adolescents. J'étais ravie que mes parents m'aient eue tard. Mon propre père avait presque soixante ans, ce qui m'empêchait de le comparer à Leonard.

— C'était comment l'Amérique ? ai-je demandé.

— Bien. Mais voyager est moins glamour que ça en a l'air. Les chambres des chaînes d'hôtels sont les mêmes partout.

Nous avons discuté de choses et d'autres, et il m'a interrogée sur ma vie à Londres. Il m'a demandé comment une fille qui avait grandi dans une banlieue du Berkshire avait fini dans une boutique d'instruments de musique. J'ai fini par me détendre et par lui raconter des choses que je n'avais jamais dites à personne.

Leonard était une oreille attentive. Cela me changeait agréablement de tous les hommes avec lesquels j'étais sortie et qui parlaient d'eux sans arrêt. Je savais que c'était en partie ma faute : j'encourageais les autres à s'exprimer afin de détourner leur attention de moi, mais c'était agréable de parler de moi à quelqu'un que cela intéressait. La véritable moi. Ni la vilaine fille que j'étais extérieurement ni la gentille fille qui était cachée dessous, mais la totale : Lily. C'était la première personne à ne me poser aucune question sur mes tatouages. Rien ne m'agaçait davantage que de m'entendre demander ce que signifiait mon tatouage en forme de larme et pourquoi je me l'étais fait faire.

Je me suis aperçue après coup, un peu honteuse, qu'il n'avait quasiment pas parlé de la soirée, sauf pour me poser des questions. J'avais monopolisé la parole.

Lorsque nous nous sommes séparés, j'ai vaguement songé qu'il allait me demander de monter dans une chambre réservée à l'avance pour coucher avec moi. Mais il a proposé de me raccompagner jusqu'au métro. Il a d'abord suggéré de me payer un taxi, mais j'ai répondu que j'aimais arpenter la ville de nuit ; aussi m'a-t-il accompagnée jusqu'à Tottenham Court Road. Là, il m'a fait la bise en posant une main légère sur ma taille.

Je lui ai fait un signe de la main tout en m'éloignant d'un pas vif. La soirée m'avait laissée plus légère, comme si un poids avait été ôté de mes épaules. J'avais enfin rencontré quelqu'un qui me comprenait.

Je lui ai envoyé un mail dès que je suis rentrée chez moi. Si j'attendais un peu, j'avais peur de ne pas avoir le courage de le faire.

« C'était très sympa de te voir. On remet ça rapidement ? »

Il ne restait à Londres que deux jours de plus, aussi nous sommes-nous vus le lendemain soir. Cette fois-ci, il m'a emmenée dîner à Chinatown, et nous avons mangé des travers de porc caramélisés et des algues frites dans un restaurant à l'angle de Newport Place et de Lisle Street. Nous sommes restés là bien après que tous les autres clients sont partis, et les serveurs avaient l'air sur le point de nous mettre dehors. Une fois épuisé le très long menu, nous avons commandé bière sur bière.

Après la troisième ou quatrième (où était-ce la cinquième ?) Asahi, j'étais à la fois joyeuse et déprimée. Leonard n'allait pas tarder à prendre un vol vers l'étranger, et j'allais me retrouver seule avec ma petite vie londonienne. Il ne partait que pour une semaine, pour une conférence à Berlin. Mais nos différences et le fait que notre étrange relation soit tout sauf consommée faisaient de Leonard un papillon dans la paume de ma main. Si je fermais les yeux, je risquais de découvrir en les rouvrant qu'il avait disparu à jamais. Cette pensée me filait le bourdon.

Deux biscuits de chance accompagnaient l'addition. Le sien était vide. Le mien disait : « Arrêtez de chercher. »

— Qu'est-ce que ça veut dire ? ai-je demandé.

— Que les serveurs ne nous aiment pas, a-t-il répondu en riant. Tu n'es pas superstitieuse, hein, raisonnable mademoiselle Lily ?

— Je ne suis pas très superstitieuse. Mais je ne suis pas toujours raisonnable non plus.

J'ai froissé le petit bout de papier et sa prédiction en italique, et je l'ai fourré dans mon sac.

Il faisait froid quand nous sommes sortis dans la ruelle étroite ornée de drapeaux rouges et de lanternes qui brillaient dans les ténèbres. J'ai enfoui le cou dans le col de mon blouson.

Il ne portait pas de manteau et il a enfoncé ses mains dans les poches de son jean pour se réchauffer.

Je me suis penchée vers lui et j'ai pris sa main dans la mienne.

— On y va? ai-je demandé en descendant du trottoir en tenant sa main, comme si ce geste ne signifiait rien du tout.

Nous avons traversé ainsi SoHo, au milieu des sex-shops, des bars et des boîtes bruyantes. Je me suis brièvement demandé ce que dirait Liana lorsque je lui parlerais enfin de Leonard. Jusque-là, je garderais cet instant, et cette main, précieusement, comme un secret.

Il s'est raidi lorsque je l'ai embrassé.

— Oh, Lily! a-t-il dit en reculant. Je ne peux pas t'embrasser. Tu le regretterais demain matin.

— Non. Je sais que je ne le regretterai pas.

J'ai essayé de l'embrasser de nouveau, et il a saisi mon menton entre ses doigts.

— Crois-moi. Ce n'est pas que je n'en aie pas envie. J'en ai très envie. J'en ai envie plus que tout.

— Mais alors pourquoi refuser? ai-je demandé.

J'étais blessée, je me sentais rejetée et j'avais envie de taper du pied.

— Tu devrais sortir avec quelqu'un de ton âge. C'est de la folie. Je suis désolé. Je n'aurais pas dû accepter de te revoir. C'est entièrement ma faute.

— Je ne veux pas quelqu'un de mon âge, ai-je insisté. Je te veux, toi.

— Lily…, rentre chez toi et dors. On se parlera demain matin.

67

Il a déposé un léger baiser sur ma joue, puis a pivoté et s'est éloigné.

Cette nuit-là, j'ai dormi d'un sommeil agité, non sans avoir glissé au préalable une main sous la couverture et entre mes jambes afin d'orchestrer un orgasme délicieux. L'alcool anesthésiait mes sens et rendait la jouissance plus difficile ; tandis que le plaisir après lequel je courais semblait à ma portée mais encore trop loin, j'ai imaginé que les mains de Leonard me caressaient les seins et que sa langue léchait mes tétons. Sa voix murmurait des choses obscènes à mon oreille, et son souffle était chaud contre ma peau. J'ai joui violemment, en pensant à lui.

Le lendemain matin, j'ai songé qu'il savait parfaitement que j'avais pensé à lui en me caressant.

J'ai roulé sur le côté et j'ai attrapé mon téléphone pour lire mes mails, comme je le faisais depuis que nous correspondions. Je lisais son courrier avant de penser à quoi que ce soit d'autre, et les rares matins où il ne m'avait pas écrit j'avais l'impression que quelque chose n'allait pas, comme si je portais des chaussures sans chaussettes.

Son nom s'est affiché dans ma boîte de réception, et j'ai souri en ouvrant le message.

« ? »

Un simple point d'interrogation.

Les images qui m'avaient permis de trouver le sommeil ont refait surface dans ma mémoire.

J'ai répondu.

« C'est toujours toi que je veux. »

J'ai appuyé sur « Envoyer ».

Sa réponse est arrivée quelques minutes plus tard.

« Viens à l'hôtel. »

Il m'a envoyé un taxi, et, une demi-heure plus tard, je traversais Londres à toute allure. Lorsque j'ai dépassé la réception pour gagner l'ascenseur, j'ai eu l'impression que tout le monde me dévisageait. Je me suis rapidement glissée dans la cabine et j'ai appuyé sur le bouton du quatorzième étage, comme Leonard me l'avait indiqué.

Un panneau « Ne pas déranger » était accroché à la poignée, mais la porte était légèrement entrouverte.

Je l'ai poussée et suis entrée.

Leonard était assis sur un fauteuil blanc près de la fenêtre. Il m'attendait.

— Ferme la porte à clé, a-t-il ordonné d'une voix rauque. Et approche-toi.

J'ai obéi.

—Lily, a-t-il dit doucement, comme si mon prénom était une bénédiction.

Je suis restée sans bouger entre ses jambes, face à lui. Il s'est penché vers moi et a dessiné le contour de ma joue du bout de son doigt.

—Tu es tellement belle.

Je ne savais pas quoi répondre, alors je suis restée silencieuse.

—Tu es sûre de toi ?

—Je suis là, non ?

—Je ne peux pas dire le contraire.

Il m'a enlacée et m'a fait asseoir sur ses genoux. Je me suis blottie contre lui. Puis j'ai levé la tête et je l'ai embrassé comme je mourais d'envie de le faire depuis notre première rencontre. Sa bouche était ferme contre la mienne, mais ses baisers étaient patients. Il ne plongeait pas sa langue au fond de ma gorge comme les garçons que j'avais embrassés dans les fêtes étudiantes ou les boîtes de nuit, et il n'a pas tenté d'ôter mon soutien-gorge comme si mes seins risquaient de s'évaporer s'il ne pouvait pas les voir tout de suite.

Leonard a continué à m'enlacer et à m'embrasser doucement jusqu'à ce que je sente l'impatience me gagner. J'ai passé la main dans ses cheveux, renversé son visage en arrière et mordu sa lèvre inférieure.

—Inutile d'être si fougueuse, a-t-il commenté. Je ne pars pas avant ce soir. Nous avons toute la journée devant nous.

—Baise-moi, ai-je murmuré.

L'orgasme de la veille n'avait pas assouvi le puits de désir que je sentais se former en moi depuis une éternité. Mon sexe était douloureux, et je voulais que Leonard m'emplisse jusqu'à ce qu'il n'y ait plus de place pour rien d'autre. Je ne voulais être distraite par aucune pensée, aucun autre sentiment. Je ne voulais que lui, en moi. Sexe, doigts, peu m'importait.

— S'il te plaît, ai-je supplié.

— Méfie-toi de tes désirs. Tu pourrais le regretter.

— Non, ai-je répondu fermement.

— Seigneur, Lily, si tu savais ce que tu provoques chez un homme!

Il s'est levé en me tenant dans ses bras et m'a étendue sur le lit avec douceur.

— Je ne vais pas te sauter tout de suite, a-t-il affirmé, même si tu réclames. Patience, ma chérie.

J'ai essayé de me redresser pour l'attirer à moi, mais il a posé sa main sur ma poitrine et m'a repoussée sur le lit. Puis il a soulevé ma jupe et a ôté ma culotte, et j'ai oublié où j'étais et tout ce que je voulais dire dès que sa langue a effleuré mon sexe et qu'il a glissé un doigt en moi.

— Tu es si étroite…

— Encore, ai-je réclamé. S'il te plaît!

— Chaque chose en son temps.

Puis il a fait passer mon tee-shirt au-dessus de ma tête.

— Lève les bras, a-t-il ordonné.

J'ai gigoté pour me débarrasser de mon vêtement.

Il n'a pas pris la peine de dégrafer mon soutien-gorge. Il a juste baissé les bonnets, exposant mes seins. Il a caressé et titillé mes tétons jusqu'à ce que je pousse un cri étouffé.

— Trop fort ? a-t-il demandé.

Il s'était allongé à mes côtés et faisait courir ses mains sur mon corps tout en observant attentivement ma façon de me tendre, de bouger et de gémir sous ses caresses.

— Non, ce n'est pas trop fort. Encore, ai-je répondu.

Il a pressé mon téton plus fort.

Personne ne m'avait jamais demandé ce que j'aimais ou ce que je voulais avant lui, et l'intérêt que Leonard portait à mon plaisir était incroyablement libérateur. C'était aussi la première fois que je couchais avec un homme en plein jour et sans une goutte d'alcool pour amplifier mes sensations, ou me désinhiber. Mais le désir évident qu'il éprouvait pour moi et son assurance nous affectaient tous les deux : je me fichais royalement de mon apparence ou de ce qu'il pensait de mes réponses.

Il a ri quand il a compris que ses paroles m'excitaient.

— Tu aimes quand je dis des choses cochonnes ? Je suis surpris.

— J'aime le son de ta voix, ai-je répondu.

C'était la vérité. Leonard aurait pu me lire le journal : le moindre mot de la section économique, prononcé par sa voix rauque au ton toujours amusé avec une pointe de lascivité, m'aurait fait arquer le dos et m'agiter sur le couvre-lit.

— Je veux que tu jouisses pour moi.

Sa voix est devenue plus grave, et ses doigts se sont frayé un chemin plus bas, où il a fini par trouver le rythme exact qui menait à l'orgasme.

Il s'est penché et m'a enlacée plus étroitement : j'étais complètement dans ses bras quand j'ai commencé à me raidir sous les effets de la jouissance imminente.

— C'est bien… Quand tu auras joui pour moi, Lily, je te baiserai. Mais pas avant. Tu veux sentir ma queue en toi, n'est-ce pas ?

— Aaaah ! ai-je gémi.

Mes muscles se sont tendus, et je me suis agitée contre lui avant de m'effondrer, sans force, entre ses bras.

— Bonne petite, a-t-il murmuré.

Il était toujours entièrement habillé. Sa barbe de la veille a légèrement irrité ma joue lorsqu'il s'est penché pour m'embrasser.

— Combien de fois tu peux faire ça avant que je prenne mon avion ? a-t-il demandé.

Ce jour-là, il m'a appris plus de positions sexuelles que je ne pensais qu'il en existait. J'ai préféré celles où je pouvais le regarder et observer son visage lorsqu'il se laissait vraiment aller.

La plupart du temps, il gardait une certaine réserve, un masque de nonchalance décontractée ou de Lothaire arrogant, sûr de me mener à l'orgasme. Mais, quand il était enfoui en moi et sur le point de jouir, il y avait quelque chose d'animal en lui, comme s'il tenait en laisse le véritable Leonard et ne me laissait apercevoir que des fragments de sentiments si intenses que j'en tremblais.

J'ai décidé de trouver un moyen de le forcer à lâcher prise.

— Ma chérie, tu ne sais pas ce à quoi tu t'exposes, m'a-t-il avertie lorsque je l'ai repoussé sur le lit pour le chevaucher en lui maintenant les poignets au-dessus de la tête.

Quand il m'a dit cela, je l'ai serré plus fort, même si je savais que l'emprise de mes petites mains n'était pas de taille contre ses bras puissants. J'ai ressenti un frisson d'excitation à l'idée d'être au-dessus pour une fois.

L'hôtel ne lui avait pas permis de libérer la chambre dans la soirée, et il avait donc payé pour une nuit supplémentaire. Aussi, au lieu de retrouver mon lit solitaire à Dalston, après que Leonard s'était douché et avait rapidement fait sa valise, je me suis étalée comme une étoile de mer et vautrée dans les taches humides et l'odeur de nos ébats. Sa fragrance et la mienne, mêlées.

— Oh, Lily ! a-t-il dit en m'embrassant avant de partir. Qu'est-ce que je vais faire de toi ?

3

80 NOTES DE LEONARD

C'ÉTAIT BON D'ÊTRE AVEC LEONARD. ÉVIDEMMENT.

Mais, à bien des égards, c'était aussi mal, très mal.

D'un côté, je savais maintenant quel effet cela faisait de coucher avec un homme et pas avec un garçon. Rien n'était hésitant dans sa façon de faire l'amour, ni inexpérimenté ni maladroit. Ses gestes étaient déterminés, sa vision de l'instant intense et patiente, et, avec lui, je me sentais à l'aise comme avec personne d'autre. Je n'en attendais pas moins d'un homme qui avait deux fois mon âge.

Mais, d'un autre côté, je savais que ce n'était pas le genre d'hommes que je pouvais présenter à mes parents ou à mes amis comme mon petit ami sans attirer de la réprobation. De toute façon, je n'avais aucunement l'intention de l'exhiber à mon bras. J'aimais la nature clandestine de notre relation. J'adorais avoir un amant secret.

D'un commun accord, nous nous retrouvions dans les bars d'hôtels, toujours éloignés de nos lieux de travail respectifs. Il nous arrivait d'aller dans son bureau vide et de baiser sauvagement sur la moquette, porte fermée à clé ; d'autres fois, nous nous réfugiions dans un hôtel près de l'aéroport s'il devait prendre l'avion le lendemain. Mon appartement en colocation n'a jamais été à l'ordre du jour. Je ne suis jamais allée dans sa maison de Blackheath, et aucun de nous ne l'a envisagée comme lieu de rendez-vous. Notre relation s'épanouissait dans un espace à part, et cela nous convenait. Il ne m'est jamais venu à l'esprit qu'il pourrait être embarrassé d'être vu avec moi, ma larme tatouée, mes piercings et ma garde-robe exclusivement noire.

Parce qu'il voyageait beaucoup, il s'arrangeait souvent pour que je le rejoigne à Paris, à Amsterdam ou à Barcelone le vendredi soir après son boulot : nous passions le week-end ensemble avant de prendre un vol le dimanche soir pour Londres.

Cet arrangement est rapidement devenu problématique, et j'ai eu des ennuis avec mes collègues à la boutique lorsque je me suis mise à sauter mon tour de travail le samedi en prétextant des problèmes de famille. Je pense que Jonno a compris qu'il y avait un homme là-dessous – il se contentait d'ôter mon nom des plannings avec un clin d'œil complice.

Les gens du club fétichiste et l'impériale Elle semblaient moins concernés : ils avaient à leur disposition une armée de temps partiels. Je prenais bien soin d'être disponible les week-ends durant lesquels Leonard n'était pas à l'étranger, puisque, de toute façon, nous nous voyions quasiment tous les soirs lorsqu'il était à Londres.

— Tu n'es jamais chez toi et tu ne réponds jamais au téléphone, s'est plaint Neil, un mois environ après le début de ma liaison avec Leonard.

Nous picorions nos sandwichs dans un *Pret A Manger* en faisant durer nos cafés.

— Je suis occupée, c'est tout.

— Occupée à quoi ?

— J'ai rencontré quelqu'un, ai-je avoué.

L'expression de son visage a révélé sa déception. Il avait tenté de me convaincre à plusieurs reprises, puisqu'il s'était lui aussi installé à Londres, de sortir avec lui, mais j'avais répondu qu'il valait mieux que nous nous contentions d'être amis.

— Est-ce que je le connais ? a-t-il demandé.

— Non, me suis-je contentée de répondre.

Comment pouvais-je expliquer à un garçon de vingt-deux ans qui était naïvement amoureux de moi que je couchais avec un homme assez vieux pour être son père, ou le mien ? Que j'aimais cette différence d'âge ? Que les années qui nous séparaient me permettaient de me sentir féminine et désirable d'une façon que je n'avais jamais ressentie avec les jeunes hommes de mon âge ? Que je m'étais habituée à l'assurance de Leonard et à sa peau plus rugueuse ? Que ses pattes-d'oie, lorsqu'il riait ou souriait, m'emplissaient de joie ? Que nous pouvions rester longtemps assis sans parler ou au contraire discuter pendant des heures à propos de tout et de rien, et qu'il pouvait demeurer tranquillement assis à me regarder et à m'écouter parler de ma vie d'avant lui, sincèrement fasciné par la routine ennuyeuse de ma vie londonienne ? Je savais que de telles révélations ne feraient qu'aggraver la souffrance de Neil, aussi ai-je préféré me taire.

La conversation avec Neil a rapidement tourné court après cela, mais de toute façon nous devions rejoindre nos employeurs respectifs, moi la boutique de Denmark Street, lui une grosse boîte de relations publiques sur Chancery Lane, dans laquelle il était stagiaire.

Une camionnette DHL était garée devant le magasin, et une livraison était en cours lorsque j'ai regagné la boutique. De lourds cartons passaient de main en main dans une chaîne bien organisée, et d'autres membres du staff ont descendu les nouvelles guitares américaines au sous-sol. J'ai rejoint mes collègues pour donner un coup de main, tout en entendant le signal familier de mon téléphone, dans la poche de mon jean, m'annoncer que j'avais un message. Je n'ai pu le lire qu'un quart d'heure plus tard.

Leonard. Cette fois-ci, ce serait Paris. Il avait joint le code pour le billet électronique de l'Eurostar, ainsi que le nom et l'adresse de notre hôtel. Il avait passé la semaine en Grèce et en Turquie, mais s'était arrangé pour faire escale dans la capitale française sur le chemin du retour, histoire de passer du temps avec moi. J'avais espéré qu'il m'emmène à Istanbul, mais je devais reconnaître que Paris valait bien le Grand Bazar.

J'ai appelé le club et je me suis arrangée pour échanger mon samedi contre deux nuits dans la semaine.

Plus tard dans l'après-midi, alors que je rêvassais en pensant à Paris et à ce week-end avec Leonard, trois hommes sont entrés dans la boutique. Ils se parlaient dans une langue que je ne connaissais pas – mais, d'un autre côté, je ne parle aucune langue étrangère.

Deux d'entre eux étaient minces et grands comme des fils de fer. Le troisième était de taille moyenne, un peu costaud, avec des épaules de nageur. Ils portaient l'uniforme de rigueur chez nos clients : veste en cuir noir, jean et tee-shirt. Celui qui avait la peau la plus mate s'est adressé à moi, en anglais heureusement.

— Mes amis voudraient jeter un coup d'œil à vos Gibson.

Il avait un accent scandinave, agréable mais guttural.

— Neuves ou d'occasion ? ai-je demandé.

— Les deux, a-t-il répondu après avoir conversé avec ses amis.

Voyant que j'étais intriguée par leur langue, il a cru bon de préciser :

— Ils sont islandais.

— Ah ! ai-je commenté, ma curiosité satisfaite.

— Moi aussi, a-t-il poursuivi. Mais j'ai quitté l'île il y a longtemps. Ça fait dix ans que je vis en Angleterre.

J'ai acquiescé.

— Je suis dans un autre groupe à présent, mais j'ai joué avec eux en Islande quand nous étions plus jeunes. Je m'appelle Dagur Sigur-Darsson. Vous pouvez m'appeler Dagur.

Il m'a tendu la main, et je l'ai serrée.

— Lily.

Il avait un très joli sourire qui dévoilait une rangée de dents blanches.

Je me suis occupée de ses amis pendant qu'il vadrouillait dans la boutique. L'un des musiciens islandais a eu un coup de foudre pour une Dobro et m'a demandé de la décrocher du mur. J'ai connecté l'instrument à l'ampli que nous gardions branché en permanence pour les tests et les démonstrations, et une volée de notes mélodieuses, au rythme country, a résonné dans la boutique.

Depuis que je travaillais dans ce magasin, j'avais appris qu'il n'était nul besoin de faire l'article ou de pousser à la vente. Les musiciens ont des idées bien arrêtées et ils ne se préoccupent pas de l'opinion des autres. Le guitariste a rapidement décidé d'acheter la Dobro, et j'ai encaissé l'achat pendant que Jonno emballait l'instrument dans son étui.

J'ai tendu la facture et le reçu de la carte de crédit au client, que Dagur venait de rejoindre.

—Vous voulez voir quelque chose? lui ai-je demandé avec un brin d'effronterie.

Je me sentais en veine.

—Je suis batteur, a-t-il répondu.

J'ai rougi, même s'il n'était pas écrit sur son front qu'il jouait de la batterie. Or, nous ne vendions pas de percussions. Dans le monde de la musique, c'était une spécialité que peu pratiquaient.

Il m'a envoyé un baiser théâtral en quittant la boutique.

—Tu ne savais pas qui c'était, hein? a demandé Jonno avec un sourire jusqu'aux oreilles.

—Le batteur? Je devrais le connaître?

—Il fait partie des Holy Criminals.

—Le groupe de Viggo Franck?

—Oui. C'est pas vraiment ma came, mais la plupart des nanas les adorent.

Pas moi. Et c'était tout à mon honneur apparemment aux yeux de Jonno.

J'ai haussé les épaules avec nonchalance, histoire de continuer à l'impressionner, alors qu'au fond de moi j'étais ravie d'avoir vendu une guitare à une véritable rock star, enfin du moins à un de ses amis.

Mais l'excitation liée à la rencontre avec Dagur s'est rapidement estompée, et j'ai recommencé à rêver de Paris. Et de Leonard.

Après une journée entière passée debout à la boutique, j'étais lessivée. Aussi, lorsque je suis arrivée au club fétichiste, j'étais épuisée, j'avais la tête qui tournait et j'avais bu tellement de boissons énergisantes pour tenir le coup que j'étais sur les nerfs.

J'essayais de ne pas enchaîner les boulots parce que c'était trop épuisant, mais j'étais bien obligée de faire des sacrifices pour continuer à voir Leonard sans déplaire à mes employeurs. L'un de ces sacrifices était l'absence de sommeil lorsque je travaillais nuit et jour. J'avais commencé à la boutique à 10 heures du matin et je ne serais pas de retour chez moi avant 6 heures le lendemain matin.

L'atmosphère dans le club souterrain était irréelle dans le meilleur des cas, mais, ce soir-là, on se serait quasiment cru dans un rêve. Les jeudis soir étaient toujours plus calmes que les samedis soir, et ils attiraient davantage les couples qui venaient profiter de l'équipement et de l'anonymat fournis par le club. Le bruit sourd des martinets et le claquement des fouets sur la peau nue, de même que les cris qui s'ensuivaient, pouvaient porter loin, et je comprenais pourquoi les gens préféraient venir au club plutôt que de prendre le risque de réveiller leurs voisins avec leurs inhabituelles pratiques nocturnes.

Régulièrement, l'un des employés venait me relever pour me permettre d'aller aux toilettes ou de sortir fumer, même si je ne fumais pas. Je profitais systématiquement de ces pauses pour passer du temps dans les aires de jeux et observer les interactions entre les invités du club.

Je n'ai jamais pu m'habituer à voir des femmes attachées et frappées. Je pensais souvent à Liana et à Nick, et à la nuit où j'avais joué les voyeuses. Même si j'avais ressenti une certaine excitation, l'idée que mon amie souffre, qui plus est de la main d'un homme, m'avait horrifiée. Je savais que chaque souffrance était contractuelle, et ce dans les moindres détails, qu'elle faisait partie d'une relation et que bien souvent la personne que l'on frappait avait supplié qu'on la traite ainsi. De nombreux maîtres prenaient plaisir à avoir quelqu'un à leur merci, mais d'autres acceptaient d'infliger davantage de souffrance parce que leurs soumises le leur demandaient et qu'ils étaient excités par leur réponse enthousiaste.

Richard était le seul homme Maître du Donjon. Son job consistait à donner des conseils, à garder un œil sur les clients et à vérifier que les nouveaux venus suivaient les règles. Il avait essayé de m'expliquer les méandres de la relation dominant/dominé, et toutes les variations que je trouvais si fascinantes.

—Tu n'as pas besoin de comprendre, m'a-t-il dit cette nuit-là.

Je regardais un homme cingler si violemment les fesses d'une femme avec une cravache qu'elle sursautait et criait à chaque coup.

—Tant que tu respectes le droit qu'a chacun de faire ce qu'il veut de son corps, a-t-il poursuivi.

—Évidemment. Chacun fait ce qu'il veut. Je sais. Je ne comprends juste pas ce qu'ils en retirent.

—Est-ce qu'on t'a déjà tiré les cheveux ? Ou fessée ?

J'ai feuilleté mentalement mon petit catalogue de souvenirs sexuels. Nombre d'entre eux étaient flous à cause de la distance temporelle ou de l'alcool. Je me souvenais vaguement de ce type dans une fête quand j'étais en deuxième année de fac : il m'avait tiré les cheveux en m'embrassant et m'avait mordu la lèvre inférieure, puis il avait glissé ses mains sous ma jupe et m'avait fessée. Nous étions dans la cuisine à ce moment-là : il était adossé au réfrigérateur, et je m'étais approchée pour prendre une bière. C'est à ce moment-là qu'il m'avait prise dans ses bras. Quand il avait tiré sur ma queue-de-cheval et m'avait mordu la lèvre, j'avais juste supposé qu'il était inexpérimenté et maladroit, mais la claque sur mon cul avait été la goutte d'eau. Je m'étais sentie profondément insultée et je l'avais repoussé avant de m'éloigner. Pour qui se prenait-il ? Un mec dans un clip de rap ? Liana avait failli s'étrangler de rire quand je lui avais raconté l'incident.

—Il faut te calmer, avait-elle dit. Être soumise peut être très excitant.

J'avais été choquée mais je n'y avais pas réfléchi plus avant. De toute façon, Liana essayait toujours de me pousser dans mes retranchements.

Après cela, j'avais décidé de ne plus porter de queue-de-cheval quand j'allais à une fête.

Richard m'a ramenée à la réalité.

—Et qu'est-ce que tu penses des maîtresses, de leurs soumis et de leurs esclaves? a-t-il demandé.

Il a fait un geste de la main vers Elle, qui avait l'air de sortir d'un film de super-héros avec sa combinaison en latex et ses escarpins vertigineux. Elle se tenait raide comme la justice, et ses cheveux sombres relevés en chignon la grandissaient davantage encore. Ses jambes, légèrement écartées, lui donnaient encore plus d'assurance; elle n'avait pas croisé les chevilles et elle ne vacillait pas comme tant de femmes sur leurs talons hauts. Dans chacune de ses mains, elle portait un bracelet en argent poli incrusté de bijoux étincelants qui brillaient dans la lumière.

Chaque bracelet était relié à une longue chaîne au bout de laquelle était attaché un homme à quatre pattes, le nez rivé au sol. Les deux hommes portaient un short en latex sur lequel était imprimé en rose vif: «Esclave d'Elle». Elle se contentait de les ignorer, mais il lui arrivait de tirer un peu sur la laisse, et un sourire de contentement éclairait alors ses traits.

—C'est différent, ai-je répondu avec assurance.

—Pourquoi?

—Je ne sais pas. C'est différent, c'est tout.

Les questions de Richard commençaient à me mettre mal à l'aise.

J'ai repris ma place derrière le comptoir de la réception, qui était complètement déserte. J'avais espéré qu'il y aurait foule pour me distraire des pensées qui tournoyaient dans mon esprit, mais il était tard, et les clients n'arriveraient plus, à moins qu'ils ne viennent d'une fête privée ou d'un autre club.

Je ne portais aucun jugement moral sur les femmes qui se soumettaient aux hommes, tant qu'il s'agissait d'un jeu entre adultes dans lequel tout le monde était au courant des tenants et des aboutissants, et qui était source de volupté, même si je ne pouvais pas comprendre qu'on éprouve du plaisir ainsi ni même qu'on ait envie d'essayer.

En revanche, je comprenais mieux le rapport qu'entretenait Elle avec ses esclaves. Cela ressemblait davantage à de la politique qu'à un jeu sexuel. Comme une société matriarcale dans laquelle Elle était Cléopâtre. C'était un système que j'appréciais. La féministe en moi trouvait cela complètement raisonnable. Les hommes au pouvoir faisaient n'importe quoi depuis des siècles.

Leonard me donnait parfois des instructions au lit. Ou alors il me maintenait tandis que je gigotais pour échapper à une sensation trop intense. Mais il était très doux, et j'avais l'impression qu'il lisait dans mon esprit et qu'il me donnait ce que je réclamais, et non qu'il m'imposait quelque chose pour satisfaire son désir. Et il lui arrivait souvent de me regarder comme un objet de vénération, parfois si intensément que je détournais les yeux. Je n'avais pas l'impression que je méritais l'attention dont Elle était l'objet. Mais je n'étais pas non plus un objet qu'on pouvait utiliser comme on voulait.

Je n'arrivais pas à imaginer que Leonard puisse avoir envie de me fouetter jusqu'à ce que je crie ou qu'il veuille m'attacher entièrement. Neil non plus.

J'ai imaginé ce dernier, tout de cuir vêtu, penché sur moi, cravache à la main, et j'ai éclaté de rire.

—Tu devrais rentrer chez toi, a proposé Sherry de sa voix aiguë.

C'était la fille qui m'aidait au vestiaire ce soir, et elle m'avait surprise en train de rire toute seule alors qu'elle sortait fumer.

—On ne va pas tarder à fermer, je finirai pour toi. Tu as l'air épuisée.

Sherry ne s'appelait pas vraiment Sherry, de même qu'Elle ne s'appelait pas vraiment Elle. La plupart des employés et des invités utilisaient des pseudonymes ou des «noms de scène» pour incarner leur côté fétichiste. C'était en partie pour préserver leur anonymat et éviter les ennuis que leur vie privée pouvait leur causer, en partie pour leur permettre de passer d'un personnage à l'autre, comme quand on enfile une paire de chaussures neuves ou une robe longue.

Quand j'avais été embauchée dans le club, on m'avait demandé quel nom je voulais utiliser, et il ne m'avait pas fallu longtemps pour décider de garder le mien. J'avais tellement de mal à découvrir qui j'étais que je ne voulais pas compliquer les choses. Je ne voulais pas me morceler entre la Gentille-Lily et la Vilaine-Lily, la Lily-sans-tatouages et la Lily-tatouée, la Lily du Berkshire et la Lily de Londres.

J'ai décidé alors que je serais Lily, point. Au club, j'étais libre d'être moi-même, quoi que cela veuille dire, et je ne voulais pas embrouiller les choses en donnant aux autres un nom qui était censé être mon «vrai moi». Je voulais être toujours moi. La bonne vieille Lily.

Londres s'éveillait à peine lorsque j'ai ôté ma redingote en latex et enfilé mon jean, mon sweat-shirt et mes vieilles baskets pour rentrer à Dalston. Il était à peine 5 heures du matin, et c'était un moment étrange : la moitié des gens qui étaient dehors venaient juste de se lever alors que l'autre moitié rentraient se coucher. Quand je quittais le club, les rues étaient inévitablement remplies de gens bizarres, et je marchais rapidement, tête baissée, en veillant bien à ne croiser le regard de personne. Je n'avais pas spécialement peur. C'était juste que je n'avais même pas l'énergie suffisante pour répondre à de potentiels harcèlements. Les hommes en costume feraient leur apparition plus tard, et, pour l'instant, j'étais entourée de poivrots, de clochards et de travailleurs municipaux. C'était un mélange étrange qui, combiné à l'heure matinale, faisait ressortir le pire chez les gens.

L'air frais et la marche rapide, quoique courte, vers la station de métro de Farringdon, n'ont pas réussi à chasser les questions qui me hantaient cette nuit-là. Je me faisais du souci pour Liana. Nous avions naturellement fini par nous perdre un peu de vue – nous vivions dans deux villes différentes, et je consacrais beaucoup de temps à Leonard.

Pour autant que je sache, elle était toujours avec Nick, mais la dernière fois que nous nous étions parlé, il était clair qu'il y avait des tensions entre eux, et elle m'avait avoué l'air de rien qu'elle passait beaucoup de temps avec des gens que Nick n'aimait pas. Ce n'était pas à cause de cela que je me faisais du souci.

Peu de temps après avoir commencé à travailler au club, j'ai compris que Liana était une vraie soumise, ou que du moins elle avait fait des expériences dans ce domaine, même si elle ne se percevait pas comme telle. Nous n'en avions jamais vraiment discuté, mais j'étais persuadée que Nick était son maître. Une fois que j'ai eu compris cela, je les ai observés quand ils étaient ensemble et j'ai commencé à apprécier Nick : il était discret et très affectueux avec elle, et ils avaient l'air très heureux ensemble. Tant qu'elle était avec Nick, je savais qu'il prendrait soin d'elle. Mais l'idée qu'ils pouvaient s'être séparés et que Liana était à présent livrée à elle-même me paniquait.

Elle était du genre à jeter toute prudence aux orties pour un peu d'excitation. Liana suivait son corps alors que je suivais mon cœur, et elle pouvait facilement aller trop loin et emprunter une route semée de dangers.

La plupart des maîtres étaient des individus complètement normaux, qui avaient beaucoup d'affection pour leurs partenaires, et la majorité des soumis étaient des êtres équilibrés et ordinaires, qui avaient des pratiques sexuelles différentes des autres, mais il y avait des gens à la marge, qu'il valait mieux éviter.

Chaque groupe a ses extrémistes. Richard avait été le premier à m'expliquer quels types de dangers devaient m'alerter si je surveillais l'aire de jeux ou comment garder l'œil sur certains clients à la mine patibulaire afin de décider s'il fallait les mettre à la porte. Les hommes seuls en veste militaire qui se tenaient trop près de l'aire de jeux étaient en général à surveiller, mais ils pouvaient prendre d'autres formes, et ceux qui se dissimulaient derrière une façade respectable étaient ceux qui m'inquiétaient pour Liana.

Elle n'était pas stupide mais très imprudente. Et c'était mon amie la plus chère.

Je me suis juré que, sitôt rentrée de Paris, je prendrais le temps de l'appeler. Je lui parlerais de Leonard et je lui confierais mes derniers secrets, en espérant qu'elle se sentirait toujours suffisamment proche de moi pour me rendre la pareille.

D'ici là, j'oublierais le club et la fascination que ce monde exerçait sur moi. Y compris ce que je ne comprenais pas encore. Et j'allais me consacrer à Leonard.

Je me suis dépêchée de rentrer chez moi pour me reposer et faire ma valise.

Leonard avait eu une vie avant moi. Mais je ne voulais pas en entendre parler. Il avait été marié, avait eu de nombreuses aventures et bien davantage encore. J'étais jalouse.

Je voulais vivre mes propres expériences. Une petite voix me disait que je le méritais. Du coup, j'étais mal à l'aise lorsque mes sentiments pour Leonard prenaient le dessus et que je n'étais capable de rien d'autre que de rêver éveillée à un avenir incertain entre nous. Mon cœur lui appartenait, mais mon âme était déchirée.

La chambre était au dernier étage d'un petit hôtel situé entre la Seine et le boulevard Saint-Germain. Leonard m'a appris plus tard que Serge Gainsbourg, le chanteur aux mœurs dissolues, avait vécu dans la même rue, à quelques encablures de là. En tendant le cou, on pouvait même voir la cour de son immeuble de notre chambre.

Le train avait été immobilisé dans le tunnel pendant une demi-heure, et il faisait déjà nuit lorsque je suis arrivée à destination.

Le vieil homme de la réception a levé les yeux de son journal et s'est contenté de hocher la tête quand je lui ai donné le nom de Leonard. Je lui avais envoyé un texto en arrivant à la gare du Nord, et il m'avait donné son numéro de chambre. Je transportais juste un sac de week-end contenant du change pour la nuit et ma trousse de toilette.

Leonard lisait, assis sur le lit. Il portait, comme à son habitude, un pantalon de costume noir et un tee-shirt. Il m'a accueillie avec un sourire chaleureux et a posé son livre. Il avait laissé la porte ouverte pour moi.

—Bonjour, mademoiselle Lily, a-t-il dit. Bienvenue à Paris.

—Hé, monsieur Leonard, je suis ravie d'être ici…

Je m'apprêtais à dire quelque chose de drôle, même si ce n'était pas en français, mais les mots m'ont fait défaut. Le regard qu'il a posé sur moi, dans cette petite chambre mal éclairée, était serein.

— Tu as faim ? Vu l'heure qu'il est, on va avoir du mal à trouver un endroit où dîner, mais je suis certain qu'on peut s'arranger. Il y a un stand de crêpes près d'Odéon.

— Pas la peine. J'ai mangé un sandwich dans le train et j'ai des pommes dans mon sac.

Il s'est levé et m'a enlacée.

C'était étrange d'être ici avec lui. Nous avions partagé des chambres auparavant et nous savions bien en y entrant que nous allions baiser. Toutes nos rencontres précédentes avaient été guidées par le désir. Nous n'avions jamais bavardé avant. Le fait d'arriver séparément me faisait tout drôle et éveillait des doutes, comme si tout le processus était artificiel. J'ai posé mon sac sur le sol.

Leonard m'a attirée à lui et a déposé un baiser sur ma joue, tout en faisant courir amoureusement sa langue sur mon tatouage, comme pour le goûter. Il avait gardé les yeux ouverts, et je l'ai imité, même si ma première réaction avait été de les fermer, pour mieux savourer ses attentions.

Il a défait les boutons de ma légère veste d'été et l'a fait glisser le long de mes bras. Je lui ai facilité la tâche en les levant. Je sentais son souffle fugace sur mon visage ; j'ai essayé de l'embrasser, mais il a reculé.

— Non, a-t-il dit. Je veux d'abord te déshabiller.

J'ai acquiescé, obéissante. Il avait visiblement planifié cet instant, établi un rituel. J'étais ravie de lui faire plaisir.

J'ai repensé à la soirée au club et à la conversation avec Richard. Mais avec Leonard c'était différent. Même lorsqu'il me donnait des ordres. Nous étions à égalité et nous prenions du plaisir, dont la forme variait.

— Doucement, a-t-il poursuivi en s'agenouillant devant moi.

Il a commencé à délacer mes bottes, qui m'arrivaient aux genoux, ce qui m'a donné une vision parfaite du sommet de sa tête. De mon point de vue élevé, ses boucles formaient une épaisse symphonie de mèches blanches et noires qui indiquaient tous les points cardinaux. J'ai soudain eu une envie folle de plonger mes mains dans ce luxuriant jardin, mais je me suis retenue, de peur d'interrompre la façon solennelle dont il avait décidé de me dévoiler, une dentelle, une parure, un doux murmure à la fois.

Par la fenêtre de notre chambre d'hôtel, j'entendais le murmure étouffé des passants dans la rue, des mots inconnus dans une langue étrangère, comme le chuchotement d'un chœur lointain qui faisait écho à mon trop lent effeuillage par cet homme tendre que je connaissais si mal.

Que me trouve-t-il? ai-je songé. Je savais que j'étais imparfaite, encore un brouillon, et que j'avais toute une vie devant moi, remplie d'aventures. Mais je savais aussi que je chérirais ce genre d'instants à jamais, que je les entreposerais dans les tréfonds de ma mémoire fiévreuse et qu'ils me façonneraient jusqu'à ma mort. Pourquoi avais-je, avec Leonard, ce terrible sentiment de mortalité, cette sensation de voir le tableau dans son ensemble ? Était-ce à cause de notre différence d'âge ? Parce qu'un jour il mourrait et que je serais toujours jeune ? Je prenais tout cela beaucoup trop au sérieux.

Il a ôté les chaussettes fines que je portais sous mes bottes, puis mes collants, puis ma culotte, m'exhibant tout entière. Enfin, avec un long soupir, Leonard a enfoui sa tête entre mes cuisses ; il a inspiré mon odeur et ma moiteur. Dans cet instant à la fois solennel et obscène, j'ai compris soudain que Leonard aussi enregistrait chaque geste et chaque image de notre rituel. En gardait-il le souvenir pour plus tard ? Pour se masturber ?

J'ai essayé de me mettre à sa place. Petite Lily, avec ses petits seins et sa peau pâle, ses cheveux noirs comme la nuit qui frôlaient sa taille, son tatouage audacieux et clinquant sur son omoplate, ses poils pubiens, la larme sur sa joue. Cet homme avait eu bien plus de maîtresses que je n'avais eu d'amants. Qu'est-ce qui lui plaisait chez moi ? Peut-être le fait que nous soyons deux solitaires, même au milieu de la foule. On dit que les contraires s'attirent, mais je sentais, à cet instant, que ce n'était qu'un cliché de plus, que c'étaient nos ressemblances qui nous rapprochaient : notre vide intérieur, nos silences, notre volonté désespérée de partager nos défauts. C'était ce qui nous rendait uniques.

Debout, les jambes écartées, seulement vêtue d'un débardeur en coton remonté sur mon ventre, avec à mes pieds Leonard, comme un pénitent devant l'autel, qui contemplait avec adoration ma chatte.

D'une main, il a écarté doucement mes lèvres, m'ouvrant, dévoilant cérémonieusement ma roseur, puis il a plongé sa langue profondément en moi. J'ai frissonné tandis qu'il orchestrait la montée de mon désir : chaque caresse, chaque coup de langue était un assaut calculé de mes défenses, excitait mes terminaisons nerveuses et, atteignant les tréfonds de mon âme, faisait tomber toutes mes inhibitions. C'est alors qu'il a enroulé sa langue autour de mon clitoris, et de nouvelles vagues de plaisir ont parcouru mon corps. Un léger vertige m'a saisie. De son autre main, Leonard me maintenait fermement par les fesses, tout contre lui.

J'ai fermé les yeux et je me suis abandonnée.

Mon sexe était en feu. Mon esprit était prisonnier d'un cercle de flammes.

La torture était exquise, et tous mes muscles ne réclamaient silencieusement qu'une chose : la jouissance.

J'étais certaine que Leonard savait quel trouble il faisait naître en moi, de quelle façon il embrumait mon esprit et contrôlait mon corps, mais il n'en laissait rien paraître. Je savais que j'étais très humide et je me suis demandé quel goût j'avais.

Sa langue ne cessait de m'exciter, ses lèvres brûlantes mouillaient les miennes, me caressaient, joueuses et malicieuses, et j'ai imperceptiblement écarté davantage les jambes pour encourager ses avances.

Ses dents.

Il a mordillé mes lèvres avec tendresse et précaution, tirant, mordant délicatement leur chair délicate avant de s'enfouir plus profondément, plus haut, et de saisir le bouton enflammé de mon clitoris, qu'il a commencé par lécher avant de mordiller doucement sa dureté croissante, jusqu'à ce que je ne puisse plus supporter la tension, le désir, la frustration poignante entre la douleur et la transcendance, et que je lui dise, hors d'haleine :

— Baise-moi, Leonard. Maintenant !

Il a reculé et s'est redressé. Je l'ai poussé en arrière sur le lit et j'ai commencé à défaire son pantalon. Fermeture Éclair, ceinture en cuir : j'étais impatiente de libérer son sexe sombre, de satisfaire mon appétit féroce, de sentir le pouls de sa vie battre dans ma bouche alors qu'il grossissait et me remplissait, puis de le prendre rapidement dans ma chatte qui le réclamait à cor et à cri, comme un mendiant quémande de la nourriture, afin qu'il me complète enfin.

Mais Leonard n'était pas du genre à se hâter et, même lorsque nous baisions et que nous nous agitions brutalement, il faisait toujours preuve d'une certaine componction, de patience ; il savourait les instants que nous passions ensemble avec lenteur et calcul. Il ne se pressait jamais et il donnait des coups de reins réguliers : lents, lents ; rapides, rapides ; lents… Il en variait le rythme et l'intensité, et manipulait à merveille mes sens exaltés sans jamais cesser d'observer la croissance de mon plaisir, les yeux grands ouverts et un demi-sourire aux lèvres. Je savais que sa façon de me regarder lorsque nous baisions n'était pas de l'autosatisfaction mais une compréhension parfaite de la façon dont nous nous fondions l'un dans l'autre et dont nous nous répondions quand nous étions pris dans les affres de la passion.

Il ne ressemblait à aucun de mes amants précédents.

Et, lorsque épuisés après l'amour, nous gisions sur le lit défait, draps et membres mêlés, le souffle encore court et le corps encore en proie aux vagues du plaisir qui s'estompaient, il ne se hâtait pas de se couvrir comme les autres l'auraient fait. Il n'avait pas honte d'exposer son corps à mon regard curieux et il était presque fier de ses hasardeuses imperfections ; là un pli, un creux, une fine cicatrice sur l'épaule.

J'adorais le corps de Leonard. Mais je ne pouvais m'empêcher de me demander s'il voyait en moi autre chose que ma jeunesse. Peut-être n'étais-je pas Lily pour lui mais une fontaine de jouvence.

— Ce n'est pas vrai, a-t-il répondu un jour que je lui faisais part de cette réflexion.

Nous étions à Barcelone, et ce serait la dernière fois que je le rejoindrais en Europe.

— Je ne veux pas vampiriser ta jeunesse, a-t-il poursuivi. Bien loin de là. C'est juste qu'à tes côtés je me sens vivant.

Je me délectais de ces matins paresseux dans ces villes étrangères, dans ces hôtels qui souvent n'avaient pas de nom ;

nous nous réveillions, et il me permettait de contempler le spectacle de son corps pendant que nous nous caressions. Son pénis me fascinait, au repos comme en pleine action, et il acceptait sans vergogne mon examen ; j'en mémorisais chaque creux, chaque plein et chaque teinte, la façon dont il saillait de son corps et se nichait contre sa cuisse, presque animé d'une vie propre. Leonard disait en plaisantant que je lui portais un intérêt tout médical.

Peut-être essayais-je seulement de découvrir entre les lignes de son corps ce qu'avait été sa vie avant moi. L'un dans l'autre, c'était un sentiment étrange.

De la même manière, il m'avait avoué qu'il adorait me regarder et à quel point ma nudité le ravissait. Je le voyais dans son regard, dans sa façon de me suivre des yeux lorsque je me baladais dans la chambre, m'habillant et me déshabillant devant lui.

À Amsterdam, la fenêtre de notre chambre d'hôtel donnait sur Singel Canal, sur un lacis de ruelles battues par la bruine légère, sur un défilé de vélos garés le long du quai et des arbres qui bruissaient sous la brise. Allongée sur le lit, je me laissais nourrir de framboises et de chocolat par Leonard, comme une vestale romaine indolente étalée sur le lit et vénérée avant d'être prise. Soudain, il a écarté mes lèvres et a fourré ma chatte avec le dernier carré de chocolat. Il a ensuite attendu qu'il fonde avant de le lécher avec délices. J'ai éclaté de rire et j'ai goûté sur ses lèvres le goût de mon intimité mêlé à celui de chocolat amer.

C'est aussi à Amsterdam qu'il a glissé une fleur dans mes cheveux sombres pour célébrer le printemps, puis qu'il m'a demandé de porter une ample jupe blanche qui balayait mes chevilles avec mes Dr Martens et m'a suppliée d'aller me promener bras dessus bras dessous avec lui, sans culotte.

— Fais-le pour moi, a-t-il ordonné.

Et je lui ai fait plaisir.

Dans une petite bijouterie près du Dam, il a fait l'acquisition d'un bracelet en or qu'il a fixé à ma cheville avec une petite clé qu'il a prestement fait disparaître dans sa poche. Était-ce une façon de m'attacher ? J'ai immédiatement pensé cela, et le souvenir de Liana a resurgi. Mais Leonard et moi n'avions pas ce genre de relation. Mais alors pourquoi avait-il fait cela ?

— Pour que tu ne m'oublies jamais, a-t-il expliqué. Quand je ne serai plus là. Après Leonard… On dirait presque le titre d'une pièce de théâtre existentielle, non ?

J'ai commencé à paniquer et j'ai tenté de protester, mais Leonard s'est montré très ferme.

— Ça ne peut pas durer, Lily. Je ne suis pas idiot. Ça ne doit pas durer. De toute façon, c'est inéluctable. Tu finiras par rencontrer quelqu'un de plus jeune, qui sera moins ennuyeux que moi et avec qui tu n'auras pas honte d'être vue en public. Tu verras.

J'ai ouvert la bouche pour m'insurger, mais Leonard a posé ses doigts sur mes lèvres pour m'empêcher de parler.

—Il n'y a pas de négociation possible, a-t-il poursuivi, alors qu'un nuage de tristesse nous enveloppait à présent. Ce sera comme ça, ça aurait dû l'être depuis le début.

Ses doigts ont quitté ma bouche, et il m'a embrassée sur le front.

Deux semaines plus tard, nous étions à Barcelone. Il revenait du Moyen-Orient. La réception de notre hôtel était toute en lignes droites et décorée de nombreux miroirs. Lorsque nous avons pris la chambre en arrivant tous deux en taxi de l'aéroport où nous nous étions retrouvés, l'employé en uniforme nous a jeté un regard entendu. Nos tenues n'étaient pas assorties : Leonard portait comme à son habitude un costume bleu marine et moi une veste en cuir usée, des leggings et des bottes hautes. La plupart des employés n'avaient que quelques années de plus que moi, et je croyais lire de la désapprobation dans leurs regards. Peut-être Leonard l'a-t-il sentie aussi. Il aurait pu inventer une explication ou prétendre que j'étais sa fille, mais lorsqu'il a signé la réservation il a insolemment confirmé mon statut en répondant à l'employé que non merci, nous n'avions pas besoin de lits jumeaux, un lit double ferait l'affaire. J'étais écarlate, mais je commençais à comprendre les dangers de notre relation. Jusque-là, mes sentiments pour Leonard avaient voilé la réalité que nous ignorions joyeusement en prétendant être un couple.

Un couple qui n'avait rien en commun. Pas même un ami ou un goût musical.

En descendant les Ramblas depuis la place de la Catalogne, j'ai été submergée par la peur et la perspective de voir le bonheur m'échapper et, dans un accès de panique, j'ai dit à Leonard que j'étais amoureuse de lui et que rien d'autre n'avait d'importance. Nous avons fait un détour par l'immense marché couvert pour contempler, émerveillés, les fruits de toutes les couleurs et les déploiements de viandes et de poissons exotiques exposés sur les étals en marbre.

Plus tard, sur le chemin qui nous ramenait à l'hôtel à Condal, nous avons croisé des oiseaux en cage sur le marché aux animaux, et j'ai eu envie de pleurer. C'était irrationnel, mais j'avais l'impression qu'une nappe de brouillard s'était abattue sur nous et nous isolait du reste de la ville pendant que nous marchions en silence, tous deux en proie à des pensées moroses et au sentiment prémonitoire de lendemains plus sombres.

Cette nuit-là, nous avons baisé comme des fous, nous nous sommes presque lacérés, enragés, alors que nos corps se livraient à un combat furieux, comme des boxeurs sur le ring. Je l'ai griffé. Il m'a contusionnée. Ni l'un ni l'autre n'a cru bon de s'excuser. Les mots étaient devenus inutiles.

Le lendemain matin, nous avions la matinée pour nous avant de reprendre un vol en fin d'après-midi pour Londres. Nous avons décidé de visiter le parc Güell. L'escalier sans fin qui y menait nous a laissés à bout de souffle. Mais la vue qui nous attendait était inoubliable, et, avec la ville à nos pieds sous le soleil, nous nous sommes tenus par la main en public pour la première fois, puis nous nous sommes assis pour nous embrasser sur un banc, tandis qu'une horde de religieuses à lunettes à la tête d'un groupe d'enfants nous dépassait en nous jetant en douce un regard désapprobateur.

Après ces quelques jours beaucoup trop courts à Barcelone, patchwork insensé de passion et de doutes, de moments de gêne et de silences trop longs, de révélations et de non-dits, nous nous sommes séparés pour ce qui devait être la plus longue durée depuis le début de notre relation. Presque un mois.

Le lendemain matin qui a suivi notre retour à Londres, je me suis réveillée et j'ai roulé sur le ventre, tendant, comme à mon habitude, le bras pour consulter les messages sur mon téléphone. Leonard me répondait en général après minuit, et je gardais toujours son dernier message pour le lire au saut du lit. C'était devenu une habitude puis une superstition. Si je me réveillais au beau milieu de la nuit en sachant qu'il m'avait certainement répondu, je n'ouvrais pas ma messagerie avant l'aube et la sonnerie de mon réveil. J'avais peur que ma journée ne soit gâchée si son nom ne s'affichait pas dans ma boîte mail.

Ce matin-là, pas de message. Ma boîte était vide, comme mon cœur. Il avait beaucoup voyagé récemment. Peut-être était-il simplement coincé dans un aéroport sans réseau. Ou peut-être avait-il laissé son chargeur dans son bagage en soute.

Mais je savais que Leonard était un homme routinier et que, s'il ne m'avait pas écrit, c'était qu'il avait une bonne raison.

J'ai décidé de ne pas lui écrire en premier. C'était notre façon de procéder. Et puis pas question de lui courir après comme une gamine énamourée.

J'ai essayé de me distraire en revenant à mon ancienne vie, à ma routine. À la Lily que j'étais avant de rencontrer Leonard.

J'ai commencé par contacter mes amis, mais le numéro de Liana sonnait sans relâche dans le vide. Une semaine s'est écoulée, et elle ne m'a pas rappelée. Mes inquiétudes à son sujet, combinées à la crainte d'avoir définitivement perdu Leonard, ont formé une boule dans mon estomac, qui menaçait d'engloutir ma vie tout entière. J'étais maussade à la boutique et songeuse au club, même si mes deux employeurs étaient ravis que je sois plus disponible qu'avant.

Ni Jonno ni Elle ne m'ont posé de questions. Ils ont dû supposer que la raison de ma nouvelle présence était la même que celle qui expliquait mes anciennes absences. Un homme.

Quinze jours après mon retour, j'ai appelé Neil, juste pour être réconfortée par une voix amicale.

—Lily! s'est-il exclamé après seulement deux sonneries.

Il avait l'air beaucoup plus gai que d'habitude.

—Tu es de bonne humeur, ai-je constaté.

—J'ai décroché le job! a-t-il crié avec enthousiasme.
Comme chargé de clientèle!

Je me rappelais vaguement qu'il avait un entretien
d'embauche dans la boîte de relations publiques où il avait fait
un stage et j'ai tenté de me souvenir des détails. J'ai ressenti
une pointe de culpabilité. J'avais été tellement absorbée par
ma propre vie que j'en avais oublié celle de mes amis.

—Ouah, génial!

Neil était le seul de mon groupe de comparses étudiants
diplômés en même temps que moi à avoir décroché un véritable
emploi. Les autres, nous nous contentions de dériver et nous
avions tous des jobs d'été qui s'éternisaient, le temps qu'on
découvre ce qu'on voulait faire ensuite.

—Qu'est-ce que tu vas faire? ai-je demandé en m'efforçant
d'avoir l'air contente.

Une conversation avec Neil était peut-être le dérivatif à
ma mélancolie.

—Gérer des comptes. Dans le département de l'urbanisme,
a-t-il expliqué. Ce n'est pas encore un emploi avec beaucoup de
responsabilités, mais je vais travailler sur certaines campagnes.
Prochaine étape: la voiture de fonction… Je suis sur la bonne
voie, Lily. C'est pas génial?

—Oh! ai-je répondu.

D'une manière étrange, j'avais toujours cru qu'il bosserait
dans la comptabilité, à vérifier des factures et à établir des
fiches de paie.

— Comment tu vas, toi ? Ça fait une éternité.

— Bien, ai-je menti. On devrait sortir un de ces quatre. Tu fais quelque chose ce soir ?

— Oui. Je bosse. Et demain soir aussi. La semaine prochaine ?

— Avec plaisir.

Nous avons raccroché en nous promettant de nous voir rapidement.

J'étais contente pour lui, mais, après cette conversation, je me sentais encore plus seule. L'ancien Neil que je connaissais bien semblait avoir été remplacé par une version plus récente que je connaissais beaucoup moins bien et à laquelle je n'étais pas habituée.

Qu'est-ce que j'avais fait de travers ? J'aurais aimé revenir en arrière, à cette vie estudiantine facile et rythmée par les cours et les examens. La vraie vie n'était alors qu'un fardeau lointain, qui ne viendrait jamais frapper à nos portes.

Même un disque d'Alice Cooper écouté en boucle ne pouvait me sortir de la déprime.

Le cœur lourd, j'ai rafraîchi ma page et consulté de nouveau mes mails.

Toujours rien.

Leonard avait disparu de ma vie. Et j'ai compris, avec l'inflexible assurance que confère la jeunesse, que je venais de tourner une page importante de mon existence.

4

80 notes de Dagur

Pendant quelques semaines, j'ai erré dans un brouillard de culpabilité, en me demandant si j'avais pris la bonne décision. Je me suis demandé si j'avais été la seule responsable de ce choix et si, d'une certaine manière, Leonard ne m'avait pas forcé la main.

J'avais l'impression que durant les quatre-vingts jours qu'avait duré notre relation – et j'étais certaine du chiffre chaque fois que je contemplais le calendrier punaisé au-dessus de mon petit bureau dans ma chambre – il avait semé les graines du doute et m'avait fourni, miette par miette, les raisons pour lesquelles nous ne pouvions pas rester ensemble. Jusqu'au jour où, la coupe étant pleine, nous avions été obligés de nous séparer. Plus j'y réfléchissais, plus je pensais que c'était exactement ce qui s'était passé.

D'une certaine manière, il avait planifié notre rupture dès le début, pour m'éviter de souffrir à l'avenir. Plus les choses devenaient claires, plus je l'aimais.

À de nombreuses reprises, j'ai eu envie de lui téléphoner. Je ne l'ai jamais fait à cause d'une crainte inexplicable : j'avais peur qu'il ne tente de m'appeler au même moment et que nos appels ne se croisent et ne s'annulent. Mon corps tout entier se révoltait contre cette séparation.

Après ma journée à la boutique, je marchais plus loin que d'habitude et je hantais en silence les bars dans lesquels nous nous étions retrouvés, dans l'espoir de l'apercevoir. J'avais terriblement peur de finir par tomber sur lui, en compagnie d'une autre fille de mon âge, ce qui aurait définitivement fait de lui un connard et un manipulateur. Peut-être l'espérais-je au fond. Une telle découverte soulagerait enfin la peine qui me dévorait. Mais aucun signe de lui. Si j'avais su où il habitait, j'aurais volontiers et sans vergogne fait le pied de grue devant sa maison de Blackheath, juste pour le voir. J'étais en proie à un maelström d'émotions contradictoires, et je me sentais vide et perdue.

Malheureusement, le club a fermé pendant quelques semaines, le temps de faire des travaux de décoration. Toutes mes soirées se sont libérées, et, à la boutique, les affaires tournaient au ralenti : j'avais donc tout le temps du monde pour faire resurgir et ressasser tous les minuscules événements que j'avais vécus avec Leonard. La façon dont ses doigts avaient dessiné un sillage de salive sur les fleurs de mon tatouage lorsqu'il en avait solennellement dessiné les contours la fois où il m'avait déshabillée dans une chambre d'hôtel, non loin de la bretelle d'accès à Heathrow, où nous avions baisé au rythme des voitures qui rugissaient en contrebas ; son souffle tiède et saccadé lorsque sa bouche approchait de mes seins ; la pression de ses doigts écartant mes fesses lorsqu'il me prenait par-derrière ; les mondes pleins de silences qui peuplaient parfois nos conversations. C'était comme si le barrage de mes souvenirs avait cédé et que ce qui était naguère source d'un plaisir intense se transformait, avec une infinie lenteur, en souffrance.

J'ai fini par arriver à joindre Liana. Elle vivait toujours à Brighton, mais elle avait rompu avec Nick. Elle a fait allusion à quelqu'un d'autre, mais sans vouloir m'en révéler davantage. Elle avait trouvé un emploi dans un cabinet d'avocats et, après avoir compris, comme je l'avais fait avant elle, que les diplômés en littérature britannique étaient beaucoup trop nombreux sur le marché, elle envisageait de reprendre des études de droit. J'avais vraiment besoin de parler à quelqu'un, et Liana avait naguère été ma confidente. J'ai donc décidé de prendre le train pour aller la voir le samedi suivant, et elle a accepté.

Une bruine tenace assombrissait le ciel lorsque je suis descendue du wagon et ai quitté la gare. Liana avait déménagé dans un studio à Hove et elle m'avait expliqué comment m'y rendre en transports en commun, mais j'ai préféré prendre un taxi. Tous mes voyages avec Leonard m'avaient donné le goût du confort.

J'ai eu un choc en voyant Liana. Ses cheveux châtains, naguère magnifiques, étaient ternes et sales, et on aurait dit qu'ils n'avaient pas été peignés depuis des lustres, et elle avait mauvaise mine. Nous avions toutes deux le teint pâle, mais, ce jour-là, elle ressemblait à une poupée de chiffon de Halloween.

— C'est pas la joie en ce moment, a-t-elle avoué quand elle a vu mon regard perplexe.

— Merde! ai-je répondu. Et moi qui comptais sur toi pour me remonter le moral.

— Bienvenue au club, a-t-elle rétorqué pendant que nous montions l'escalier qui menait à la cuisine pour prendre une dose de caféine. Il y a un homme dans l'histoire?

— Comment tu as deviné?

— Tu connais mes dons de voyance, a-t-elle répondu avec un faible sourire.

Mon cœur s'est serré. Échanger des histoires tristes avec ma meilleure amie ne correspondait pas à mon idée de week-end sympa.

Nos histoires étaient bien différentes en réalité. Je n'étais plus avec Leonard, alors que Liana était toujours plus ou moins avec un homme qui, lui aussi, était plus âgé qu'elle. J'étais trop vulnérable pour avouer le nombre d'années qui me séparait de Leonard, et elle est demeurée vague elle aussi, mais j'ai deviné qu'il avait la quarantaine. C'était le seul point commun de nos histoires respectives.

Si j'avais pensé que mon histoire était particulière, la sienne m'a prise par surprise.

—C'est un maître, a avoué Liana.

Je m'en doutais.

—Un bon maître? ai-je demandé.

—D'une certaine manière.

Elle m'a expliqué un peu quelle sorte de relation la liait à cet homme, dont elle a refusé de me donner le nom. Peut-être craignait-elle que je ne le dénonce à la police? Et, au fur et à mesure qu'elle me racontait certaines choses, je me suis dit qu'il méritait vraiment que je le fasse, mais après l'avoir écorché vif de mes propres mains.

—Je pensais que c'était Nick, ton maître, ai-je constaté, perplexe.

Liana a soupiré.

—C'était ça, le problème. Je le pensais aussi. Mais je ne me connaissais pas bien à l'époque, et tout ça était tellement nouveau…

—Nick n'est pas un maître? Mais alors? Les cordes et tout le bazar?

Je me souvenais de cette nuit de folie quand nous nous étions fait tatouer, que nous avions rencontré Nick et que j'avais joué les voyeuses. Elle avait été ligotée et prise violemment, et son air d'extase lorsque Nick avait apprécié ses réactions m'avait fait prendre conscience soudain que c'était la véritable Liana que j'avais devant moi, une étrangère dont les motivations et les désirs profonds étaient très différents des miens.

Même si nous ne nous étions pas perdues de vue, nos visites et nos coups de fil s'étaient graduellement espacés, et j'ai compris que nous avions commencé à nous éloigner à partir de cette nuit-là. Même si mon éducation sexuelle avait désormais élargi mes goûts, nous n'avions jamais réussi à nous raccommoder vraiment – peut-être parce que nous n'en avions jamais parlé.

C'était compliqué, mais, maintenant que j'avais plus d'expérience et que j'avais vécu une vraie relation, je me rendais compte que peu de choses sont simples.

—Oui, a poursuivi Liana. Nick aimait les cordes. C'est un artiste, il trouve ça beau. Mais ça s'arrête là.

—Ça avait l'air pourtant assez intense.

—Tu étais droguée, Lily, et c'était la première fois que tu voyais un truc pareil. Crois-moi, ce n'était pas grand-chose.

—Tu aimes autre chose que les cordes, c'est ça? Et pas Nick? C'est pour ça que vous avez rompu?

—En résumé, oui.

—On a toute la journée devant nous. Pourquoi est-ce que tu ne me racontes pas la version longue?

Je me suis levée pour rallumer la bouilloire.

—Nick n'aimait pas me frapper. Ou me mettre dans une situation inconfortable. C'est un mec doux.

— Tu voulais qu'il te blesse ?

— Je suis une soumise, c'est comme ça. Il va falloir t'y faire.

— Désolée, ai-je répondu. Je ne te juge pas, je veux juste comprendre.

— Je n'aime pas vraiment la douleur pour la douleur. J'aime le jeu de pouvoir. La relation maître-soumise.

J'ai acquiescé pour l'encourager à poursuivre. J'avais vu des gens jouer au club, mais je ne connaissais aucun de ces couples et je ne savais pas vraiment ce qui était réellement en jeu derrière ces relations sexuelles.

— Tout est dans le lien de confiance entre deux personnes, tu vois. La fessée, le fouet, tout ça n'en est qu'une manifestation physique… Mais il y a plein d'autres trucs : l'irrumation, le feu, la cire chaude, les aiguilles, la torture par électricité…

Un sourire coquin a éclairé ses traits lorsqu'elle a vu que je cillais. L'ancienne Liana que je connaissais bien était toujours là, dissimulée sous la surface morose : elle aimait toujours choquer les gens.

— Tout ça a l'air douloureux.

— Non. Pas quand tu le fais correctement. Un bon maître prépare sa soumise, et, quand il en arrive aux trucs durs, ce n'est pas terrible ni même douloureux, à moins que tu le veuilles vraiment. Tu devrais essayer. Tu travailles bien dans un club fétichiste, après tout.

— C'est pas vraiment mon truc.

—Ça, on ne le sait pas tant qu'on n'a pas essayé. Et certaines choses sont différentes de ce qu'on croit. Le feu, par exemple, ressemble à un câlin tiède. Et la cire, c'est très sympa, à condition de ne pas utiliser n'importe quelles bougies et qu'elle ne soit pas trop chaude.

—Mmmm, ai-je répondu, pas vraiment convaincue. Qu'est-ce qui te plaît dans tout ça ? La sensation pure ?

—Pas tout à fait. Il y a quelque chose de presque mystique. Quand tu trouves le bon partenaire et que tu te laisses vraiment aller, tu entres dans une espèce de transe. C'est libérateur, aussi. Tu transfères toute la responsabilité à quelqu'un d'autre et tu te permets d'être complètement désinhibée. Tu prends du plaisir alors que tout le monde dit que c'est mal. Tu joues avec le feu. Tu as bien vu ça au club. Tu ne lâches jamais prise ?

J'ai fait « non » de la tête.

—Alors tu n'as pas vraiment vécu. Quand il me tire les cheveux et me crache au visage, il efface toutes mes pensées. Tous mes soucis. C'est comme s'il m'avait écorchée et qu'il tenait mon âme au creux de sa main, comme un papillon. Et il me voit comme je suis vraiment. Pas les conneries que j'ai construites depuis des années. La fausse assurance, l'arrogance. Il voit qui je suis réellement. Et après, quand je suis en morceaux, il me prend dans ses bras et me berce comme une enfant…

J'ai bu une gorgée de thé chaud qui m'a brûlé la gorge. Liana devenait lyrique, et une expression rêveuse se peignait sur ses traits. Même si j'étais ravie qu'elle se confie à moi, je trouvais tout cela un peu flippant. Les gens pervers sont parfois très intenses.

—Qu'est-ce qui est allé de travers, alors ? Si c'est si génial que ça, pourquoi tu as l'air si malheureuse ?

—Pendant un temps, ça a fonctionné avec Nick. Je pense que je suis soumise de nature. J'ai toujours été comme ça. C'est le premier qui a révélé ça en moi. Au début, c'était super, et j'ai adoré. Mais, au bout d'un moment, j'en ai voulu plus. Et il ne pouvait pas me donner ce que je voulais.

—Il n'aimait pas les trucs plus hard ? Il ne pouvait pas faire un effort pour toi ?

—On a essayé, mais ça n'a pas marché. Il y a une différence entre celui qui t'utilise parce qu'il le veut vraiment et celui qui fait ça pour te faire plaisir. Ça a tout changé. J'avais l'impression que c'était moi qui tirais les ficelles. Et je savais que ça ne lui plaisait pas vraiment. Alors on a décidé que je pouvais jouer avec d'autres personnes, juste pour évacuer.

—Il est devenu jaloux ?

Elle a ajouté une cuillère de sucre dans son thé. C'était la cinquième, et elle avalait les biscuits au gingembre les uns à la suite des autres. Liana était accro au sucre.

—Pas vraiment. C'est assez courant d'avoir plusieurs partenaires. J'allais régulièrement dans les clubs ou autres, et je me faisais fouetter par le Maître du Donjon ou par des gens qui pratiquaient aussi. C'était une façon de prendre du plaisir pour tout le monde. Nick n'était pas jaloux. Mais j'ai arrêté de le voir comme mon maître, et mes sentiments pour lui ont changé. On a commencé à s'engueuler. Et puis j'ai rencontré quelqu'un.

— Le mec avec qui tu es en ce moment?

— Non, un de ses amis. On ne s'est vus que quelques fois, mais on a tout de suite accroché. Tu as déjà vécu ça avec quelqu'un? Cette connexion instantanée? Comme un coup de foudre mais sans l'amour.

J'ai pensé à Leonard; j'avais tout de suite eu l'impression que nous nous connaissions depuis toujours. Il savait exactement comment me caresser, sans que je lui donne aucune instruction.

— Oui. Je sais ce que c'est.

— Il s'appelait Alice.

— Drôle de nom pour un mec, ai-je remarqué.

— Ouais, a-t-elle dit en riant. C'est comme ça qu'on a fait connaissance, d'ailleurs, parce qu'il me faisait penser à toi. Je sais que tu aimes toujours autant Alice Cooper, même si tu veux faire croire que ce n'est pas vrai… Mais il l'épelait différemment. Il était américain: A-L-Y-S-S. Mais moi, je l'appelais Alice. On a eu des séances incroyables tous les deux. Tellement intenses. Parfaites.

Elle avait de nouveau le regard lointain. Dans la stratosphère, comme on disait au club lorsque les gens entraient en transe alors qu'on les fouettait ou qu'ils étaient attachés.

Liana n'avait pas cette tendance à la rêverie avant. Je me suis demandé si c'était l'acceptation de son côté soumis qui l'avait rendue ainsi.

— Mais Alyss est parti, a-t-elle poursuivi. Il est rentré aux États-Unis. Il était juste venu passer quelques semaines de vacances ici. Ces relations deviennent rapidement très intenses, à cause du degré de communication et de confiance. C'est comme si on avait un lien que personne ne pouvait comprendre ou apprécier. On est sur une île déserte.

J'ai pensé de nouveau à Leonard : le secret que nous avions imposé à notre relation à cause de notre différence d'âge nous avait rapprochés. Nous partagions un secret.

— Je comprends, ai-je acquiescé.

— Alyss m'a encouragée à aller de l'avant et à trouver un nouveau partenaire. C'est ce que j'ai fait. Mais j'essayais de l'oublier, alors je me suis trop précipitée. J'ai fait des choses difficiles. J'ai fait semblant de supporter des choses alors que ce n'était pas le cas. Je voulais passer pour la nana forte et résistante. Je voulais être invincible. Pour ne pas souffrir de nouveau. Puis j'ai rencontré le mec avec qui je suis maintenant, et il aime les trucs hard, parfois trop. Et il ne s'arrête pas. Et maintenant il veut tout contrôler, et je n'aime pas ça, mais je n'arrive pas à me sortir de là. Je ne sais pas quoi faire.

— Oh, ma chérie ! ai-je dit en m'approchant vivement d'elle et en l'enlaçant.

Des larmes ont commencé à couler sur ses joues, et elle les a essuyées rapidement.

—Tu as toujours été tellement forte. Tu n'as rien à prouver à personne.

Elle a enfoui sa tête dans mon cou et s'est mise à sangloter.

Au regard de son histoire, ma rencontre avec Leonard et son inévitable conclusion faisaient bien pâle figure. J'avais prévu de tout lui raconter, mais je me suis contentée de lui dire que je sortais d'une rupture. Ma souffrance n'était rien en comparaison de la sienne.

Nous avons passé le plus clair du week-end à noyer nos chagrins : nous avons bu dans les bars que nous fréquentions lorsque nous étions étudiantes et fait du lèche-vitrines en nous moquant des fringues que nous n'avions ni les moyens ni le goût d'acheter, et des femmes de Brighton qui les portaient. Mais notre supériorité ne nous consolait en rien.

Sur une impulsion avinée, peu de temps avant que je prenne le train du dimanche après-midi qui devait me ramener à Londres, nous avons décidé de nous couper mutuellement les cheveux. J'ai fait une coupe à la garçonne à Liana, et elle a massacré ma chevelure en un carré assez masculin qui n'atteignait pas mes épaules. Lorsque je me suis regardée dans le miroir de sa salle de bains, je me suis à peine reconnue.

—Ce n'est pas trop court ? a demandé Liana.

—Ça repoussera, ai-je rétorqué en haussant les épaules. Et toi ?

Elle a fourragé dans ses cheveux.

— Il va me tuer ou trouver un moyen de me punir, a-t-elle répondu. Il m'a toujours dit qu'il aimait mes longs cheveux et que je n'avais pas intérêt à y toucher.

Elle était soudain devenue très pâle.

— Tu aurais dû me prévenir.

— C'est pas grave, a-t-elle assuré en haussant les épaules. Il s'en remettra.

De retour à Londres, Neil s'est montré pareillement insensible à mes tourments.

— C'est un peu flippant, Lily, a-t-il répondu lorsque je lui ai avoué que j'avais eu une liaison avec un homme plus âgé.

— Pourquoi ?

— Je ne sais pas. C'est comme ça.

— Explique-moi pourquoi, ai-je insisté.

— Il est… assez vieux pour être ton père. Est-ce qu'en le regardant pendant que vous… tu sais… tu ne l'as jamais pensé ?

Il essayait d'exprimer son indignation avec des mots prudents.

— Non. Je n'ai jamais rien pensé de tel. Leonard n'est pas mon père. C'est juste un homme un peu plus âgé que moi.

— Un peu plus âgé ! s'est-il exclamé. Il a plus de deux fois ton âge. Et puis Leonard, c'est un nom de vieux.

J'ai éclaté de rire devant les préjugés de Neil.

—Tu ne comprends rien. Si l'attraction est mutuelle, on s'en fout de l'âge.

—Mais…

—De toute façon, c'est fini maintenant, et je vois que tu n'es vraiment pas prêt à me consoler.

Je suis descendue du tabouret de bar.

—Lily!

—Va te faire foutre, Neil.

Il avait changé. Ce n'était plus le Neil que je connaissais, et je pouvais m'éloigner sans difficulté. Il passait de plus en plus de temps au travail et, chaque fois que nous nous voyions, il avait de plus en plus l'air d'un mec qui bosse dans la pub et de moins en moins l'air de mon vieil ami. Ce soir, il était arrivé dans un costume flambant neuf, la cravate à moitié défaite. J'avais brièvement imaginé de la lui arracher puis de l'attacher à la chaise avec elle, histoire de lui montrer que ce n'était pas parce qu'il travaillait dans le West End qu'il pouvait me donner des leçons.

Neil ne m'avait été d'aucun secours. J'étais seule avec mes souvenirs, la bonne vieille Lily et sa tristesse. Je savais que je finirais par m'en remettre. Le temps s'écoulerait, et les traits du visage de Leonard s'estomperaient dans ma mémoire. Avec un peu de chance, les sentiments que j'avais pour lui disparaîtraient aussi, et la vie continuerait. Cela n'aurait été qu'une passade. J'étais bien décidée à aller de l'avant et, puisque Leonard m'avait encouragée à aller voir ailleurs, comme l'avait fait Alyss avec Liana, à profiter des plaisirs que la vie avait à m'offrir tant que j'étais jeune, je le ferais. Je ne me sentais pas jeune, cependant ; j'avais l'impression d'avoir un million d'années.

J'avais vu la pub pour un concert des Holy Criminals dans *Time Out* et, sur un coup de tête, j'ai décidé d'acheter un billet, mais le concert était complet. Lorsque j'ai raconté ça à Jonno, il m'a dit qu'il connaissait quelqu'un qui bossait avec leur manager et qu'il allait lui téléphoner pour savoir si elle pouvait me mettre sur la liste des invités. Cela ne l'a pas empêché de plaisanter en disant que je n'avais jamais manifesté le moindre intérêt pour ce groupe avant que le batteur vienne avec ses potes islandais.

Je me suis pointée au concert avec mes peintures de guerre – rouge à lèvres violet foncé, eye-liner noir et épais, cheveux gominés – et vêtue de cuir de pied en cap avec aux pieds les Dr Martens que Leonard n'avait jamais aimées. Mon nom était sur la liste comme promis, et j'avais le droit de venir accompagnée, même si j'étais seule. Jonno non plus n'était pas fan du très controversé Viggo Franck et de son groupe.

On m'a même donné un passe qui me permettait d'aller partout, y compris dans les coulisses.

J'ai immédiatement repéré Viggo, avec ses cheveux en bataille et son pantalon ultramoulant. Il se tenait dans un coin, cerné par une horde de femmes qui se délectaient de ses vannes pourries. J'ai gagné l'autre bout de la pièce, où un généreux buffet de boissons, de fruits, de viandes et de fromages avait été dressé. Je tenais en équilibre précaire mon gobelet en plastique rempli de vin et l'assiette dans laquelle j'avais entassé des chips, des noix et un sandwich œuf-cresson, lorsque quelqu'un m'a frôlée. Je me suis retournée.

— J'aime tes cheveux comme ça.

— Je ne pensais pas que tu me reconnaîtrais.

— Je n'oublie jamais une larme, a répondu Dagur.

On m'a autorisée à assister au concert depuis une des ailes, avec d'autres personnes. J'ai trouvé la mise en scène puissante et théâtrale, même si ce genre de musique n'était pas vraiment ma tasse de thé.

Viggo a ensuite gagné sa loge avec, dans son sillage, deux blondes aux jupes ultracourtes. Dagur, en nage et torse nu, un magnifique tatouage de cheval sur la peau ferme de son dos, s'est approché de moi et m'a fait un clin d'œil. Il n'y avait rien de libidineux dans ce geste, c'était juste une façon de me sourire.

Je me suis quand même approchée de lui et, avec une lenteur délibérée, j'ai passé la main sur son front. Il m'a embrassée. Ses lèvres étaient fermes et exigeantes, et, lorsque je me suis avancée vers lui, il a posé légèrement ses mains sur mes hanches, afin de m'arrêter pendant qu'il continuait à m'embrasser. Il n'a pas tenté de me peloter ou de tirer trop tôt avantage de sa position, et cette façon de m'exciter tout en me maintenant éloignée m'a attirée vers lui comme un papillon de nuit vers la lumière.

Le lendemain matin, je me suis réveillée dans son lit. Il avait monté le chauffage à fond et, lorsque j'ai ouvert les yeux sur le jour, il a tiré les couvertures, me laissant nue et exposée à son regard baladeur, tandis que je m'étirais langoureusement sur son futon. Son appartement n'était pratiquement pas meublé, et le lit bas et gigantesque aux draps blancs et au cadre acajou dominait la pièce.

— Voilà qui est mieux, a-t-il commenté, une fois disparu le drap dans lequel je m'étais enroulée pendant la nuit. Je veux te voir.

Il m'avait déjà apporté une tasse de café et un bol de fruits surmontés de miel sur un plateau. Un petit pot de crème était posé à côté de la tasse.

Je pourrais très facilement m'habituer à ce genre de choses. Les mecs de mon âge ne risquaient pas de m'apporter le petit déjeuner au lit. Ils avaient trop peur que ce genre de gentillesse ne fasse penser à la fille que la bague de fiançailles et le pavillon allaient suivre.

Les hommes plus âgés étaient différents. Ils étaient plus gentils avec les femmes. Ils prenaient tout moins au sérieux. Et j'aimais cela.

Dagur devait avoir une petite trentaine d'années. Peut-être un peu moins. Habillé, il avait l'air assez banal, peut-être parce qu'il vivait dans l'ombre du charismatique Viggo Franck. Cependant, nu, il était splendide. Pratiquement imberbe, musclé, et avec ce tatouage qui bougeait quand il marchait. J'étais excitée rien que d'y penser.

—Qu'est-ce que tu fais demain, chérie? a-t-il demandé.

Il s'était assis sur le bord du lit, un ordinateur portable sur les genoux. De temps en temps, il tendait la main et me caressait la cheville. J'ai gigoté jusqu'au bas du lit et fait basculer mes jambes par-dessus le bord derrière lui : sa main a rencontré mon sexe au lieu de ma cheville.

Il a levé les yeux et souri.

—Ah, c'est comme ça? a-t-il demandé en se plaçant sur moi.

Il a glissé un doigt en moi et l'a tranquillement fait aller et venir jusqu'à ce que je me mette à gémir et à me presser contre lui. Le drap était rêche contre mon dos. J'ai glissé plus bas encore afin que sa main entre plus profondément en moi. La nuit dernière avait été bonne, mais je n'étais pas rassasiée. Je voulais que Dagur me prenne encore et qu'il remplisse tous les vides laissés par Leonard.

Son ordinateur est tombé sur le sol.

—Encore, ai-je dit. J'en veux plus.

J'ai posé le pied sur le sol pour me donner un appui et j'ai agrippé son poignet pour guider sa main.

—Tu es trop étroite pour ce genre de choses, chérie.

—Fais un effort, ai-je ordonné en poussant son poing plus avant. Emplis-moi.

Les yeux de Dagur ont étincelé. En une fraction de seconde, il m'a poussée brutalement contre le lit et a remonté mes jambes au-dessus de ma tête. Ses doigts allaient et venaient dans ma chatte. Il a plié la main pour faciliter la pénétration, mais j'ai grimacé lorsqu'il a glissé son quatrième doigt, dont l'entrée s'est brusquement arrêtée à la première phalange.

—Détends-toi, a-t-il ordonné.

Il s'est penché vers moi et m'a caressé la joue avec une infinie délicatesse. Puis il a saisi un tube de lubrifiant sous le lit. Il dégageait une forte odeur de cannelle, et il était froid et humide.

—Et si tu essayais?

—Moi?

—Oui. Je veux te voir te fister toi-même.

Il a saisi ma main et a posé sa paume contre la mienne, doigts recourbés, histoire de me prouver que mes mains étaient beaucoup plus petites que les siennes.

—Je ne suis pas certaine de…

J'ai essayé d'imaginer la chose. En vain.

—Je vais t'aider.

Il a ôté ses doigts de mon vagin et a attrapé mon poignet pour me guider à l'intérieur. Ses doigts étaient humides et collants.

—Tu as déjà essayé la DP?

—La quoi?

—Double pénétration.

—Non, ai-je répondu dans un souffle.

J'étais presque complètement dépassée à l'idée que ma main se trouvait à quelques millimètres de mon vagin. Ma surprise avait pratiquement pris le pas sur mon excitation, et j'ai été distraite un instant par les possibilités offertes par sa question.

Je n'avais jamais eu de plan à trois. Mais je savais que Liana, si – son premier copain avait voulu expérimenter son côté bi et avait invité un de ses amis, avec sa permission. Liana m'avait raconté qu'après s'être sucés mutuellement devant elle ils avaient accepté de la prendre à deux. Elle en avait chevauché un pendant que l'autre, agenouillé derrière elle, la sodomisait. Lorsqu'elle m'avait raconté cela, j'avais imaginé que prendre deux hommes à la fois avait dû lui donner une sensation de pouvoir absolu. Quand je lui avais fait cette remarque, elle avait ri. Je comprenais pourquoi à présent. Il était plus vraisemblable que ce genre de situation représentait pour elle une double soumission. Moi, je voyais cela différemment : avoir deux hommes qui me désiraient, vénéraient mon corps, me touchaient exactement comme je l'exigeais. Après son départ, je m'étais enfermée dans ma chambre et j'avais fantasmé en me caressant.

—Ça te plaît, n'est-ce pas ? a demandé Dagur. Tu mouilles. Ça t'excite vraiment l'idée d'être prise par deux hommes à la fois ?

Il avait penché la tête pour murmurer au creux de mon oreille. Son accent islandais donnait un ton plus rude à ses mots, et j'ai arrêté de respirer. Mon esprit a cessé de réfléchir, et mon corps a été submergé par une soudaine vague de désir. Si je n'avais pas déjà été allongée, la voix de Dagur m'aurait privée de l'usage de mes jambes et fait tourner la tête. Leonard avait été le premier à me faire comprendre que j'aimais qu'on me dise des cochonneries pendant l'amour, mais pas le dernier.

— Oh que oui ! ai-je répondu.

J'étais tendue comme un arc.

— Je ne peux pas te donner ça, mais je peux faire comme si.

Il a enfermé mon poignet dans sa main et a poussé doucement jusqu'à ce que je m'ouvre et que ma main glisse complètement en moi.

— Ouah ! ai-je commenté, émerveillée.

L'intérieur ne correspondait pas à ce que j'attendais : l'entrée était étroite, mais le reste parfaitement élastique. J'ai étiré et bougé ma main pour m'explorer. J'ai fermé les yeux et oublié Dagur, noyée dans la sensation de ma main qui me remplissait tout entière.

Quand j'ai rouvert les yeux, Dagur me fixait, le regard brillant.

Il a poussé une espèce de grondement rauque et m'a fait basculer sur le côté. Il a relevé mes genoux contre ma poitrine tout en maintenant ma main fermement en place.

— Plus, ai-je gémi.

Mon poing ne me suffisait pas. Il ne suffirait jamais à remplir tous les espaces vacants laissés par Leonard.

Je me suis agitée lorsque Dagur a saisi mes seins, qu'il a caressés et pincés brutalement, comme s'il avait perdu le contrôle de ses sens. Il a posé la bouche contre mon cou et m'a mordillée. Ses dents étaient pointues.

— Je vais te donner plus, a-t-il répondu d'une voix rauque.

Il a posé le pouce contre mon anus, qui s'est ouvert, l'invitant à entrer.

— Tu es super étroite, a-t-il murmuré en agitant son doigt de manière circulaire avant d'en ajouter un deuxième.

— Encore, ai-je ordonné.

Dagur m'a lâché le poignet pour fourrager sous le lit, à la recherche d'un préservatif. Ses mains tremblaient autant que mon corps. Il a de nouveau pressé mon poignet plus avant, tout en me sodomisant profondément. J'ai crié, submergée par le plaisir.

Son sexe se pressait contre mes phalanges ; ils étaient uniquement séparés par le mur qui se tenait entre nous, cloisonnant les deux entrées, ma chatte et mon cul.

— Tu sens ça ? ai-je demandé en agitant mon poing de haut en bas pour augmenter mon plaisir.

— Oh putain, oui !

Il m'a davantage roulée en boule, a saisi mes cheveux puis est allé et venu en moi de plus en plus rapidement, jusqu'à ce que son corps se tende et se raidisse. J'ai senti que, sous la fine membrane du préservatif, son sperme se répandait dans mon anus.

Sa poitrine était couverte de sueur lorsqu'il s'est effondré sur moi. Il m'a enlacée sans se retirer, puis m'a gentiment embrassée sur les lèvres tout en me caressant le flanc.

—Aïe! ai-je dit en libérant mon poing.

Mon poignet me faisait mal; il avait été prisonnier d'une position inconfortable pendant trop longtemps. Dagur a saisi ma main et en a embrassé le dos, comme s'il saluait une princesse.

—Impressionnant, a-t-il commenté. Mais tu n'as pas joui?

—Non, ai-je répondu, parce que je n'avais jamais compris l'intérêt de simuler. C'était bizarre. J'ai senti mes muscles se tendre comme si j'allais jouir, mais c'était comme si j'étais si pleine que je n'avais plus la place pour un orgasme. Je pouvais me contracter mais pas lâcher prise.

—Intéressant.

Il s'est redressé sur un coude et a bougé afin que son poids repose sur moi, son corps dur contre le mien.

—Je vais arranger ça, a-t-il poursuivi. Donne-moi juste une minute ou deux.

Il a tenu parole, et nous avons passé le reste de la journée au lit, méli-mélo de membres moites dans des draps humides.

La soirée était déjà entamée lorsque j'ai regagné ma chambre de Dalston et que je me suis effondrée sur mon lit pour me reposer enfin.

Le réconfort que j'avais trouvé dans les courbatures agréables de mon corps et le calme de ma seule compagnie se sont dissous dans l'inquiétude que je ne pouvais m'empêcher d'éprouver pour Liana, même si je me disais qu'elle était adulte et capable de se débrouiller toute seule, bien que je n'approuve pas toujours ses actions.

J'ai finalement décidé de lui téléphoner pour vérifier comment elle allait et, si besoin était, lui remonter le moral en lui racontant ma dernière conquête.

— Oh, Lily, a-t-elle gloussé, tu es une vraie traînée!

— Comment oses-tu me traiter ainsi, jeune femme? ai-je rétorqué sur le même ton, en faisant semblant de ne pas comprendre la plaisanterie.

— En tout bien tout honneur, évidemment, a-t-elle poursuivi. Le matin tu es toute tristoune à cause de ton ancien et vieil amant, et l'après-midi tu folâtres avec une rock star. Je suis jalouse, a-t-elle dit en soupirant. Quoique j'aurais préféré me taper le chanteur ou le guitariste. Les batteurs sont tout en bas de l'échelle des groupies, tu le sais. C'est tellement typique de toi de commencer par le dernier barreau. Tu envisages de gravir les échelons?

— C'est vraiment l'hôpital qui se fout de la charité, ai-je remarqué. C'est pas moi qui aime qu'on m'attache et qu'on me fouette.

— Seule une traînée peut en reconnaître une, a conclu Liana. Allez, raconte-moi tout. Je veux tous les détails juteux. Il était déchaîné?

— Pas tant que ça, ai-je répondu. Mais il m'a appris deux ou trois trucs.

— On dirait une brute, a-t-elle poursuivi.

— En réalité, il est plutôt gentil, même s'il n'est pas du genre petit ami.

— Ni mari, je suppose ?

— Non, ai-je confirmé.

— Parle-moi de ce qu'il t'a appris. On ne sait jamais, je pourrais apprendre quelque chose.

— Ça m'étonnerait, ai-je répondu en riant.

Les semaines se sont écoulées, et Dagur et moi avons continué à nous voir de temps en temps, en fonction de ses concerts et de mon emploi du temps. Je me suis rapidement prise d'affection pour lui et j'appréciais tous les instants que nous passions ensemble, au lit et en dehors. Il était amusant et c'était un amant imaginatif et enthousiaste, au sens de l'humour assez particulier. Il était à l'exact opposé de Leonard, dont la vie intérieure mélancolique n'était jamais loin de la surface, même lorsqu'il était joyeux et expansif. Quand Dagur riait, il ne se retenait pas et rugissait d'une manière qui n'avait rien de subtil, pleine de vie et incontrôlée. Quand il baisait, il se dévouait corps et âme. Il était peut-être un peu égoïste, mais endurant et attentif à mes réactions et à mes frissons. Il jouait de mon corps comme de sa batterie, avec ardeur et précision ; il dominait le rythme, imposait le tempo et prenait autant de plaisir dans ses talents professionnels que dans les sensations que le sexe faisait naître dans son corps.

Mais il n'avait rien de sentimental.

Un jour, il m'a posé une question à propos de mon bracelet de cheville. Ce cadeau symbolique qui me rappelait Leonard chaque fois que je posais les yeux sur lui.

— Un autre homme ? a-t-il demandé en passant.

J'ai acquiescé.

— Ça n'a aucune importance, a-t-il répondu. Vraiment.

Pour lui, le sexe était un jeu, auquel il aimait se livrer avec un abandon joyeux. De la même manière qu'il aimait jouer de la batterie, se produire en concert ou manger. C'était un besoin primitif qu'il remplissait de tout son cœur, sans réserve ni remords.

Il m'aimait bien, mais j'avais le sentiment que j'étais interchangeable. Les femmes étaient toutes les mêmes pour lui, jetables, des havres de plaisir sur une route hédoniste sans fin. Il n'aurait jamais fait de mal à l'une d'entre nous, mais il ne faisait aucune promesse d'engagement non plus. Nous étions amis et nous baisions ensemble. Cela ne signifiait rien au-delà du bref plaisir du bon sexe partagé par deux quasi-étrangers.

— C'est parfait, a remarqué Liana un soir au téléphone. Pas de complications. Vous en profitez le temps que ça dure.

— Je ne sais pas, ai-je répondu.

— Il n'est pas parfait, mais qui l'est ? a rétorqué Liana.

Peut-être qu'au fond de moi je ne voulais pas être une traînée.

Lorsque Dagur allait et venait en moi avec une régularité de métronome brutal, me prenant avec la dureté d'un guerrier viking déchaîné, je regrettais la douceur de Leonard, et quand mon batteur tatoué se détendait et m'enlaçait de ses bras puissants j'aurais tout donné pour revivre l'un de ces rares moments où Leonard penchait son visage vers le mien, avec son expression éternellement tourmentée, comme si son âme combattait sa sensibilité et accélérait ses coups de reins, au rythme de mon plaisir, prenant le pouls de ma vie et y répondant, en parfaite harmonie.

Une nuit, Dagur m'a rejointe tard chez moi après un concert dans l'est de Londres. Nous étions blottis l'un contre l'autre dans mon lit étroit, et mon corps baignait toujours dans le rayonnement intérieur provoqué par l'amour que nous avions fait plus tôt, lorsque je me suis réveillée brutalement, aux petites heures de l'aube. Il faisait toujours nuit. Je suppose que j'avais rêvé ; mes pensées étaient confuses, mélange de gens, d'événements, de choses éparpillés au hasard sur l'écran noir de mon cerveau endormi. Dagur était étendu de son côté, le bras affectueusement passé autour de moi, et il ronflait doucement : c'était un homme repu et en paix avec lui-même. J'aurais dû être satisfaite aussi, mais, quand j'ai posé les yeux sur lui, Leonard m'a manqué. Terriblement.

Le mauvais homme au mauvais moment.

Je me suis dégagée de l'étreinte de Dagur et, tendant la main vers la table de nuit, j'ai attrapé mon téléphone portable. J'ai fait défiler la liste de mes contacts jusqu'à Leonard, et mon doigt a hésité à appuyer sur le bouton « Appeler » pendant une éternité. Mon esprit passait par toute la palette de sentiments existant entre la certitude et la crainte.

Puis j'ai songé que, où qu'il soit – s'il était toujours en Europe, et pas dans une autre partie du globe –, ce serait le milieu de la nuit pour lui aussi et qu'il ne méritait pas d'être réveillé à une heure si pénible. Je savais que tout ce que je pourrais dire serait absurde et ne changerait rien à ce qui nous retenait éloignés l'un de l'autre.

J'ai pensé alors lui envoyer un texto, mais j'ai vite compris que je serais incapable de formuler ma pensée correctement, de choisir les mots justes et de décrire précisément les sentiments qui me lacéraient le cœur.

Peut-être Leonard était-il, au même moment, incapable de dormir et en train d'hésiter, le téléphone à la main. Peut-être partageait-il exactement mes pensées et faisait-il face aux mêmes doutes. J'avais besoin de le croire.

J'ai reposé le téléphone à côté du lit, puis j'ai contemplé les larges épaules de Dagur en écoutant sa respiration. J'ai glissé la main sous la couverture jusqu'à son entrejambe. J'ai pris ses couilles dans mes mains et soupesé leur poids immobile. La réaction de Dagur ne s'est pas fait attendre : il a bougé et a roulé sur le dos. Son sexe mou a commencé à durcir, à quelques centimètres de mes mains baladeuses.

Je me suis faufilée sous la couverture et je l'ai pris en bouche. Dans l'obscurité, submergée par l'agréable odeur de nos tiédeurs, je l'ai sucé jusqu'à ce que son sexe soit complètement rigide et qu'il pulse, puis je me suis assise à califourchon sur lui et j'ai dirigé avec dextérité sa queue en moi. Il n'avait pas ouvert les yeux, mais j'étais certaine qu'il était parfaitement conscient. Je le chevauchais sans préservatif, mais je n'en avais rien à faire.

Il a gémi. Soupir paresseux de satisfaction. Je me suis agitée sur lui, déterminée, affamée, enfonçant son sexe rigide profondément en moi.

Encore et encore, jusqu'à ce que j'aie l'impression de me baiser toute seule en l'utilisant comme un accessoire. J'ai songé que c'était certainement ce qu'il ressentait lorsqu'il me sautait ou qu'il couchait avec une autre groupie.

Je savais déjà que je ne parviendrais pas à jouir. Mais je voulais que sa rigidité m'emplisse, qu'elle m'écartèle jusqu'à ce que je crie et que le fantôme de Leonard quitte la pièce, qu'il n'ait plus aucune emprise sur moi, comme une chose du passé, quelqu'un que je devais à tout prix oublier si je ne voulais pas sombrer dans la folie. Bonjour, Dagur ; au revoir, Leonard. On aurait presque dit le titre d'une chanson. Au revoir, Leonard ; bonjour, rock'n roll.

Dagur était indifférent à mes états d'âme. Il se fichait totalement de savoir qui prenait l'initiative et le fait que je le réveille aux petites heures du matin avec une violente envie de me faire sauter était pour lui à la fois banal et normal. Il a cependant dit que, si nous prenions l'habitude de baiser sans préservatif, nous devions absolument nous faire tester. Son attitude m'a fait rougir, tout en me donnant de l'assurance et la liberté de me laisser aller à mes désirs. Dagur a à peine froncé les sourcils lorsque j'ai mentionné, en plaisantant, que j'étais devenue une traînée, comme si le mot lui était inconnu et qu'il n'en devinait pas le sens. Contrairement à bien des hommes, Dagur ne pensait pas qu'on pouvait trop aimer le sexe ou avoir trop de partenaires. Pour lui, cela faisait simplement partie de la vie.

J'ai décidé de lui ressembler davantage et j'ai passé moins de temps à me demander avec qui je devrais coucher ou pas, tant que je me faisais plaisir.

Aussi, lorsqu'il m'a invitée à l'accompagner à une séance photo planifiée par son manager, j'ai fait fi de toute prudence et j'ai accepté.

— Les autres membres du groupe ne viennent pas ? ai-je demandé à Dagur, pensant qu'il s'agissait de photos promotionnelles pour les Holy Criminals.

— Non, a-t-il répondu. Notre manager trouve que mes clichés sont trop datés. Il veut renouveler le portfolio. Viggo et les autres ont fait des photos il y a quelques semaines. Il ne reste plus que moi. J'ai repoussé le truc autant que j'ai pu, mais mon manager commence à s'impatienter.

— Tu as peur qu'on te vole ton âme ? l'ai-je taquiné.

— Je crains bien que oui. Le photographe est hyperconnu. Surtout pour ses photos de mode. J'en ai entendu parler par les nanas de la prod. Aujourd'hui, je pense qu'il ne va faire que des essais. Rien d'officiel. Mais je déteste qu'on me prenne en

135

photo tout seul. Quand le reste du groupe est là, ça se passe mieux, parce qu'on fait les cons. C'est pour ça qu'il m'a suggéré de venir avec quelqu'un…

J'étais flattée que Dagur ait pensé à moi. J'aurais pensé qu'il avait un harem de nymphes blondes vers qui il se tournait quand il avait besoin qu'on lui tienne la main.

—Salut, je m'appelle Grayson, a déclaré le photographe sur un ton enjoué lorsque nous sommes entrés.

Son regard a effleuré mon tatouage en forme de larme, mais il n'a fait aucune remarque et il m'a immédiatement plu.

J'ai siroté un café en regardant Grayson installer les projecteurs et manipuler du matériel. Pendant une demi-heure, juste après avoir pris des Polaroïd, Grayson a shooté à toute allure en tournant autour de Dagur comme une abeille industrieuse, variant les poses et les instructions. Pendant tout ce temps, le sourire de Dagur était figé et contraint, et son malaise d'être ainsi placé sous l'objectif, palpable.

—Faut te détendre, mec, a dit Grayson.

—Et je fais ça comment?

—Fais quelque chose qui t'est naturel, a expliqué le photographe.

Il n'a pas cillé lorsque Dagur a ôté son tee-shirt à manches longues, puis a dégrafé sa ceinture et enlevé son jean, avant de repousser ses vêtements en tas sur le côté.

Dagur nous a fait un clin d'œil à Grayson et à moi. Sa malice le détendait visiblement, et toute tension l'a immédiatement quitté.

Grayson a souri.

— Il faut ce qu'il faut, a-t-il commenté.

— Ça va beaucoup mieux comme ça, a répondu Dagur. Mais je compte sur toi et sur mon manager pour qu'aucune photo compromettante ne sorte d'ici.

— Je te le promets, a affirmé le photographe en reprenant sa danse autour d'un Dagur beaucoup plus à l'aise et moins tendu.

J'avais évidemment vu Dagur nu des dizaines de fois auparavant, mais je ne l'avais jamais regardé de cette façon. En général, lorsque nous nous déshabillions l'un devant l'autre, nous ôtions nos vêtements le plus vite possible, tout en nous enlaçant. Le matin, nous nous dépêchions de nous rhabiller avant de filer en répétition ou au travail. Se dévêtir n'était jamais un rituel, comme cela avait pu l'être avec Leonard, une couche après l'autre lentement, comme si chaque vêtement représentait une émotion cachée ou une inhibition surmontée, nous rapprochant bout de tissu par bout de tissu ôté, exposé de corps comme d'esprit.

Mais, alors que Grayson pointait un projecteur sur la poitrine de Dagur, je l'ai examiné sous un tout autre jour. Malgré ses épaules puissantes et les muscles de son dos et de son torse, il avait l'air étrangement vulnérable lorsqu'il était immobile et que son corps était au repos. Son sexe pendait, petit et doux, blotti entre ses jambes dans un nid de poils sombres. Faible. Fragile.

Je me suis rencognée dans mon siège sans chercher à dissimuler poliment le plaisir que je prenais à contempler Dagur, prisonnier de la lumière des projecteurs comme un insecte sous une lame de microscope. Pendant qu'il obéissait aux instructions de Grayson, j'ai senti mes tétons durcir et la moiteur se répandre entre mes jambes. J'étais satisfaite. Dagur était dévêtu et pas moi : je contemplais de loin un spectacle que je me suis imaginé avoir orchestré. Mon homme était maintenant captif entre mes mains, obligé de se soumettre à tous mes caprices.

— Ça te plaît, pas vrai ? a demandé Dagur lorsque Grayson a quitté la pièce pour changer la batterie de son appareil photo.

Il a glissé la main sous mon débardeur et m'a pressé le sein. Je ne portais pas de soutien-gorge ce matin-là, comme Dagur me l'avait conseillé. Si je devais moi aussi être photographiée, il ne fallait pas que j'aie les marques rouges souvent laissées par la lingerie.

— Hé, ai-je rétorqué en frappant légèrement sa main. Est-ce que je t'ai donné l'autorisation de faire ça ?

— Je ne vous dérange pas, j'espère ? a plaisanté Grayson en revenant, juste au moment où Dagur ôtait sa main de sous mon tee-shirt.

Jusque-là, je n'avais guère fait attention au photographe. Il était aimable, mais faisait preuve de la distance du professionnel qui a un travail à accomplir. Il donnait l'impression de se fondre dans son matériel, et il était facile d'oublier qu'il était humain et de le prendre pour une simple extension de son appareil photo.

Mais, à présent qu'une vague de chaleur avait envahi ma peau et que je sentais la nudité de Dagur si près de moi, j'ai regardé Grayson avec d'autres yeux. Il était bien bâti lui aussi, ai-je songé en regardant son torse et en tâchant d'imaginer à quoi il ressemblait nu. Il portait un tee-shirt moulant comme une deuxième peau, et il était mince et musclé, même si ce n'était pas autant que Dagur qui faisait de la musculation pour le sex-appeal du groupe. Son jean était taille basse et trop grand pour lui ; il tombait sur ses hanches et, quand il bougeait, dévoilait de temps en temps l'élastique de son boxer de luxe.

Lorsque Grayson a demandé à Dagur s'il voulait faire des photos avec moi, mes tétons étaient durs comme la pierre, ce qui m'a embarrassée ; je n'ai pas ôté mon tee-shirt, pour ne pas dévoiler aux deux hommes l'effet qu'ils me faisaient.

Grayson n'a pas semblé remarquer quoi que ce soit. Son attitude distante a contribué à augmenter la chaleur qui brûlait en moi.

— Super, a dit le photographe. Continuez comme ça. Je vais ajuster la lumière.

Dagur était assis sur un tabouret noir et blanc, une paire de baguettes de batteur à la main. Je me suis glissée derrière lui et je suis montée sur son dos.

—Incroyable, a-t-il commenté en tournant la tête vers moi. Tu es trempée.

Ma chatte a glissé le long de son dos lorsque je me suis cramponnée plus fermement à lui, les cuisses autour de sa taille.

Son sexe a commencé à grossir près de ma cheville, et, soudain consciente de l'intimité de cette situation et du regard de Grayson derrière l'objectif de son appareil, j'ai commencé à glousser.

—Faites comme si je n'étais pas là, a dit Grayson, d'une voix tranquille. Faites ce qui vous vient.

La tentation était trop grande. Je ne voulais pas seulement imaginer que Dagur était prisonnier entre mes jambes, captif de sa propre excitation ; je voulais aussi que la photo l'immortalise ainsi. Je me suis agenouillée entre ses jambes et j'ai commencé à le sucer. Je voulais le forcer à lâcher prise.

Qu'est-ce que Liana penserait de moi ? ai-je songé en souriant, pour autant que l'on puisse sourire la bouche pleine. Les flashs continuaient de crépiter autour de nous. J'ai attendu que Dagur soit prêt à exploser dans ma bouche, puis j'ai sauté sur mes pieds, je l'ai attrapé par les cheveux et maintenu par la peau du cou tout en fixant l'appareil photo.

Grayson est devenu complètement fou, enchaînant les photos à toute allure, surexcité. Je sentais la chaleur et l'émotion irradier mon visage, et Dagur est tombé à genoux devant moi. Privé de l'orgasme qui montait en lui, il grognait de souffrance, et je frissonnais sous l'effet du pouvoir que j'avais sur lui.

C'est alors que j'ai remarqué l'érection qui tendait le pantalon de Grayson. J'ai perdu la tête.

—Pose l'appareil, ai-je ordonné.

Il a obéi, comme si je le manipulais par un fil invisible.

—Approche !

Il s'est avancé. J'ai saisi son sexe et l'ai pressé.

—Je vous veux tous les deux, ai-je déclaré. Maintenant.

—Tout ce que vous voulez, jeune fille, a répondu Grayson en s'agenouillant.

5

80 NOTES D'ELLE

DAGUR A BOUGÉ.

Sa jambe gauche était enroulée autour de ma taille. Nous étions tous trois étendus dans un amas désordonné sur le patchwork de couvertures et de draps multicolores, qui tapissaient le sol du studio. Je me suis retournée et me suis retrouvée nez à nez avec le coude de Grayson. J'étais prise en sandwich entre les deux hommes. J'ai balayé le sommeil qui s'accrochait comme des toiles d'araignée dans mon cerveau, recouvré mes esprits, et la nuit que nous avons passée tous les trois m'est revenue d'un coup.

Liana m'avait affectueusement traitée de traînée au téléphone, mais je n'en étais devenue une que maintenant, ai-je songé avec un sourire pervers et satisfait. Deux hommes le même soir, en même temps.

Cette pensée n'a suscité en moi ni culpabilité ni gêne. Bien au contraire. Je me sentais sur un nuage, comblée. C'était un sentiment très inhabituel chez moi.

Un sentiment de liberté que je n'avais jamais éprouvé auparavant.

J'ai bougé imperceptiblement, en espérant ne réveiller ni Dagur ni Grayson, qui dormaient tous deux du sommeil du juste. La douceur ferme et rembourrée de leur chair m'enserrait et me protégeait dans une étreinte assoupie et grisante.

Je me suis replongée avec délices dans les souvenirs de la nuit. Je les ai examinés presque scientifiquement, analysant les gestes, les rares mots, les caresses, les excès merveilleux, encore et encore, comme si je cherchais une justification à mon absence d'inhibitions. Parfois, les yeux fermés, submergée par un tourbillon de sensations, j'avais tenté de deviner lequel des deux était en moi, au bruit assourdi qu'il faisait et au rythme insistant de ses coups de reins. Lorsque les deux me prenaient dans des combinaisons délicieusement perverses, c'était la chose la plus naturelle du monde, et leur alliance ponctuait la vague sans fin de mon excitation : c'étaient des artisans dévoués à leur travail qui transformaient la mécanique de l'acte sexuel en œuvre d'art méticuleusement ordonnée.

Un début de crampe s'est installé dans l'un de mes pieds prisonniers, et j'ai été obligée d'ajuster ma position entre les corps endormis des deux hommes. L'un d'eux a grommelé, et j'ai senti son souffle au creux de mon oreille. Je savais que c'était Dagur. En quelques mois, j'avais eu le temps de m'habituer à ses réveils. Il n'allait pas tarder à s'étirer en tous sens sur le lit improvisé où nous étions étendus, à se gratter la tête deux ou trois fois avant d'ouvrir grands les yeux et de se racler la gorge. Après quoi, sans autre forme de procès, il serait prêt à se lever et à commencer la journée. Contrairement à moi qui pouvais passer des heures à sommeiller et à rêvasser, paresseusement étendue entre les draps, il se levait instantanément, comme si rester allongé une minute de plus que nécessaire était une diabolique perte de temps.

Grayson, de l'autre côté, n'avait toujours pas bougé.

Dagur a commencé à s'étirer, et son coude a heurté mon flanc. J'ai grimacé.

Ses mouvements ont entraîné avec eux le drap qui nous recouvrait, Grayson et moi, nous dévoilant sans cérémonie. Le photographe était à plat ventre, les fesses nues.

—Quelle vision délicieuse!

La femme qui avait parlé était dans mon dos, mais je ne l'avais pas entendue entrer dans la pièce. J'ai tourné la tête dans sa direction.

C'était Elle.

Elle portait un sublime kimono en soie à dominante rouge et rose vifs, dont l'explosion colorée formait un contraste saisissant avec la fadeur du studio photo.

Dagur s'est redressé sur un coude et l'a dévisagée sans se soucier de sa nudité.

Elle l'a contemplé à son tour, et son regard s'est attardé, appréciateur, sur son sexe long et doux qui reposait le long de sa cuisse. Dagur s'est assis, jambes écartées sans vergogne, sans se formaliser de son examen. Grayson dormait toujours.

Elle a ensuite tourné le regard vers moi.

— Toi, je te connais, a-t-elle commenté. Alors, qui est ce beau gosse ? Ton petit ami ou un des modèles mal dégrossis de Grayson ?

J'étais abasourdie par la surprise.

Dagur s'est levé et a jeté un coup d'œil autour de lui à la recherche de ses vêtements.

— Je m'appelle Dagur. Je fais partie du groupe des Holy Criminals. Grayson a été engagé par notre manager pour faire des photos promotionnelles. Lily est une amie. Et vous êtes… ?

Elle a souri d'un air énigmatique.

— Je vois que notre cher Grayson est totalement dans les vapes. Il dort comme un bébé, après une bonne baise. Je vis avec lui, a-t-elle expliqué.

Toujours nu comme un ver, Dagur s'est avancé vers elle et lui a serré la main.

Au club, la vie d'Elle était le sujet de pas mal de discussions et de commérages. Elle fascinait quasiment tout le monde. Elle était hautaine, impériale, belle d'une manière distante et froide, et des rumeurs de cruauté absolue étaient attachées à son personnage : celui de la dominatrice dans son costume strict comme celui de la femme d'affaires dans lequel il nous arrivait de la voir lorsqu'elle arrivait au club le soir, avant qu'elle se change et endosse le rôle de l'autoritaire maîtresse de cérémonie. Nous savions qu'elle ne possédait pas le club – qui appartenait à deux hommes d'affaires entre deux âges qui étaient souvent travestis lors de leurs rares visites –, mais elle se comportait comme telle, et ses ordres étaient parole d'évangile.

Elle était quoi pour Grayson ? Sa femme ? Sa compagne ? Sa maîtresse ? Voire sa dominatrice ?

Mon cerveau fonctionnait à toute allure, surtout parce qu'elle me connaissait déjà et qu'elle me dominait de toute sa taille alors que j'étais étendue, nue, à côté de son mec. Ce que nous avions fait la nuit précédente ne faisait aucun doute.

Mais Elle n'avait pas l'air le moins du monde mécontente. En réalité, un sourire amusé étirait ses lèvres parfaitement maquillées.

Comme si elle lisait dans mes pensées, elle m'a rassurée.

— Ne te fais pas de souci, Lily. Il a le droit de jouer, avec qui il veut et aussi souvent qu'il veut. Je ne suis pas jalouse. Nous n'avons pas ce genre de relation.

— Vous vous connaissez ? a demandé Dagur en enfilant son jean.

Il ne portait jamais de sous-vêtements.

—Mon job du soir au club fétichiste, ai-je expliqué. Nous travaillons ensemble.

—Quelle coïncidence! a-t-il répondu en passant son tee-shirt. (Il a jeté un coup d'œil à sa montre.) Oh!

—Quoi?

—Je n'avais pas vu l'heure. J'ai une répétition. À Maida Vale.

—Je peux appeler un taxi, a proposé Elle.

—Ce serait hypersympa.

Il s'est tourné vers moi, toujours allongée sur le sol.

—Ça va aller, Lily?

—Évidemment que ça va aller, est intervenue Elle. (Le téléphone portable à l'oreille, elle commandait un taxi pour Dagur.) Je peux m'occuper d'elle. Ne vous faites pas de souci.

Quelques minutes plus tard, Dagur a quitté le studio, me laissant avec Elle et un Grayson toujours endormi. J'ai ramené le drap sur nous en rougissant sous le regard insistant d'Elle.

—Ton musicien a l'air sympa, a-t-elle commenté. Si j'avais su, je vous aurais rejoints. Ça aurait pu être très chouette.

J'ai ouvert la bouche, mais je n'ai pas trouvé les mots justes.

—Alors, c'était bon? a-t-elle demandé.

—Mmmm… euh… oui, ai-je bafouillé.

Elle a souri largement.

Je ne pouvais pas m'empêcher de la trouver sympa. J'avais l'impression qu'elle s'était dégelée et qu'elle était redevenue humaine : ce n'était plus une déesse distante qui donnait des ordres de loin. Elle avait presque l'air contente que j'aie couché avec son mec, maintenant qu'elle savait que j'avais pris mon pied. Et l'addition de Dagur dans l'équation ajoutait à notre nuit improvisée une touche hédoniste qu'elle approuvait manifestement de tout son cœur.

Elle s'est avancée vers nous, a tendu la main et m'a caressé les cheveux, que j'avais décidé de laisser pousser de nouveau – mais il faudrait une éternité avant de retrouver la longueur qu'ils avaient avant que Liana et moi cédions à la tentation de la transformation. Elle a frappé légèrement le flanc de Grayson de son orteil nu.

—Hé, Gray, réveille-toi ! a-t-elle murmuré. Il y a une douche dans la pièce à côté, a-t-elle ajouté en se tournant vers moi.

Elle a tendu le doigt vers le fond du studio.

Je me suis levée. Elle mesurait presque une tête de plus que moi.

Grayson était en train d'émerger.

Il s'est frotté les yeux et m'a aperçue, alors que je me dirigeais rapidement vers la porte. Il a levé les yeux vers Elle.

—Salut, toi…

—Bonjour, Gray.

Du coin de l'œil, je l'ai vue s'agenouiller près de lui et l'embrasser, tandis qu'elle glissait une main sous la couverture, saisissait son sexe et ses testicules, et les pressait.

— Aïe ! s'est-il plaint.

— Je voulais juste vérifier que tout était en état de marche, a-t-elle répondu en serrant plus fort afin de lui démontrer insolemment qui commandait.

Grayson a pâli.

— Tout a l'air de fonctionner. Enfin, pour l'instant, a-t-elle ajouté.

J'avais atteint la porte de la salle de bains et j'ai eu le sentiment que la discrétion était de mise. Quand l'eau a commencé à couler du pommeau de douche, elle a effacé tous les sons en provenance du studio.

En dépit de la curieuse relation entre Elle et Grayson, je me sentais super bien. Libérée. Comme si j'avais jeté aux quatre vents les chaînes invisibles qui me retenaient. J'étais délivrée.

Je n'étais plus jalouse de ne pas être la seule fille dans la vie de Dagur, ni, dans le cas de Grayson, d'être un jouet de plus, une agréable distraction. Dissocier les sentiments du sexe était une infinie libération. Je pourrais prendre du plaisir, profiter des hommes, vivre l'instant présent, *carpe diem* et tous ces clichés. Et je pourrais enfin essayer d'oublier Leonard. Je pourrais vivre ma vie et pratiquer l'hédonisme. Ne pas jouer de rôle. Voire, peut-être, trouver enfin qui j'étais.

Au milieu de la matinée, nous avions déjà bu plusieurs tasses d'un café ultrafort et énergisant, et l'un des assistants de Grayson, un jeune homme tout de noir vêtu au teint cadavérique, au nez proéminent et au crâne rasé, avait fait un saut dans la grand-rue, d'où il était revenu avec un sachet de croissants chauds directement sortis de la pâtisserie la plus proche, que nous avions tous trois engloutis avec un appétit non dissimulé. Quand j'étais sortie de la salle de bains, ce qui s'était passé entre Grayson et Elle était terminé, mais le visage du photographe était pâle et ses traits tirés, ce qui n'était pas le cas lorsque je l'avais quitté. Le visage d'Elle, en revanche, était toujours aussi froid, artificiellement bronzé, calme et composé.

Elle a ensuite déclaré qu'elle devait retourner au club pour s'occuper de la paperasse. J'ai proposé de partir avec elle, mais elle a protesté et a insisté pour que je reste au studio, arguant du fait qu'il n'y avait pas le feu. Elle serait de retour après le déjeuner et voulait que nous ayons une conversation toutes les deux. Peut-être qu'entre-temps je pourrais donner un coup de main à Grayson pour un de ses projets. Elle n'en a pas dit plus. Je ne travaillais pas à la boutique d'instruments de musique ce jour-là, aussi ai-je accepté. J'étais intriguée : de quoi voulait-elle me parler ?

— Je ne savais pas que tu travaillais au club, a dit Grayson juste après le départ d'Elle.

Nous étions dans la pièce principale du studio photo, où je regardais vaguement quelques-unes des photos accrochées sur les murs blancs : des mannequins décharnées dans des vêtements absurdes et immettables, des célébrités avec un sourire jusqu'aux oreilles, des façades de bâtiments en ruine sous la pluie. L'un de ses assistants avait tout rangé, effaçant toute trace de nos ébats de la nuit.

— Uniquement à temps partiel, deux nuits par semaine. On ne s'est jamais vraiment parlé.

— Elle est distante et froide avec les gens qu'elle ne connaît pas bien, a remarqué Grayson.

— Ça fait combien de temps que vous êtes ensemble ? me suis-je aventurée à demander.

— Un bail, a-t-il répondu en mettant de l'ordre sur une table qui supportait des objectifs de différentes tailles. Et toi et le batteur ?

— Pas longtemps.

— C'est ce que je pensais.

— Vraiment ?

J'ai soudain été agacée par sa réponse. Il avait enfilé un jean noir et une chemise à col blanc qu'il n'avait pas boutonnée jusqu'en haut, dévoilant une fine chaîne avec un crucifix, attachée autour de son cou. Il était pieds nus.

— Tu l'as rencontré comment ?

— Comment les gens se rencontrent-ils ? ai-je répondu. Nous nous sommes… trouvés, c'est tout.

Il a hoché la tête.

— Et tu fais ça souvent ? ai-je demandé. Coucher avec les gens que tu photographies ?

— Pas aussi souvent qu'on pourrait le croire. Très rarement, en fait. J'ai reçu de nouveaux spots que je voudrais essayer. Tu veux que je te prenne en photo ?

J'avais lu un jour dans un magazine que Grayson était un photographe très demandé qui se faisait payer plusieurs milliers de livres la séance. Et voilà qu'il se proposait de me prendre en photo. Gratuitement. *Pourquoi pas ?* ai-je songé.

— Bien sûr.

Je ne me suis pas dit qu'il faisait cela pour coucher avec moi. C'était déjà fait. C'était juste sa façon d'être sympa. Des photos post-coïtales. Si ça devait se terminer par une autre séance de baise, cette fois-ci sans Dagur, pas de problème, même si je devais bien avouer que la perspective que nos ébats soient interrompus par Elle me rendait un peu nerveuse, de même que l'idée qu'elle puisse se joindre à nous, possibilité que je ne pouvais chasser de mon esprit sans un frisson d'anticipation intriguée.

Il a appelé l'un des deux assistants qui semblaient en permanence à sa disposition dans la pièce à côté. La fille s'est précipitée dans le studio. Jupe en jean délavé, bottes aux genoux, pull gris, cheveux roux coupés très court, assortiments d'appareils et d'objectifs en main : c'était l'incarnation, mince et professionnelle, de la rapidité et de l'efficacité. Elle servait aussi de maquilleuse. Elle m'a jeté un coup d'œil et a suggéré de faire quelques retouches. Aucun de ses assistants n'était présent la veille, et je me suis soudain demandé si notre séance à trois n'avait pas été entièrement préméditée par Dagur.

Elle a proposé de dissimuler mon tatouage sous du maquillage, mais Grayson a insisté pour qu'elle n'y touche pas. Ce tatouage me rendait spéciale, et il se fichait que l'œil des spectateurs soit inexorablement attiré par lui.

Tom, son assistant masculin, nous a rejoints, tirant derrière lui un portant plein de vêtements, mais Grayson a repoussé cette idée-là aussi. Il voulait me photographier comme j'étais, dans mes propres vêtements et avec mon visage imparfait, ce qui m'a mise à l'aise. Je n'étais pas un modèle professionnel et je voulais apparaître comme j'étais, et pas comme un clown peinturluré, paré de plumes exotiques. Lily au naturel. Tom a rapporté, impassible, la garde-robe dans la pièce à côté, avant de revenir dans le studio principal, les mains vides.

Les deux assistants ont obéi aux ordres de Grayson et ont mis en place les écrans, ajusté les lumières et préparé tout le matériel.

— Je vais commencer par ton visage, Lily, a expliqué Grayson après avoir congédié ses deux employés.

Nous étions seuls.

— Tu veux que je mette de la musique ?

J'ai acquiescé.

Il a connecté son iPod à deux petites enceintes.

Du peu que je savais de lui, je m'attendais à entendre du rock, mais ce sont les premières mesures d'un morceau classique qui se sont déroulées. Je l'ai reconnu de mes leçons de violoncelle : *Les Quatre Saisons*, de Vivaldi. Comme s'il lisait dans mes pensées, Grayson a dit qu'il trouvait la musique classique plus apaisante et qu'elle permettait d'instaurer la bonne intimité. Peut-être passerions-nous au rock plus tard, a-t-il ajouté.

— Tu veux que je m'assoie ou que je reste debout ?

Je me sentais différente sans la présence de Dagur. J'étais seule devant l'objectif, et l'énergie érotique de la veille avait disparu. J'avais l'impression d'être échouée sur une plage de lumières et de ne pas savoir que faire ni où regarder, tandis que Grayson me dévisageait sous toutes les coutures. Son regard mesurait l'angle entre mes sourcils, le dessin de mes pommettes, analysait l'éclat de ma peau et épinglait mes traits comme un papillon dans la vitrine de sa mémoire avant de lancer son filet photographique sur moi et de me capturer comme une mouche dans un morceau d'ambre.

— Tourne un peu la tête à gauche et ne bouge plus.

Il a ajusté son objectif et a fait quelques clichés.

— OK. Maintenant, de l'autre côté. C'est ça.

J'ai cligné des yeux sous l'éclat du flash qui jaillissait chaque fois qu'il appuyait sur le bouton.

— Recule très légèrement. Un peu moins. Déplace-toi un tout petit peu sur ta droite… Non, pas autant… Reviens… Non. Détends-toi. Laisse-moi faire.

Il a attrapé mon menton et a bougé ma tête vers le haut puis vers le bas, à droite puis à gauche. Chaque fois, il reculait et prenait des clichés de mon visage sous tous les angles.

Son attitude était à l'opposé de celle de la veille, où, de même que Dagur, il avait semblé abdiquer tout contrôle et m'avait laissée prendre les choses en main, passant la nuit à obéir au moindre de mes ordres.

Aujourd'hui, en revanche, il s'exprimait comme un dictateur et me déplaçait comme s'il était un sculpteur, et moi un morceau d'argile.

Je n'appréciais pas vraiment. Que quelqu'un gère le moindre battement de mes cils, ce n'était pas vraiment ma tasse de thé, et je me suis rapidement impatientée. J'ai dû me faire violence pour rester immobile suffisamment longtemps pour chaque cliché.

Il a rapidement abandonné mon visage pour se concentrer sur mon corps.

—Ça t'ennuie d'enlever ton tee-shirt ? a-t-il demandé.

Je me suis mise à rire en entendant sa formulation polie : quelques heures plus tôt, il m'avait vue nue et étirée dans toutes les positions les plus obscènes possible. J'ai ôté mon tee-shirt et ma jupe, histoire de lui prouver que je n'étais pas plus embarrassée de me trouver nue devant lui à présent que la veille. Je n'avais pas prévu de découcher et j'avais fourré mes sous-vêtements sales dans mon sac à main. J'étais entièrement nue.

Grayson n'a pas eu l'air le moins du monde surpris par ma réaction. J'ai supposé qu'il voyait des corps nus toute la journée et que le mien ne lui faisait aucun effet.

— Parfait. Maintenant, creuse le dos. Moins que ça. Plus à droite.

Les lumières dégageaient trop de chaleur : j'ai commencé à avoir chaud et à m'énerver. J'ai déplacé le poids de mon corps d'un pied sur l'autre, et Grayson a soupiré, exaspéré. Il a posé les deux mains sur mes bras et, tout en les maintenant fermement le long de mon corps, il m'a de nouveau déplacée.

J'ai grincé des dents et me suis dégagée.

— C'est bon ! Pas la peine de me pousser !

Il m'a immédiatement lâchée et a saisi son appareil photo.

— Génial, Lily ! a-t-il dit dans un souffle. Refais-le.

— Refaire quoi ?

Je sentais ma lèvre se retrousser de colère. Photographe célèbre ou pas, j'en avais ma claque de poser pour lui.

— Ça. Sois toi-même. Montre-moi la vraie Lily. Laisse-la sortir.

Je me suis penchée en avant et j'ai grogné à l'intention de l'objectif.

— Oh, putain, oui ! s'est-il exclamé. Encore. Plus fort.

La fois suivante, j'ai serré les poings et j'ai rugi. J'ai hurlé. C'était comme si j'avais ouvert la bouche et que tous les mots que je n'avais jamais prononcés, toutes les pensées que j'avais soigneusement dissimulées avaient pris naissance au creux de mon ventre pour être expulsés par ma gorge et être entendus par le monde entier. Mon cri a dû traverser la moitié de Londres.

Je me sentais super bien.

—Pousse-moi, a-t-il ordonné.

—Pardon?

—Bouscule-moi. Griffe-moi. Frappe-moi.

J'ai commencé par hésiter. Il tenait un appareil photo dont l'objectif seul coûtait certainement des milliers de livres. La pièce était encombrée de projecteurs et remplie de câbles et de trépieds qui pouvaient facilement tomber. De plus, je n'avais pas vraiment envie de le blesser ou d'être violente. Mais était-ce bien la vérité? L'idée de bousculer un homme – d'y être autorisée – m'excitait.

J'ai attrapé le col de sa chemise et je l'ai attiré à moi.

—C'est ça. Bien. Maintenant, repousse-moi.

Il a trébuché, mais a rapidement retrouvé son équilibre lorsque je l'ai poussé légèrement en arrière.

—Plus fort, s'est-il écrié.

Son souffle s'était accéléré. Le professionnel Grayson perdait enfin contenance.

Sa réponse m'a excitée; j'ai saisi de nouveau le col de sa chemise et je l'ai fait tomber. Il s'est mis sur le dos et a continué de prendre des photos. Je faisais bien attention chaque fois de m'arrêter quelques secondes pour lui permettre de capturer ma pose. Les photos qu'il faisait étaient de plus en plus intimes. Mes seins se balançaient au-dessus de son visage. Mes jambes étaient étalées sur son corps. Mon sexe était de plus en plus humide, en réponse à la chaleur de son regard.

—Oui, oui, plus de colère, plus fort ; vas-y, Lily, m'a-t-il encouragée.

—Comme ça ?

Je me suis penchée, à califourchon sur lui : mes cuisses enserraient son torse dans un étau, et ma chatte n'était qu'à quelques centimètres de son visage. J'ai enfoncé les doigts dans la peau douce de ses épaules.

—Essaie d'avoir l'air plus féroce, a-t-il murmuré.

J'ai reculé un peu pour avoir un meilleur angle d'attaque, j'ai serré les lèvres pour exprimer mon courroux et j'ai posé les fesses sur son sexe. Il bandait. Sa queue tendait le tissu de son jean noir. Je me suis délibérément frottée contre lui, submergée par l'incroyable sentiment de pouvoir que j'avais sur lui.

Il a ouvert la bouche, et un gémissement en est sorti. Pendant tout ce temps, il n'a pas cessé de prendre des photos, l'objectif à présent dirigé vers mon visage. Je me suis penchée davantage en accentuant la pression de mes doigts.

—Ça fait mal ? ai-je demandé en atténuant la pression.

—Oui, a-t-il dit, à bout de souffle. Mais ne t'arrête pas. Continue, Lily. C'est bon.

Je me suis positionnée de manière que mes seins apparaissent bien dans son angle de champ. Mes tétons ont effleuré sa chemise ouverte, et j'ai apprécié la sensation rude du tissu sur mes seins sensibles. J'étais excitée par la situation, mais d'une manière étrange, qui n'était pas sexuelle. C'était le sentiment du pouvoir que j'avais sur lui qui me montait à la tête et me rendait intensément vivante.

Je ne sais pas ce qui m'a pris, mais j'ai ôté mes mains de ses épaules, brièvement tentée par l'idée de presser mes doigts dans la peau délicate de son cou. Au lieu de quoi, de manière purement instinctive, j'ai giflé sa joue droite le plus violemment possible. Pris par surprise, Grayson a laissé tomber son appareil photo et a cillé. Mais il n'a pas protesté.

J'ai lu dans son regard une expression de pur plaisir.

—Oh, putain! a-t-il dit. Recommence.

Je me suis exécutée.

Un frisson a parcouru tout son corps, et je me suis demandé s'il n'avait pas joui.

J'ai inspiré profondément. J'étais choquée de voir à quel point je prenais mon pied, mais je ne savais pas vraiment quoi faire ensuite.

Mes pensées ont été interrompues par la voix d'Elle.

—Eh bien! l'ai-je entendue dire derrière moi. Tu as vite compris à qui tu avais affaire, pas vrai?

J'ai rougi.

—Je… je…

Je voulais lui expliquer que Grayson m'avait encouragée tout du long, que c'était son idée. Mais j'étais sans voix.

J'essayais d'imaginer à quel point la situation telle qu'elle la voyait pouvait paraître compromettante. J'étais nue comme un ver, étalée sur lui ; je m'exhibais sans aucune pudeur tout en le frappant violemment au visage.

— Je pourrais même croire que j'ai une rivale plus jeune, a poursuivi Elle sur un ton léger. Heureusement que je ne suis pas du genre jalouse.

Elle nous a contournés pour se placer face à moi, surplombant nos corps allongés sur le sol du studio.

— De très bon goût, a-t-elle commenté.

Je ne pouvais ni recouvrir ni dissimuler une quelconque partie de mon anatomie. Sous moi, Grayson a souri à sa compagne. Il n'avait pas l'air de ressentir la moindre culpabilité.

— Tu as ça dans le sang, Lily, a affirmé Elle.

— Ça quoi ?

— La domination et le contrôle. J'en mettrais ma main à couper.

Grayson avait retrouvé un visage plus calme, après l'excitation de notre échange.

— Je suis d'accord avec toi, a-t-il dit. (Puis il a remarqué l'expression à la fois intéressée et intriguée d'Elle.) Tu ne l'aurais jamais deviné, hein ? On lui donnerait le bon Dieu sans confession, mais si je lui en avais donné l'occasion elle m'aurait fouetté sans sourciller.

Cette idée a fait naître dans mon esprit une image qui m'a fait rougir violemment tout en allumant un brasier au creux de mes reins. J'avais vu des dominatrices à l'œuvre certains soirs au club, et, même si je trouvais leurs rituels fascinants, cela ne m'avait fait ni chaud ni froid. Elles appartenaient à un autre monde. Mais je comprenais à présent que c'était parce que je ne m'étais jamais projetée à leur place ; je ne m'étais jamais imaginée dans leur peau, contrôlant un homme, fermement, brutalement, entièrement.

Je me suis dégagée de Grayson et me suis levée. Elle me regardait avec un intérêt grandissant. Je suis allée chercher les vêtements que j'avais posés sur le canapé dans un angle du studio. Grayson s'est levé aussi et s'est épousseté, tout en échangeant des regards entendus avec Elle. Il a ensuite récupéré les trois appareils photo qu'il avait utilisés pendant la séance, puis il a gagné la pièce adjacente.

—Je veux voir ce que ça a donné, a-t-il expliqué.

Il m'a laissée avec Elle, qui portait des sacs griffés de noms luxueux : Prada, Burberry, Agent Provocateur, Coco de Mer, et d'autres paquets anonymes, qui dissimulaient certainement des achats plus secrets.

—Allons prendre un café, a proposé Elle en agitant la main vers la porte.

Je savais que si j'avalais un café supplémentaire je ne pourrais pas dormir. Entre la caféine et la découverte du plaisir que j'avais pris à dominer Grayson, mon esprit était dans un état de délicieuse effervescence. Je l'ai cependant suivie sans discuter.

Elle a mis en marche une machine à expresso en acier rutilant et a pivoté pour me faire face. Ses yeux étaient étonnamment pâles, comme un mélange de gris et de vert. Je me suis demandé si elle utilisait des lentilles de couleur ; je n'avais jamais remarqué auparavant à quel point ils étaient frappants. D'un autre côté, je n'avais jamais été aussi proche d'elle au club.

— Dis-moi, Lily : qu'est-ce que tu as ressenti lorsque Grayson était sous toi ? Essaie de m'expliquer tes sentiments et la façon dont ça t'a affectée. Qu'est-ce qui t'est passé par la tête ? Qu'est-ce que tu aurais voulu lui faire ? Qu'est-ce que tu aurais voulu qu'il te dise ? Comment est-ce que ça t'a excitée ?

J'ai mis du temps à répondre, et Elle ne m'a pas pressée.

— C'était une poussée d'adrénaline, ai-je fini par dire.

Cette réponse ne rendait pas compte de la moitié des sentiments qui m'avaient agitée lorsque Grayson était tombé à genoux devant moi ou lorsque l'extase avait traversé son visage après que je l'avais giflé. Puis le ton de sa voix quand il m'avait suppliée de recommencer.

Elle a opiné puis s'est détournée, occupée à sortir des placards des tasses colorées et leurs soucoupes, un sucrier et une boîte de biscuits au chocolat. Ses longs doigts minces ressemblaient à des araignées, et, lorsqu'elle a porté à sa bouche un Finger au chocolat comme si c'était une cigarette, j'ai remarqué que son vernis était assorti à la couleur de ses yeux : c'était un lumineux gris-vert, de la couleur de l'océan un jour nuageux. Elle a mordu brusquement dans le biscuit avant de se lécher les lèvres pour attraper les miettes de chocolat qui s'en étaient détachées et étaient restées accrochées à son rouge à lèvres.

Elle a déposé une tasse d'expresso brûlant devant moi, et j'en ai avalé une gorgée rapide afin de reprendre contenance, me brûlant au passage. Elle a tiré un tabouret de bar et m'a fait signe de m'asseoir.

Je me suis perchée sur le tabouret et, les jambes pendantes, je me suis sentie encore plus gamine face à sa présence autoritaire. Elle est restée debout et n'a pas fait mine de parler. Confrontée à son silence, j'ai repris la parole.

— C'était comme si j'avais libéré quelque chose. Comme si j'avais ouvert une cage et que mon vrai moi en était sorti. Sans avoir peur des conséquences. Comme si je pouvais faire tout ce que je voulais. Transgresser les règles. Sans que ça soit mal. Sans blesser personne. Grayson continuerait à m'apprécier, quoi que je fasse. Non, en fait c'est plus que ça. On aurait dit que Grayson me vénérait. Il a aimé ça. Et je me suis sentie invincible. Et tellement vivante. Comme si je le tenais entre mes mains.

Elle a souri, amusée.

— Et qu'est-ce que tu avais envie de lui faire ? Explique-moi.

— Je voulais me frotter sur son visage.

Les mots ont jailli avant que je puisse les retenir, et j'aurais voulu pouvoir les effacer. Mais une partie de moi savait que c'était vrai et voulait se délecter de l'entendre, prononcé à haute voix.

— Et ? Quoi d'autre ? Inutile de rougir, ma chère.

— J'aurais aimé avoir une bite et qu'il s'étouffe dessus.

Elle a ri, dévoilant deux rangées de dents d'une blancheur lumineuse.

— Il aurait adoré ça, a-t-elle répondu. Tu aurais aimé le baiser avec ?

— Je n'y ai pas pensé, ai-je répondu avec sincérité.

J'ai imaginé Grayson à quatre pattes, le visage contre le tapis, ma main empoignant ses cheveux et moi le chevauchant. J'ai senti un frisson d'excitation me parcourir, et ma main a tremblé légèrement, répandant quelques gouttes de café sur la surface lisse du comptoir en marbre.

— Je vois que l'idée te plaît, a-t-elle commenté. Tu as déjà porté un harnais ?

— Non.

— Tu en as déjà vu ?

J'ai fait « non » de la tête.

— Alors nous avons du travail devant nous.

— Du travail ?

— La domination requiert de l'entraînement. Je vais te former.

C'était un ordre, pas une proposition. J'ai acquiescé sans protester.

— Tu ne travailles pas ce soir, n'est-ce pas ?

—Non. C'est Sherry qui bosse ce soir.

—Bien. On va commencer au club. Est-ce que tu t'es déjà soumise ?

—Jamais.

Je me sentais terriblement inexpérimentée. C'était ma patronne, je travaillais dans un club fétichiste et je n'avais jamais essayé ne serait-ce que la plus simple des activités pratiquées par nos clients.

—Tu n'as jamais été fessée ? Attachée ?

J'ai songé à Liana et j'ai grimacé.

—Ça ne m'a jamais attirée.

—Je te comprends, a répondu Elle. Vraiment. Mais c'est très important d'essayer l'autre côté, pour comprendre quelles sensations tu infliges à ton soumis.

Elle s'est tue un instant puis a souri lorsqu'une pensée aussi soudaine qu'agréable lui est venue à l'esprit.

—Je peux exiger que Grayson te domine, a-t-elle dit.

J'ai frissonné à cette idée, et Elle a eu un sourire pervers.

—Il détesterait ça, a-t-elle poursuivi. Mais il le ferait.

Je n'en doutais pas un seul instant. Les activités auxquelles Grayson et moi nous étions livrés ces dernières vingt-quatre heures avaient été un jeu de rôle pour nous deux. Elle était sa Maîtresse. Lui ordonner de me soumettre lui permettrait de réaffirmer son autorité sur nous deux.

—Avant tout, il te faut une tenue. Gray a certainement quelque chose qui fera l'affaire. Comme tu l'as expérimenté aujourd'hui, il aime faire ressortir le côté dominateur de ses modèles féminins.

— Pourquoi ?

J'étais soudain curieuse et intriguée, comme lorsque Liana m'avait expliqué quel plaisir elle retirait de la soumission.

Au club, certains hommes se soumettaient uniquement pour s'approcher des jolies femmes. La plupart d'entre eux étaient aussi charismatiques qu'un sachet de thé. Mais Grayson était mignon, et je supposais qu'il n'avait aucun mal à trouver des jolies filles sans avoir besoin d'être tenu en laisse.

— Pose-lui directement la question, a-t-elle répondu en se dirigeant vers le studio.

Son kimono effleurait ses jambes au rythme de ses pas, donnant l'impression qu'une créature vivante lui caressait la peau. Elle portait des sandales en soie assorties dont la semelle très fine ne faisait aucun bruit sur le parquet.

Assis sur une chaise de bureau dans une petite pièce adjacente au studio, Grayson regardait des photos sur l'écran de son ordinateur. Il était complètement absorbé par son travail, et son visage s'illuminait parfois ou se renfrognait lorsqu'il n'était pas satisfait par ce qu'il voyait. Soit il ne nous avait pas entendues entrer, soit il avait décidé de nous ignorer.

— Lily veut savoir pourquoi tu aimes te soumettre. Explique-lui.

Détourner son attention de son travail était manifestement douloureux, mais Elle a remporté rapidement la bataille, et Grayson a pivoté vers nous. Il a soupiré.

—Parfois, les gens sont comme ils sont. Il n'y a pas de raison.

— Tu peux faire mieux que ça, Gray.

Elle s'est placée derrière lui et, penchée sur lui, a fait courir ses ongles sous sa chemise sur son torse, avant d'entourer son cou de ses mains. Le geste aurait pu aisément être pris pour une démonstration d'affection, mais Grayson a fermé les paupières, et son souffle s'est accéléré lorsque Elle a accentué la pression et a commencé à l'empêcher de respirer.

Il a produit un son entre le grondement et le ronronnement, exprimant par là un plaisir intense. Mais, dès qu'il a commencé à se détendre sous son emprise, Elle a reculé et l'a laissé en proie à la frustration, non sans avoir de nouveau glissé la main sous sa chemise ouverte et avoir pincé un de ses tétons si fort qu'il en a sursauté.

—Quand la bonne personne fait les bonnes choses au bon moment, a repris Grayson, je suis envahi par un désir de plaire, d'être soumis, de servir. Si on me pousse davantage, de me dégrader et d'être dégradé, de m'humilier pour mieux vénérer ma maîtresse. Pourquoi ? Je ne sais pas vraiment. Ce n'est pas un choix de ma part. Plutôt une réponse instinctive. Certains disent que la perte de pouvoir est associée à l'impuissance du petit enfant, qui est en sécurité et qui retire du confort et de la liberté du fait qu'il n'a pas à faire de choix.

Je n'adhère pas complètement à cette théorie. C'est un peu trop freudien. Mais j'avoue que lorsque je me soumets à Elle je me sens en sécurité, bien, libre. Ça me détend de ne pas avoir à prendre de décisions. De ne pas être responsable. Pour certains, c'est une façon de prendre du plaisir dans des activités qui pourraient provoquer la culpabilité ou la honte.

— Et la domination ? a poursuivi Elle. Dis-lui ce que ça te fait.

— Rien, a-t-il répondu en riant. Absolument rien. C'est un sacré boulot, tu sais. Si tu veux explorer ton côté dominant, il faut être prêt à beaucoup bosser. Il faut beaucoup de talent pour frapper correctement quelqu'un ou l'attacher. Pour connaître les limites exactes de ton soumis et savoir le pousser suffisamment loin, mais pas trop. C'est une grande responsabilité d'avoir entre les mains la sécurité de quelqu'un et ses demandes. Certains soumis sont très exigeants.

Elle a levé les yeux au ciel.

— C'est l'éternelle question, a-t-elle poursuivi. Qui est au service de qui ? Mais au final on fait ça parce que ça nous excite. Gray a raison. Les raisons importent peu. Enfile ça.

Elle m'a lancé un corset noir et une longue jupe en dentelle bordée par un volant d'inspiration victorienne. Quand je l'ai déroulée, je me suis aperçue qu'elle était non seulement entièrement transparente mais qu'en plus elle était trouée de telle manière que mes fesses seraient nues.

— Je refuse de porter ça ! ai-je protesté.

Grayson s'est mis à rire.

—Vraiment?

Elle me toisait, les mains sur les hanches.

—Je vais t'aider à lacer le corset.

Je me suis déshabillée pour la dixième fois en vingt-quatre heures et j'ai enfilé la jupe.

—Tourne-toi. Mains sur le mur.

Elle s'exprimait comme un flic dans une mauvaise série télévisée, et j'étais bien obligée d'admettre que la vision d'Elle dans un uniforme, matraque et menottes dans les mains, n'était pas pour me déplaire.

Elle m'a lacée très serré : les baleines en acier du corset sur ma cage thoracique étaient assez inconfortables.

—Je ne peux plus respirer, me suis-je plainte.

—Tu vas t'y habituer, a-t-elle répondu sans aucune gentillesse.

Lorsque nous sommes arrivés, le club commençait juste à se remplir. Quelques couples bavardaient au bar. Il était tôt, et la musique était basse afin d'encourager les conversations. Au fur et à mesure que la nuit avancerait, le claquement des fouets cinglant l'air et des *paddles* frappant la chair résonneraient dans le donjon adjacent et se mêleraient à la musique plus forte que diffuserait le DJ après minuit.

—Ouah! a commenté Richard, le Maître du Donjon, en découvrant ma tenue et les chaussures à très hauts talons qu'Elle m'avait prêtées.

En temps normal, je portais des chaussures confortables pour travailler, sachant que je restais derrière le comptoir durant la plus grande partie de la nuit.

—Maîtresse, a murmuré une voix douce près de mes pieds.

J'ai baissé le regard.

L'un des esclaves habituels d'Elle s'était rapproché, à quatre pattes. Il était nu, à l'exception de son habituel short en latex, qui couvrait à peine son cul et dévoilait un peu de sa raie ainsi que la rondeur de chacune de ses fesses. Ce soir-là, son short était rose avec un volant blanc, ce qui ajoutait une humiliation supplémentaire à la tenue. Sur chacun de ses tétons, il portait une pince, à laquelle pendait une fine chaînette terminée par une clochette, qui sonnait à chaque mouvement et avertissait de son approche.

Lorsque je l'ai vu se prosterner à mes pieds, j'ai senti l'excitation me gagner. Mon sang s'est enflammé et a commencé à couler plus vite dans mes veines, comme si je venais de boire cul sec un verre de whisky ou une coupe de champagne.

Elle s'est matérialisée à mes côtés. Je n'avais pas remarqué qu'elle avait traversé la salle, silencieuse comme une ombre.

—Stuart nous propose des tours de poney ce soir, a-t-elle dit en me tendant une vraie selle et une cravache.

La selle était marron clair, et son cuir craquelé montrait qu'elle avait apparemment beaucoup servi. Elle était rembourrée en dessous avec de la peau de mouton, et son pommeau très haut permettait au cavalier de se tenir. Stuart a levé un peu le dos, comme pour m'inciter à le monter. Sans quitter le sol des yeux.

—Vas-y, a renchéri Elle. Va lui faire faire un tour.

Sans me faire prier, j'ai pris la selle des mains d'Elle et je me suis penchée vers Stuart.

—Puis-je? ai-je demandé.

Maîtresse ou pas, il me semblait poli de demander.

—Je vous en prie, maîtresse, a-t-il répondu.

La selle lui allait à merveille, comme si elle avait été faite pour lui.

En revanche, impossible pour moi de m'installer dignement. Ma jupe était si moulante que je ne pouvais pas m'asseoir à califourchon à moins de rouler le tissu jusqu'à ma taille. J'ai donc décidé de monter en amazone. J'ai hésité avant de poser tout mon poids sur lui.

—Ça ne va pas lui faire mal? ai-je demandé à Elle.

—Crois-moi, il s'en fiche.

Stuart avait levé la tête et il humait l'air impatiemment, comme un vrai poney.

Elle lui a assené un coup de cravache sur les fesses avant de me la tendre. J'ai serré les cuisses pour ne pas être désarçonnée lorsqu'il a bondi en avant en réponse au coup de fouet.

—Ne traîne pas trop, a ordonné Elle. Je veux que tu essaies autre chose en revenant.

Au début, je me suis sentie idiote. Je me baladais sur le dos d'un homme ! Je n'avais pas fait cela depuis l'enfance, lorsque je jouais à « à dada » avec mon père, les rares fois où il avait du temps à me consacrer en rentrant du travail, avant de se coucher.

Mais, une fois que j'ai eu trouvé mon rythme et que j'ai remarqué que les gens s'effaçaient pour nous laisser passer, j'ai commencé à apprécier. Au départ, j'ai usé gentiment de la cravache ; je ne savais pas avec quelle intensité je pouvais frapper Stuart sans le faire crier. Cependant, après quelques coups délicats, j'ai pris de l'assurance et j'ai fouetté plus violemment sa fesse droite, que je pouvais atteindre sans perdre l'équilibre.

Je n'avais aucune envie de coucher avec lui. L'idée même me paraissait absurde. Inimaginable. Mais j'avais envie de l'attraper par les couilles et de le faire s'agenouiller devant moi en implorant ma clémence.

Nous sommes revenus vers Elle, et, lorsque nous sommes parvenus devant ses bottines à hauts talons, Stuart s'est étendu de tout son long, le visage contre terre. Je me suis levée et je l'ai regardé pour le remercier. C'est alors que j'ai découvert qu'il passait le bout de sa langue sur ses chaussures. Il les nettoyait. Avec sa bouche. Elle a bougé très légèrement afin de lui faciliter la tâche.

— Maintenant, a-t-elle dit, il est temps pour toi de voir comment vit l'autre moitié. Gray ! a-t-elle crié.

Le photographe était adossé tranquillement au mur derrière nous et avait suivi notre échange avec un sourire amusé. Ce soir-là, il portait un pantalon en cuir taille basse avec une ceinture cloutée et une paire de grosses bottines argentées. Pour compléter sa tenue, une veste en filet noir exposait son torse mince et une paire de pinces à tétons reliées entre elles par une chaîne épaisse.

Il n'avait pas l'air le moins du monde gêné par la chaîne qui le mettait à la merci d'Elle, laquelle pouvait tirer cruellement dessus quand l'envie l'en prenait.

Grayson a mis un instant de trop à répondre à l'appel de sa maîtresse et à nous rejoindre : elle a immédiatement posé une main autour du cou du photographe, tandis que l'autre tirait sur la chaîne, assez lourdement pour que lui et moi cillions lorsque les dents des pinces se sont refermées davantage sur ses tétons.

—Fesse-la, a-t-elle sifflé.

J'ai grimacé.

Une fessée. Je m'étais évidemment doutée qu'il s'agirait de cela dès que j'avais vu la jupe qu'Elle m'avait obligée à porter, mais je ne pouvais pas m'empêcher d'espérer qu'elle avait prévu autre chose. Pour moi, la fessée était la pratique la plus idiote et la plus humiliante de toutes les soumissions possibles. Je trouvais cela vulgaire et débile, comme un rappel de tout ce que je détestais dans les films pornographiques racoleurs et les histoires érotiques à l'eau de rose mettant en scène des maîtres et des valets, et impliquant toujours un salon mal épousseté et une soubrette en uniforme en plastique qui devait être punie.

L'idée avait l'air de plaire autant à Grayson qu'à moi. Le regard d'Elle allait de l'un à l'autre ; elle souriait comme un chat qui vient de découvrir un pot de crème.

—J'attends, a-t-elle déclaré sur un ton autoritaire en tirant de nouveau sur la chaîne.

—Sur le banc, a ordonné Grayson en se tournant vers moi.

J'ai jeté un regard en direction d'Elle : son expression impassible était un peu effrayante. J'ai obéi. Ce serait humiliant mais rapide, et, je l'espérais, instructif. Une demi-douzaine de personnes m'avaient déjà dit que, puisque je travaillais au club, il était normal de comprendre comment nos clients prenaient leur pied.

Le premier coup a été relativement léger, mais il m'a quand même fait sursauter. Le deuxième a été plus rude, et j'ai retenu un gémissement. Pas question de donner à Grayson ou à Elle la satisfaction de me voir vulnérable. Le troisième coup a résonné violemment, et, eu égard aux murmures étouffés autour de moi, j'ai compris que j'avais un public. Ce n'était pas surprenant. Je n'avais jamais vu Grayson au club auparavant, et Elle n'était là que pour travailler, jamais pour participer. Et nul ne m'avait jamais vue prendre part à quoi que ce soit, ni comme soumise ni comme dominatrice, et encore moins les deux en une seule soirée.

Le sang m'est monté aux joues. J'avais le visage en feu. J'étais rouge de honte, en imaginant l'image que je devais donner, allongée sur le banc, la tête molle et pendante comme celle d'une poupée et les fesses nues, exposées à tous les regards. J'ai soudain été contente de porter cette jupe découpée ; je savais que, quoi qu'il arrive, Elle aurait exigé que je sois fessée cul nu. Que ce dernier soit exhibé ainsi était certes humiliant, mais moins que si j'avais dû relever ma jupe jusqu'à la taille et écarter les jambes, livrant ainsi à la vue de ceux qui s'approcheraient mon sexe intégralement épilé.

Le souffle de Grayson était chaud contre ma peau lorsqu'il s'est penché pour me parler à l'oreille.

— Essaie de lâcher prise, a-t-il conseillé. Laisse-toi aller. Ce sera plus facile.

Il m'a caressé les cheveux en reculant. C'était un geste simple mais plein de tendresse, qui m'a rappelé que nous étions deux partenaires non consentants dans cette histoire et que je ne me battais pas contre lui. J'essayais juste quelque chose de nouveau.

Les coups suivants ont été plus rythmés, et j'ai essayé de suivre son conseil et de me laisser aller à la sensation de sa paume contre ma peau. Les claques ont fini par se fondre les unes dans les autres, et leur impact a cessé d'être douloureux. C'était plutôt comme si ma peau était surchauffée. Après chacune, il me caressait doucement, comme s'il retenait la douleur dans la paume de sa main. J'ai commencé à comprendre quelle était la cadence de ses caresses et j'ai reculé chaque fois qu'il posait la main sur mon cul pour l'encourager à prolonger l'effleurement. J'ai remarqué aussi qu'en poussant en arrière pour me mettre au rythme de Grayson j'avais sans m'en rendre compte commencé à me frotter contre le rembourrage en cuir du banc.

Puis j'ai perdu le contrôle et j'ai crié lorsqu'une autre main, plus petite et plus froide, m'a fessée plus violemment. Elle. La main de Grayson s'y est rapidement substituée pour apaiser la brûlure.

La voix d'Elle était tranchante au creux de mon oreille.

— Pense à quel point il déteste ça, a-t-elle ordonné. Il ne le fait que pour me servir.

J'ai imaginé Elle à côté de Grayson, dirigeant tous ses coups. La frustration sur le visage du photographe tandis que ses instincts se combattaient et que sa compulsion à l'obéissance l'emportait sur tout le reste.

Je me suis brièvement sentie ivre en imaginant l'effet que cela me ferait si quelqu'un faisait la même chose pour moi. Comment je l'humilierais, le ferais souffrir, le dégraderais, tout en faisant attention à lui et en veillant à sa sécurité tout le temps.

— Oh, ai-je gémi, cette fois-ci de plaisir, lorsque Grayson a de nouveau abattu sa main sur mes fesses.

— Ça suffit, a ordonné Elle. Je ne veux pas qu'elle y prenne trop de plaisir. La nuit ne fait que commencer, et nous avons encore bien des surprises en réserve…

6

L'œil de l'objectif

Neil a ouvert la porte pour me laisser passer, a ôté mon manteau, puis a galamment tiré ma chaise lorsque nous avons atteint notre table.

Il était l'incarnation du parfait gentleman londonien, avec sa chemise blanche, sa veste grise, son pantalon cigarette assorti et ses chaussures noires et pointues qui brillaient comme des miroirs quand elles réfléchissaient la lumière. Ses cheveux bouclés étaient disciplinés, à l'exception d'une mèche têtue qui retombait sur son front et qui l'agaçait depuis toujours.

Je me suis penchée vers lui et j'ai replacé la mèche en arrière. Neil a pris ma main et l'a tenue par-dessus la table.

—Je suis content de te voir, Lily. Ça faisait trop longtemps.

—Oui, ai-je murmuré en me dégageant, ce qui a bousculé les fleurs posées entre nous.

Neil a rattrapé le vase juste avant qu'il se renverse sur la nappe blanche immaculée. Notre relation était tendue et embarrassée depuis quelques mois, depuis sa réaction désagréable à ma récente rupture avec Leonard. Il m'avait envoyé quelques mails et textos, pour me tenir au courant de son nouveau job et de son nouvel appartement à Hoxton. Je les avais lus et effacés aussi sec sans répondre.

La dernière fois que j'avais eu Liana au téléphone, elle m'avait surprise en prenant sa défense.

— Ne sois pas si dure avec lui, avait-elle dit. Ce n'est pas sa faute s'il s'en sort bien.

C'est pour cette raison que, lorsque Neil m'avait appelée pour m'inviter à dîner, j'avais accepté. Il venait d'obtenir une promotion et il voulait la fêter.

— Mais pas avec mes collègues, avait-il ajouté.

— Pourquoi pas ? Ils sont si terribles ?

— Non, pas « terribles ». Ils sont prétentieux. Je veux passer une soirée sans penser au boulot ni en parler. Et je veux te voir.

Il m'avait emmenée chez *Miyama*, un restaurant japonais de la City. Il disait que cela lui rappelait Brighton et la fois où Liana avait dépensé tout l'argent de son père en nous invitant à dîner dans ce restaurant de sushis près du port, où nous avions bu trop de saké et utilisé tous les emballages des baguettes pour faire des cygnes et des grenouilles en origami.

Nous venions juste d'entamer le plat de sashimis à partager qu'un jeune serveur japonais aux lunettes à épaisse monture noire venait de déposer sur la table, lorsque Neil a agité ses baguettes sous mon nez pour attirer mon attention.

—La Terre à Lily, a-t-il dit. Ton téléphone sonne.

Sa voix m'a ramenée à la réalité et au bruit de mon portable. J'étais distraite : je me demandais à quoi ressemblerait le serveur entièrement ligoté. J'avais ce genre de pensées de plus en plus fréquemment, et il m'arrivait parfois d'être perturbée par la fréquence et l'intensité de mes idées perverses. J'ai secoué un peu la tête pour clarifier mon esprit. En vain.

—Sympa, ta sonnerie, a commenté Neil tandis que je pêchais mon téléphone au fond de mon sac.

C'était le thème de la série *True Blood – Bad Things*, de Jace Everett. Liana l'avait programmée quand j'étais allée la voir, et je n'étais pas arrivée à me décider à la changer.

Neil a haussé un sourcil quand le nom « Elle » s'est affiché sur l'écran.

J'ai décroché tout de suite.

—Lily, a dit Elle sans me laisser répondre, tu es libre ce soir ? Sherry vient d'appeler, elle est malade.

—Ah !

J'ai regardé Neil. Nous avions à peine commencé le repas, et il aurait été très discourtois de ma part de le planter là, même si j'avais vraiment besoin d'argent.

—Je suis désolée, ai-je poursuivi. J'avais quelque chose de prévu ce soir.

Elle a grogné à l'autre bout du fil.

—Tu ne peux pas remettre? J'ai vraiment besoin de toi. Je t'en serais vraiment reconnaissante, Lily.

—En fait, je suis avec un ami.

—Oh! a-t-elle répondu.

J'ai entendu un sourire dans sa voix.

—Je t'en prie, amène-le. Je serais ravie de rencontrer ton «ami».

J'ai grimacé. Elle ne ferait qu'une bouchée de Neil, et j'ai frissonné en imaginant ce qu'il pourrait bien penser d'elle. S'il trouvait étrange que j'aie eu une liaison avec un homme plus âgé, qu'est-ce qu'il pourrait bien penser du club, de ses clients et de leurs vêtements plus ou moins suggestifs.

Comme s'il lisait dans mes pensées, Neil a de nouveau agité ses baguettes devant moi.

—Ne quitte pas, ai-je dit à Elle.

Je savais qu'elle fulminerait d'être interrompue, ce qui me faisait plaisir.

—Si tu dois aller travailler, pas de problème, Lily. Je comprends, a déclaré Neil.

—Non, vraiment, je…

—Je suis sincère. On peut finir les sashimis et revenir une autre fois pour la suite.

Il s'est essuyé la bouche sur sa serviette et a fait signe au serveur de nous apporter l'addition.

—Lily, a sifflé Elle à l'autre bout du fil, amène ton ami.

Sur ce, elle a raccroché, sans même attendre que j'acquiesce.

Elle avait parlé fort, et je savais que Neil avait entendu toute la conversation.

—Tu dois aller au club? a-t-il demandé.

—Oui. Ma collègue est malade.

—Je pourrais venir avec toi. Ça fait une éternité que je ne suis pas sorti.

J'ai soupiré.

—Ce n'est pas vraiment ton genre d'endroit.

—Qu'est-ce que tu en sais? Et pourquoi est-ce que tu refuses de me donner une chance? a-t-il poursuivi avec colère. Tu es furieuse quand les gens présument des choses sur ton compte, Lily, mais tu fais la même chose pour les autres.

Il a poignardé un morceau de gingembre et l'a mâché sauvagement.

—D'accord, ai-je cédé, certaine qu'il prendrait la tangente dès qu'il aurait mis un pied dans le club et que je n'entendrais plus jamais parler de lui.

Ce serait certainement mieux ainsi. S'il était choqué, alors autant arrêter de faire semblant d'avoir encore des choses en commun et laisser derrière nous notre amitié estudiantine.

Lorsque le taxi nous a déposés devant la porte où Elle nous attendait, j'ai compris qu'elle était sur les dents. Le *Fox and Garter*, un autre club qui se faisait passer pour un pub mais avait un donjon en sous-sol, avait dû fermer tôt à cause d'une panne de courant, et tous leurs clients avaient échoué chez nous pour finir leur soirée.

Neil a écarquillé les yeux en voyant la tenue d'Elle : une combinaison en latex rouge, un chapeau claque assorti et des escarpins d'une hauteur vertigineuse. Elle était déguisée en Monsieur Loyal ce soir et avait un fouet à la ceinture. Son bras était détendu, mais quelque chose dans sa posture indiquait qu'elle était à deux doigts de s'en servir, même lorsqu'elle était nonchalamment adossée au mur, l'air le plus tranquille du monde.

— Bonsoir, ami de Lily, a-t-elle ronronné dans sa meilleure imitation de Jessica Rabbit, en le détaillant des pieds à la tête comme s'il lui appartenait.

Je me suis raidie et j'ai pris la main de Neil dans la mienne.

— Oh ! a-t-elle commenté en voyant mon geste. C'est comme ça ?

— Oui, ai-je rétorqué. C'est comme ça. Suis-moi, Neil, ai-je ordonné de mon ton le plus autoritaire en l'entraînant vers le vestiaire.

Il regardait partout autour de lui et il a aperçu le bar et les clients vêtus de toutes les manières possibles. Ce qui me paraissait banal ne l'était certainement pas pour lui. Il y avait des hommes en corset, jupe à volants et talons hauts ; des femmes en uniforme militaire et lingerie ; des hommes et des femmes en latex, certains masqués. Plusieurs femmes étaient torse nu, et il y avait l'inévitable homme qui ne portait qu'un *cock ring* autour de son sexe mou, qui rebondissait quand il marchait.

— Il faut que tu te changes, ai-je soudain dit. Tu es trop visible comme ça.

— D'accord, a-t-il obtempéré sans discuter.

J'ai déboutonné sa veste puis sa chemise. Le tissu était agréablement rêche sous mes doigts, et, sans le vouloir, j'ai laissé mes mains errer sur le coton et j'ai mis plus longtemps que nécessaire à m'occuper des boutons. Il a tendu les bras tandis que j'ôtais ses vêtements. Je les ai ensuite mis sur un cintre que j'ai suspendu au portant.

Neil n'a pas bougé un muscle. Il était comme une poupée entre mes mains, me laissant faire de lui ce que je voulais. J'ai hésité, puis j'ai tendu la main vers sa ceinture. Le cuir était tiède sous ma paume, contrairement à la boucle, très froide. Dagur m'avait autorisée une fois à lui lier les chevilles avec une ceinture, et j'ai imaginé Neil dans la même position, à plat ventre, inconfortablement allongé sur son érection pendant que je lui mettais un doigt dans le cul. Cette idée m'a excitée, et j'ai dû me concentrer pour revenir à la réalité. Neil n'était pas Dagur, et j'étais au travail, sans compter qu'il n'allait pas tarder à paniquer et à partir en courant.

— Tu portes des sous-vêtements ? ai-je demandé sur le ton le plus neutre possible.

Il a acquiescé.

Un short appartenant aux esclaves d'Elle traînait sur une étagère derrière moi. Il irait parfaitement à Neil, mais je ne voulais pas le voir dans un vêtement qui proclamait « Esclave d'Elle ». Il n'était pas à elle.

183

Son caleçon ferait l'affaire. Il était chic, noir et passe-partout. Je l'ai détaillé de haut en bas. Il avait sans conteste fréquenté la salle de gym. Ou alors peut-être qu'il avait toujours été ainsi et que je n'avais jamais fait attention. Son torse était agréable à regarder. La bosse dans son caleçon était évidente, mais c'était un homme, et l'endroit était plein de femmes très peu vêtues. Je ne prenais pas sa réaction trop à cœur, et personne ne serait offensé par son érection, pour autant qu'elle n'ait pas complètement disparu le temps d'atteindre le bar.

Neil était totalement déplacé dans cet endroit et il ne savait visiblement pas comment réagir dans cet océan de chair dénudée. Je l'ai pris par la main et je l'ai mené vers le donjon. Je n'avais pas peur qu'il se comporte de manière inappropriée, comme regarder quelqu'un bouche bée ou attraper un sein qui se serait trouvé à sa portée : il était bien trop timide et bien élevé pour cela. Mais son visage poupin et son air innocent attireraient immanquablement la troupe de dominatrices d'Elle, qui étaient alignées contre le bar comme des lionnes autour d'un point d'eau, élégantes et détendues, mais prêtes à bondir à tout instant et impatientes d'initier un nouveau venu aux plaisirs de la cravache.

—Richard, Dieu merci, tu es là ! ai-je dit au Maître du Donjon.

Il était torse nu ce soir-là, simplement vêtu d'un kilt avec de nombreuses poches, chacune contenant un instrument.

J'ai remarqué, pour la première fois, qu'il avait les tétons percés par un petit haltère en argent. Je n'aurais jamais pensé qu'il était du genre à avoir un piercing aux tétons. Il était petit, presque gros, mais il avait des biceps impressionnants, et, pour l'avoir vu à l'œuvre, je savais qu'il possédait une force que démentait son air bonhomme. La plupart des dominateurs expérimentés – ceux que Liana appelait « les bons maîtres » – avaient comme lui un air doux qui dissimulait une volonté d'acier. Ceux qui avaient confiance en eux n'avaient nul besoin de se pavaner dans le club et de frimer en exhibant leur autorité ou leur capacité à ligoter une soumise au plafond dès que l'occasion s'en présentait.

— Je suis toujours là pour toi, Lady Lily, a répondu Richard.

Il m'appelait ainsi, ce qui, dans sa bouche était affectueux, depuis la nuit, quelques mois plus tôt, où j'avais chevauché l'esclave d'Elle assise sur une selle. Depuis, j'avais beaucoup appris sur l'art de la domination et j'étais très fière de pouvoir surprendre une pièce bondée en brandissant un lasso plus grand que moi.

— Qu'est-ce que c'est que ça ? a demandé Neil en désignant la roue dentelée qui dépassait de l'une des poches de Richard et brillait, menaçante, dans la lumière.

La curiosité avait eu raison de lui. J'ai sorti l'instrument de la poche de Richard et je l'ai brandi sous son nez. Il a pâli.

— C'est une roue dentelée.

— On dirait une roulette à pizza mais plus tranchante. Ça ne fait pas… mal ?

Je m'étais posé la même question la première fois que j'avais vu une roue de Wartenberg. C'était un instrument inventé au départ pour tester la sensibilité nerveuse de la peau et abandonné ensuite par la médecine au profit de techniques plus modernes. Les pervers avaient détourné l'objet pour en faire un sex-toy. C'était un instrument particulièrement effrayant, avec un manche de plus de trente centimètres de longueur et une vingtaine d'aiguilles qui rayonnaient à son extrémité, mais, contrairement à la plupart des autres instruments, qui étaient beaucoup plus douloureux que ce à quoi on s'attendait, celui-ci était moins atroce en réalité que ce que son apparence laissait présager. Elle m'en avait fait la démonstration sur Grayson après l'avoir fouetté. Il avait été pris de spasmes de plaisir, frissonnant, tressaillant et gémissant chaque fois que les aiguilles touchaient sa peau échauffée. J'avais adoré contempler le dessin en croix rouge et blanc, qui s'effaçait rapidement, comme une carte du plaisir et de la douleur.

Richard a souri jusqu'aux oreilles.

— Pas quand elle est utilisée correctement, a-t-il répondu. Je suis certain que madame se ferait un plaisir de vous faire une démonstration.

— Je dois travailler, ai-je rétorqué avec un regard insistant en direction de Richard pour lui signifier de se taire. J'espérais que tu pourrais garder un œil sur Neil pendant la soirée.

Neil nous a regardés alternativement.

— Je peux m'occuper tout…

— S'il te plaît, Richard, ai-je insisté en ignorant la déclaration d'indépendance de Neil.

— Pas de problème. Je veillerai sur lui pour toi.

Neil a pâli en comprenant que sa sécurité pouvait être mise à mal, mais j'étais trop en retard pour prendre le temps de le rassurer.

— Super !

J'ai filé vers la porte après un dernier regard en direction de sa peau bronzée et de son caleçon moulant.

Cette nuit-là a été la plus remplie depuis que je travaillais au club, et je n'ai pas eu le temps d'aller voir comment allait Neil avant la fermeture. Richard me l'a ramené à l'entrée.

Il était rouge, et ses pupilles étaient dilatées.

— C'était incroyable, a-t-il déclaré en agitant le bras pour arrêter un taxi.

Il avait l'air légèrement ivre de ceux qui viennent d'être ligotés ou fessés, et j'ai ressenti une pointe d'agacement à la pensée que Richard ne l'avait pas surveillé d'assez près.

— Oh ? ai-je répondu. Tu as essayé quelque chose ?

— Non. Mais il y avait une fille à qui Richard a fait des choses, et elle avait l'air…

Son visage avait pris l'expression lointaine et rêveuse qu'avait eue Liana lorsqu'elle m'avait raconté son expérience de la soumission.

Le chauffeur a klaxonné impatiemment pendant que Neil ouvrait la portière et me regardait fixement.

J'ai paniqué.

— Je crois que j'ai oublié ma veste au club, ai-je dit. Vas-y, je prendrai le métro.

Son expression est passée du plaisir à l'incompréhension.

— Mais tu l'as sur…

— Je te rappelle, d'accord ?

J'ai tourné les talons et je suis partie en courant.

Lorsque j'ai fini par céder et par répondre de nouveau à ses appels, Neil était redevenu comme avant. Je n'étais pas certaine de comprendre pourquoi son intérêt pour la partie fétichiste de ma vie m'avait mise dans un tel état de gêne, mais j'étais ravie de voir qu'il avait abandonné le sujet et que les choses étaient redevenues normales entre nous, même si, chaque fois que j'entendais sa voix, je l'imaginais en caleçon, une roulette dentelée lui parcourant le corps.

Mes étranges rêveries n'avaient pas disparu non plus, mais elles avaient à présent Neil pour sujet, et non plus le serveur japonais ligoté qui avait hanté mes rêves les nuits qui avaient suivi notre dîner chez *Miyama*.

En dehors de mes nuits agitées, je menais une vie tranquille, et le temps s'écoulait dans la routine, entre la boutique d'instruments le jour et le club la nuit, sans aucun événement notable. J'avais profité du vide de ma vie sociale et sentimentale pour travailler le plus possible, et, malgré mes petits salaires, mes économies étaient rondelettes. Je tirais une grande satisfaction de la lecture de mes relevés de compte, que je rangeais soigneusement dans le tiroir de mon bureau dès que je les recevais.

La nuit avait été calme au club, et j'étais en train de me changer avant de rentrer chez moi lorsque Elle a passé la tête dans l'encadrement de la porte de la salle du personnel.

— Lily ? Tu veux bien passer un coup de fil à Gray ? Il voudrait te parler.

J'ai dû avoir l'air inquiète parce qu'elle a pris la peine de me rassurer.

— Ne te fais pas de souci. Rien de bizarre. Il a un nouveau projet, et je pense que tu pourrais l'aider.

Il y avait au moins quelqu'un qui s'intéressait à moi. J'étais sans nouvelles de Leonard depuis une éternité, et Dagur était parti pour une tournée internationale qui devait durer trois mois : nul doute qu'il devait être très occupé à gérer l'attention amoureuse des créatures exotiques qui lui couraient certainement après. Non pas que je me sois attendue à ce qu'il me téléphone, m'écrive ou m'envoie des cartes postales. Ce n'était tout simplement pas son genre.

J'ai acquiescé.

J'étais un peu embarrassée à l'idée de me retrouver seule face à Grayson après notre trio improvisé et cette séance de pose pour le moins ambiguë, où je l'avais finalement chevauché brutalement, ce qui avait réveillé mes tendances latentes à la domination. D'une certaine manière, je n'arrivais toujours pas à accepter pleinement cette facette de ma personnalité. Certes, cette part m'attirait et avait allumé en moi un brasier, mais j'étais toujours attirée par des hommes avec qui j'avais envie de faire l'amour de manière traditionnelle. Ces deux aspects me donnaient du plaisir.

J'ai appelé Grayson le lendemain soir, mais nous n'avons pas pu nous voir avant une semaine ; impossible de prendre une journée de congé au magasin de musique, et, les rares nuits où je ne travaillais pas au club, j'étais trop fatiguée pour m'extirper de mon canapé ou de mon lit. J'avais besoin de recharger mes batteries après des semaines de dur labeur. Grayson n'a pas protesté et m'a assuré qu'il n'y avait pas le feu : c'était un projet de longue haleine.

Nous avons convenu de nous voir en début de soirée. Je me suis rendue à son studio de l'East End directement en sortant du travail et l'ai appelé en chemin.

—Est-ce qu'Elle sera là ? ai-je demandé par curiosité.

—C'est comme ça que vous l'appelez tous ?

Comme s'il ne le savait pas !

—Oui.

Grayson a gloussé.

—Non, la terrible Mme Haggard ne sera pas là, a-t-il répondu. Je crois qu'elle a de la comptabilité à faire pour le club. Tu crois que tu as besoin d'un chaperon, Lily ?

—Pour m'empêcher de te fesser ?

Il a rugi de rire à l'autre bout de la ligne.

—Est-ce qu'Elle t'a donné des cours, par hasard? a-t-il plaisanté. De toute façon, je suis toujours partant.

En entrant rapidement dans l'immeuble de Grayson pour fuir le froid humide et automnal qui venait du fleuve tout proche, j'ai défait un peu l'écharpe en cachemire grise que Leonard m'avait achetée à Amsterdam et je me suis mouchée. Il faisait très froid. L'un des assistants de Grayson s'affairait à nettoyer le studio après une séance: il ramassait de longues bandes de papier, roulait un assortiment de tapis et enfermait soigneusement tout un tas d'accessoires dans le placard métallique à l'extrémité de la pièce.

—Un verre? a proposé Grayson.

—Juste un café.

Grayson a demandé à son assistant de préparer deux expressos. Ce dernier a quitté la pièce. Tous les projecteurs étaient éteints, et nous étions assis sur l'un des canapés confortables dans un coin, éclairés seulement par un spot solitaire qui délimitait un cercle dans lequel nous avions pris place.

—Comment va Dagur?

—Aucune idée, ai-je répondu en haussant les épaules.

—Qu'est-ce qui se passe?

—Il est parti en tournée. Il ne reviendra pas avant plusieurs mois. C'est une longue tournée. De toute façon, on ne s'est pas beaucoup vus avant son départ, il était tout le temps en répétition.

— Vous n'avez jamais été vraiment un couple, alors ?

— C'est une façon de voir. Je ne crois pas que les rock stars soient vraiment faites pour la vie domestique de toute façon.

— Dommage, a commenté Grayson.

— Pourquoi ?

Peut-être voulait-il organiser un autre plan à trois.

— Je cherche des musiciens.

— Pour quoi faire ?

— Un nouveau projet pour lequel je pense que tu peux m'aider.

— Je suis tout ouïe.

L'assistant élancé est revenu avec les cafés puis il s'est éclipsé discrètement. Quelques secondes plus tard, j'ai entendu la porte d'entrée se refermer.

— Je ne manque pas de travail, a soupiré Grayson. Mais, ces derniers temps, c'étaient surtout des commandes. Très bien payées, évidemment, mais pas vraiment satisfaisantes.

J'ai remarqué qu'il n'avait pas mis de sucre dans son café, contrairement à moi qui les faisais couler dans le breuvage comme les maillons d'une ancre.

— Ça fait une éternité que je n'ai pas fait un truc perso, a-t-il poursuivi.

J'ai acquiescé. C'était le problème de tous les artistes que je connaissais, musiciens ou autres. Soit ils n'avaient pas d'argent et ne pouvaient donc pas mener à bien leurs projets, soit ils étaient bourrés aux as et n'avaient plus de temps à consacrer à leurs projets personnels.

—Il y a une galerie connue à Southwark, qui a une annexe à New York. Ça fait longtemps qu'ils me demandent de faire une expo solo, mais je n'arrivais pas à trouver le bon angle ni le bon sujet. Ça pourrait même devenir un bouquin. Je n'ai pas fait ça depuis six ans.

—Les murs sous la pluie?

Il y avait des photos sur les murs du studio. Elles étaient saisissantes et lugubres, bien que très lumineuses.

—Absolument. Je pourrais refaire le même genre de truc, je suppose, mais, cette fois-ci, j'ai envie de photographier des gens. Pas des portraits mais des corps. Quelque chose de plus personnel.

Je me suis souvenue de la passion que j'avais lue dans son regard au fur et à mesure que se déroulait la séance photo interrompue par Elle, celle pour laquelle il avait prétendu vouloir essayer son nouveau matériel.

Qu'avait-il en tête exactement? J'avais du mal à imaginer quelque chose de plus personnel que notre séance photo. Et je savais que je n'avais rien signé. Mais, pour courageuse que je sois, je ne pouvais pas envisager la réaction de mes parents s'ils tombaient sur des photos de moi nue. J'ai dégluti violemment, mais ma curiosité était en éveil.

—Que vient faire Dagur là-dedans? Tu as dit que tu étais désolé qu'il soit absent. Mais ça m'étonnerait que son manager le laisse se déshabiller devant l'objectif. Il y a la pub, et puis la mauvaise pub.

—Je sais.

Grayson avait l'air on ne peut plus sérieux.

—Mais ça m'a fait penser aux musiciens…, a-t-il expliqué.

Il s'est interrompu.

—C'est-à-dire?

—Ils sont différents. Comme les sportifs. Ils plongent tête la première dans la musique, comme les sportifs se noient dans leur discipline. Ça me donne envie de… capturer leur essence. Je ne suis pas très clair, non?

—Au contraire. Je comprends très bien ce que tu veux dire.

J'avais constaté la même chose au club chez les soumis et les dominants, quand ils entraient dans la zone.

—J'avais envie de prendre des photos de musiciens, célèbres si j'arrive à en convaincre certains et anonymes aussi, évidemment. Ils seraient habillés ou pas, avec leur instrument. Ce seraient des clichés en noir et blanc. J'ai déjà tout en tête, même si j'ai du mal à l'expliquer. Il y aurait une progression: on partirait de photos banales et on arriverait à des photos très explicites de musiciens qui feraient l'amour, ensemble et à leur instrument. Devant nous. Ce serait choquant. (Son esprit était en pleine action, et ses yeux brillaient.) Leurs visages seraient évidemment dans l'ombre. Soit flous, soit hors du cadre, s'ils le souhaitent. Et…

Il s'est interrompu, hésitant.

—Oui? l'ai-je pressé.

—J'ai une femme en tête pour les dernières photos. Je l'ai croisée il y a quelques jours à une soirée. Dans un endroit où je n'aurais jamais pensé la voir. Mais du coup je pense qu'elle accepterait. C'est la violoniste classique, Summer Zahova…

—La rouquine?

—Oui. Elle serait parfaite, et quelque chose me dit que ça lui plairait. Quand je l'ai rencontrée, j'ai eu l'impression de voir un papillon de nuit attiré par la flamme. Elle est fascinante.

—Tu lui as parlé de ton projet?

—Pas encore. On n'a pas beaucoup discuté. Et puis je voudrais d'abord avoir tout un portfolio, histoire de voir exactement où je vais. J'avais pensé que Dagur accepterait de poser si son visage n'apparaissait pas ou qu'il me donnerait des noms. Peut-être que toi aussi, tu as des contacts par le magasin?

—Je ne connais suffisamment bien aucun client. Jonno, de son côté, peut peut-être t'aider…, mais je n'en suis pas certaine. Quant à Dagur, son tatouage sur le torse le rend très facilement identifiable.

—Ce genre de choses n'est jamais un problème. C'est à ça que sert Photoshop.

—J'ai longtemps joué du violoncelle. Et de la guitare, même si je n'ai jamais atteint un niveau de professionnelle, ai-je soudain dit.

J'ai eu l'impression que le diable avait parlé par ma bouche. Comme lorsque j'ai décidé de me faire tatouer cette larme.

—Vraiment ?

—Je sais que je ne suis pas un modèle, mais je veux bien faire un essai. Tu n'auras même pas besoin de me payer…

Grayson a souri.

—J'aime ce qui ressort de toi dans les photos. Tu n'es pas la même personne. Et, quand tu atteins la zone de domination, tu as presque le regard que je… mmmm… (Il a réfléchi un instant.) Ça pourrait marcher.

—J'ai une guitare, ai-je dit. Et je peux emprunter n'importe quel instrument au magasin.

—Des limites ? a demandé Grayson en me regardant droit dans les yeux.

—Comment ça ?

—Jusqu'où tu es prête à aller ?

Je n'ai pas hésité. J'aimais l'idée que Grayson capture mon essence. Peut-être que son appareil me dirait exactement qui j'étais, puisque j'étais incapable de le découvrir toute seule.

—Jusqu'au bout. Tant que mon visage est hors champ.

—Bien sûr. Aucun problème. C'est vraiment dommage pour Dagur. Je voudrais faire des clichés de couple. Et je ne sais pas si je vais trouver des volontaires. (Il s'est interrompu de nouveau et a réfléchi.) Est-ce que tu pourrais venir avec un ami ? Pas grave s'il n'est pas musicien, il faut juste que tu te sentes bien avec lui. J'ai quelques vagues idées que j'aimerais bien exploiter : je te vois avec le violoncelle entre les jambes et lui qui te tient par-derrière.

Il imaginait déjà la scène, la créant de toutes pièces dans son esprit.

Personne ne me venait en tête, mais j'étais certaine que je trouverais quelqu'un. Peut-être un des employés du club.

Nous avions passé la journée à ranger la boutique. C'était de loin l'aspect du job que j'aimais le moins. Il fallait comparer les feuilles d'inventaire avec le stock et fouiller le sous-sol de fond en comble pour tenter de localiser les cartons qui avaient été déposés n'importe où durant les six derniers mois. C'était une activité pénible, que l'on pratiquait dans le froid et la poussière. Dans ces moments-là, j'en venais presque à regretter les clients péremptoires auxquels j'étais souvent confrontée, ceux qui savaient toujours tout mieux que tout le monde et que nous n'avions pas le droit de contredire, ou les indécis, ceux qui mettaient des heures avant de se décider à acheter l'instrument qu'ils avaient entre les mains.

Nous venions juste de baisser le rideau métallique et de verrouiller la boutique. Je n'avais qu'une hâte : acheter du pain et du lait au supermarché avant de rentrer chez moi pour m'affaler devant la télévision. Jonno et les autres s'apprêtaient à se rendre au pub, mais je n'avais pas envie de les accompagner. J'étais sur les nerfs : la séance photo qui allait permettre à Grayson de lancer véritablement son projet devait avoir lieu dans quelques jours. J'avais fini par demander à Neil de m'accompagner. Je n'étais à l'aise avec personne d'autre, sauf peut-être Richard le Maître du Donjon, mais je soupçonnais Grayson de préférer un modèle plus jeune. J'avais assuré à Neil que les photos seraient anonymes et j'étais restée assez vague sur ce qu'il pourrait avoir à faire. Il savait juste que je devais faire une séance photo et que j'avais besoin de la présence d'un ami pour me mettre à l'aise. Il avait commencé par faire preuve d'une certaine réticence, qui s'était envolée lorsque je lui avais révélé que je risquais de finir nue. Il avait rougi, m'avait regardée avec incrédulité, comme s'il pensait que je plaisantais, puis avait accepté en toute hâte de m'accompagner.

À cause de la bruine, les contours des lumières des feux rouges du West End et des vitrines des boutiques étaient flous. Je me suis aperçue que j'avais choisi des chaussures peu adaptées au temps : je portais des ballerines, plus confortables pour le fastidieux travail d'inventaire. J'ai levé le nez vers le ciel pour mesurer l'épaisseur des nuages. Il se tenait non loin, sur le bord de l'étroit trottoir. Protégé par un parapluie noir, il surveillait notre sortie. À cause de la pénombre et du fin rideau de pluie qui nous entourait, je ne l'ai pas reconnu tout de suite. Ce n'était qu'une silhouette comme une autre. Cela aurait pu être n'importe qui.

—Lily !

C'était Leonard.

Il n'avait pas changé en quelques mois. Mon cœur a bondi dans ma poitrine pendant que mon estomac se nouait. Pourquoi Leonard me faisait-il autant d'effet ?

— Ça fait longtemps…, ai-je réussi à dire.

— Je sais. J'ai été très occupé. Le boulot, les voyages, ce genre de choses, s'est-il excusé.

Mes collègues ne s'étaient pas attardés et s'étaient dirigés rapidement vers le pub. Leonard et moi nous tenions sous la pluie, face à face. J'ai remonté la capuche de ma parka, et il s'est avancé pour me proposer la protection de son parapluie.

— Tu avais quelque chose de prévu ? On peut discuter ?

— Je m'apprêtais juste à rentrer chez moi. Pas de problème.

Il s'est placé à côté de moi, et l'ombre de son grand parapluie nous a enveloppés alors que nous prenions la direction de Charing Cross Road.

Le bar d'hôtel le plus proche, sur Shaftesbury Avenue, était chargé de trop de souvenirs, et tous les pubs du quartier seraient bien trop bruyants pour nous permettre d'avoir une vraie conversation ; nous avons donc échoué dans un café de SoHo et nous nous sommes installés le plus loin possible des autres clients.

— Je pense encore beaucoup à toi, a-t-il énoncé.

— Moi aussi.

Une fois de plus, la tristesse familière que je lisais dans son regard m'a touchée. Je me sentais impuissante, à court de mots.

Il a eu un faible sourire et a tendu la main sur la table pour frôler la mienne.

—Tu as les mains froides, a-t-il remarqué.

Sa main était chaude, comme l'était toujours son corps lorsque je me blottissais contre lui la nuit, me coulant contre sa peau avec bonheur.

—Je sais. Je pense que je ne changerai jamais. J'ai toujours les mains, les pieds et les fesses froids. Je ne suis pas la femme idéale pour partager un lit, hein ?

—Ça ne m'a jamais dérangé.

—Je pensais que tu ne voulais plus me voir.

—Je n'ai jamais dit ça, Lily, et tu le sais bien. Si j'arrivais à trouver les mots pour t'expliquer à quel point tu comptes pour moi, je le ferais. J'ai toujours envie de toi. Vraiment. Et, comme toi, je me fiche de ce que les gens pensent quand ils nous voient ensemble. Ils ne comprennent rien. Mais je sais que nous n'avons pas d'avenir ensemble et…

J'ai ouvert la bouche pour protester, mais, d'un tranquille mouvement de la main, il m'a contrainte au silence et a poursuivi son petit discours, comme s'il l'avait répété devant un miroir et qu'il ne voulait pas être interrompu.

—Comme toi, a-t-il repris, je me fous du qu'en-dira-t-on, mais je sais que ça ne marcherait pas longtemps. Un jour, la différence d'âge commencera à te peser et te poussera à tout remettre en question. Une fois le doute semé, il t'empoisonnera, il nous empoisonnera. Et je me sentirai coupable de te voir gâcher les meilleures années de ta vie pour moi, Lily. C'est une chose que je ne peux pas accepter. Je veux que tu sois heureuse. Même si c'est sans moi. C'est du respect… ou de la lâcheté, ou ce que tu veux.

Chacun de ses mots était une blessure, comme s'il avait plongé une dague dans ma peau. La souffrance ne faisait que croître, provoquant un hurlement silencieux et mortel étranglé à la naissance dans les profondeurs de mes poumons.

Il ne faisait que répéter ce qu'il m'avait déjà dit à Barcelone. Pourquoi avait-il éprouvé le besoin de me revoir si c'était pour prononcer les mêmes paroles encore et encore ?

— Pourquoi… ?

Il a baissé les yeux, évitant mon regard perplexe.

— J'avais besoin de… tirer un trait, a-t-il murmuré dans un souffle, comme s'il admettait une défaite.

Il a plongé sa main libre dans la poche de sa veste, d'où il a sorti un mouchoir qu'il a déplié au-dessus de la table.

Une minuscule clé en or en est tombée. Elle a rebondi légèrement contre ma soucoupe avant de s'arrêter.

La clé de mon bracelet de cheville.

— Prends-la, a ordonné Leonard.

J'ai contemplé, perplexe, la petite clé. Cet étrange symbole de liberté dont il me faisait cadeau. Il me laissait partir. Pour mon propre bien, si je l'en croyais. Et je le croyais.

Il s'est levé et a posé un baiser délicat sur mon front. J'ai pensé pendant un instant qu'il allait embrasser la larme aussi, mais il a hésité, a reculé puis a quitté le café sans se retourner.

Mon café était froid, mais je l'ai siroté lentement, furieuse après moi-même de ne pas avoir réussi à trouver des arguments pour le convaincre, pour sauver notre relation. Je ressentais de l'amertume pour les circonstances qui nous avaient menés là et pour n'être pas née au bon moment. Le café aussi était amer. J'avais oublié de le sucrer.

—S'il te plaît, dis-moi que tu ne vas pas te mettre à flipper.

Neil regardait, les yeux écarquillés, l'amas désordonné de matériel et de câbles orange éparpillés sur le sol du studio. Grayson ajustait les projecteurs, et je me tenais debout, immobile, au milieu d'un cercle de lumière agressive, pendant que son assistante tenait un instrument de mesure près de mon nez et aboyait les informations que l'appareil lui donnait.

Il m'avait demandé de ne rien changer à mon style habituel – j'étais donc en noir – pour capturer ce qu'il appelait ma «vibration» naturelle. Il voulait que le décor reste simple. Il avait ordonné à Neil de se mettre sur le côté et de se contenter d'observer pour l'instant.

Grayson et son assistante ont échangé des paroles inaudibles, et une demi-douzaine d'objectifs différents ont été disposés sur une table à tréteaux, prêts à être utilisés. Grayson m'a demandé de me placer sur un grand morceau de papier blanc qui avait été déroulé sur le sol et le mur, et sur fond duquel j'allais être photographiée.

La séance a commencé. Grayson virevoltait autour de moi comme une abeille autour d'un pot de miel, et je ne bougeais pas, immobile et silencieuse, étourdie par l'incessante activité de l'appareil photo et le cliquètement des projecteurs.

C'était complètement différent de la fois précédente, lorsque la séance photo était devenue un jeu de séduction entre lui et moi. Aujourd'hui, je n'avais aucune importance; c'était lui qui dirigeait tout: il capturait l'image qu'il avait en tête, la façon dont mes membres s'étiraient, un tendon dans mon cou, l'angle formé par mes bras et mon corps. Il me mitraillait sans relâche, dans un abandon joyeux. Au bout d'un moment, j'ai laissé mon esprit dériver et, absente, je l'ai laissé capturer ce qu'il croyait voir. Comment pouvait-il vraiment saisir mon essence alors que je me sentais désincarnée à ce point? Aucune idée, mais il avait l'air relativement satisfait.

On m'a tendu la guitare que j'avais apportée et on m'a ordonné de la tenir dans des positions variées, tandis que Grayson capturait les angles que je formais avec elle, les naturels comme les artificiels. Je savais que tout cela n'était que le travail préliminaire, une approche, une façon de tâter le terrain. Prendre des photos aidait Grayson à réfléchir.

Il s'est arrêté pour reprendre son souffle.

—Bon. J'aimerais bien commencer les nus. Tu peux enlever le haut?

Il bataillait avec un objectif et il ne m'a même pas regardée lorsque j'ai ôté mon tee-shirt. J'avais de nouveau évité de porter un soutien-gorge pour ne pas laisser de traces qui seraient pénibles à retoucher.

Le bois poli de ma guitare était dur et inflexible sur la peau nue de ma poitrine. J'ai tourné la tête : l'assistante de Grayson a étouffé un bâillement, et, un peu plus loin, Neil, hypnotisé par la vue de mes petits seins pâles, a rougi légèrement. La chaleur de son regard m'a fait prendre conscience de ma nudité, ce que le désintérêt de Grayson et de son assistante n'avait pas réussi à faire. Malgré mes efforts pour rester calme et sereine, j'ai senti que mes tétons durcissaient et que le rouge me montait aux joues. J'ai détourné les yeux du regard de Neil et je me suis concentrée sur l'objectif pour tenter de me distraire.

—Et ta jupe ? a demandé Grayson en me faisant signe de l'enlever.

Un vaporeux peignoir blanc était à portée de main pour que je me couvre entre deux clichés, mais je n'en voyais pas l'intérêt. Une fois déshabillée, tout le monde aurait vu tout ce qu'il y avait à voir.

On m'a apporté le violoncelle, que j'avais aussi pris avec moi, et une chaise. Je me suis assise, jambes largement écartées, pour insérer l'énorme instrument entre mes cuisses pendant que Grayson, allongé sur le sol, me contemplait jusqu'aux tréfonds, son objectif saisissant sans aucun doute le contraste entre mes sombres poils pubiens ou l'ombre de ma fente, et l'éclat cuivré du bois de l'instrument.

—Neil, a-t-il dit aimablement, histoire de le mettre à l'aise pour éviter qu'il ne parte en courant et ne gâche tous ses clichés, j'ai besoin de toi maintenant.

Neil s'est avancé et a écouté attentivement les instructions de Grayson. On lui a donné la guitare et ordonné de la tenir de telle manière que l'un de mes seins donne l'impression d'effleurer les cordes.

Grayson a regardé l'écran de l'appareil photo et a froncé les sourcils.

—Ta chemise rompt les lignes du cliché. Tu peux l'enlever?

Après une légère hésitation, Neil a obéi.

Lorsqu'il a vu une inquiétude se répandre sur les traits de mon ami, Grayson l'a rassuré.

—Ne te fais pas de souci, on ne verra vos visages sur aucune des photos. Ce seront des compositions. Chair contre chair, textures de peau, juste des corps anonymes et la façon dont ils communient avec leurs instruments. Fais-moi confiance.

Puis la main de Neil s'est posée sur mon épaule nue. Ses doigts ont formé un dessin au creux de mes reins. Son bras a effleuré mon ventre. Sa bouche s'est approchée à quelques centimètres à peine de mon sexe. Ses lèvres se sont attardées dans l'espace entre mon nombril et le milieu de la guitare que je tenais fermement contre moi.

Je me suis détendue contre lui, appréciant le plaisir doux provoqué par ses caresses.

Grayson a froncé de nouveau les sourcils.

—Non, a-t-il commenté. Ça ne va pas.

Rendue à moitié somnolente par l'odeur tiède et réconfortante de Neil, j'ai lutté un peu pour me concentrer sur ce que Grayson exigeait.

Il s'est agenouillé et m'a regardée droit dans les yeux.

—Lily, a-t-il dit en haussant un peu la voix sur la dernière syllabe, comme s'il me posait une question.

—Oui?

—Est-ce que tu peux le dominer, s'il te plaît?

—Quoi?

—Je veux saisir ton essence. Tout ça est très joli, mais ça ne fonctionne pas. Les instruments ne sont pas vraiment toi.

—Mais Neil n'est pas…, ai-je protesté.

—Si, pas de problème, est intervenu ce dernier.

J'ai bafouillé.

—Je fais ça pour l'art, Lily, et puis de toute façon, au point où on en est…, a-t-il murmuré rapidement, la voix rauque.

J'étais cernée. Et, puisque je m'étais déjà déshabillée devant l'objectif et avais été photographiée de manière très explicite, je n'arrivais pas à trouver une seule bonne raison de refuser de dominer Neil devant l'appareil photo. *Ou tout court, d'ailleurs*, ai-je songé avec agressivité.

—Je ne suis pas vraiment d'humeur, ai-je protesté faiblement.

Mais l'assistante de Grayson avait déjà reçu des ordres et elle a quitté précipitamment la pièce pour aller chercher des accessoires, certainement dans la garde-robe d'Elle.

On a placé un martinet en daim dans ma main. Grayson avait modifié l'éclairage et avait positionné Neil contre le mur, les bras écartés comme s'il était attaché sur une croix de Saint-André.

Le visage dissimulé, exposé et vulnérable, il ne ressemblait plus en rien à Neil. J'étais libre d'admirer ses fesses musclées qui étaient restées cachées par son caleçon au club. Liana avait toujours dit que Neil avait un beau cul, ce qui me faisait ricaner. Maintenant que je le voyais dans toute sa splendeur, j'étais pleinement consciente de la rondeur de ses fesses, de la petite fossette juste au-dessus de sa raie et du fin duvet roux qui avait l'air si doux. Neil avait un cul qui, rouge, serait sublime. Marqué.

J'ai abattu le martinet sur ses fesses nues, et il a sursauté, alors que je ne l'avais pas frappé fort. Pas encore.

— Oui, c'est ça ! s'est exclamé Grayson. Faites comme si je n'étais pas là. Continue.

Au début, je n'ai pas pu faire comme s'il n'était pas là. Dominer pour l'objectif n'avait rien à voir avec le fait de rester assise comme un objet sous le regard de Grayson. C'était théâtral, comme au club, lorsque je m'étais entraînée sur les esclaves d'Elle, pendant qu'elle me guidait. Là, c'était moi qui décidais, et j'adorais cela.

Mon sang a commencé à s'échauffer dans mes veines. Neil gémissait sous les coups, et je contemplais avec plaisir l'apparition et la disparition de chaque marque rouge sur sa peau alors que je frappais alternativement son cul, une fesse après l'autre ; son dos ; ses cuisses, variant la cadence et la pression de mes coups, pour me mettre au rythme de sa respiration et des subtils changements de ses cris, qui me renseignaient sur ce qu'il pouvait supporter. J'avais l'impression de jouer du tambour. Son corps était un instrument de chair, et j'en étais la maîtresse.

Des gouttes de sueur ont commencé à couler sur mon front et sur ses flancs. Lorsque je l'ai frappé violemment puis que j'ai posé ma main sur sa fesse pour atténuer la douleur, il s'est détendu contre moi, et, submergée de tendresse, j'ai eu envie de le prendre dans mes bras et de le bercer comme un enfant.

Le temps s'est arrêté. Je n'étais plus consciente de rien en dehors du souffle rauque de Neil et du bruit du martinet sur sa peau.

Jusqu'au moment où Grayson a pris une grande respiration, s'est arrêté, a tendu son appareil photo à son assistante toujours silencieuse et impassible, et a déclaré que la séance était terminée.

Neil et moi étions devenus ses marionnettes, manipulées de droite à gauche, dressées ou courbées, chastes ou indécentes. Nous n'étions que des accessoires, comme les instruments que nous avions utilisés.

—Vous pouvez vous rhabiller, les amis.

Je voyais dans ses yeux qu'il était toujours très loin, perdu dans les images qu'il avait créées. Jusqu'à ce que le prochain musicien, le prochain modèle, fasse son entrée et que la danse reprenne.

Sans plus faire attention à nous, Grayson a disparu dans l'une des pièces adjacentes, et les puissants projecteurs se sont éteints.

Nous venions d'être congédiés.

7

BLANCHE-NEIGE AU BAL

LA VOITURE ROULAIT RAPIDEMENT EN DIRECTION DU nord. Les ombres grises de la ville qui se déroulaient sous nos yeux ont fait place aux défilés ordonnés des maisons individuelles disposées au garde-à-vous derrière des jardinets bien entretenus et qui rythmaient notre trajet dans la banlieue londonienne.

Lorsque nous avions quitté le studio de Grayson, il faisait encore jour, mais, quand nous avons fini par sortir de la ville, il faisait nuit noire. Grayson conduisait, et Elle, assise sur le siège passager, somnolait. Je n'osais pas briser le silence assez inconfortable qui régnait. La radio diffusait doucement de la musique classique, et le doux ronronnement assourdi des mélodies nous berçait.

J'avais vu Grayson à Shadwell quelques jours auparavant : il m'avait invitée à admirer les photos qu'il avait prises de Neil et de moi. Elles étaient très belles. Nos corps s'emboîtaient comme si nous ne faisions presque qu'un, et le reflet de la lumière sur nos peaux était envoûtant dans sa simplicité. Sur certains clichés, on ne voyait que ma main, qui semblait petite et fragile de nature, mais puissante une fois armée du martinet, et les courbes des fesses de Neil, qui se tendaient vers les longueurs de daim, comme une promesse de délices à venir.

Je me sentais encore un peu gênée du degré d'intimité dont j'avais fait preuve devant l'objectif, mais, quand je voyais la qualité du résultat, il me semblait puéril de me plaindre. Nous n'étions que des corps. Peau. Chair. L'émotion capturée par Grayson me paraissait très claire, mais elle était pourtant intangible. Une création de mon imagination. Je n'avais aucune prise sur la façon dont le photographe avait décidé d'interpréter l'emboîtement de nos corps, la courbe précise de mon poignet ou la bosse de la colonne vertébrale de Neil.

Lorsque j'avais essayé de discuter avec Neil après la séance pour vérifier que tout allait bien, il avait fait comme si tout cela n'avait aucune importance. Comme si être fouetté, nu, par une amie, pour un photographe célèbre, était d'une banalité à pleurer. J'avais le pressentiment qu'il me cachait quelque chose, mais je ne savais pas quoi. Peut-être était-il simplement embarrassé par le tour que la séance avait pris. J'avais honte de mon propre comportement. Il était sous ma responsabilité, et c'était sa première fois, mais j'étais tellement dans mon propre personnage que j'avais oublié de lui donner un mot de sécurité ou de vérifier qu'il savait ce qu'il faisait. La présence de Grayson, de son assistante, des projecteurs et de l'objectif avait donné à la scène des airs de mise en scène, comme s'il s'agissait d'un simple jeu. Mais je savais que pour moi, une fois le fouet en main, c'était bien plus que cela. Malgré le public, cela m'avait paru naturel. Plus naturel que la plupart des autres interactions que j'avais eues avec Neil. Si ce dernier pensait la même chose, il ne m'en a pas fait part. C'était plus facile de ne rien dire.

Nous avons contemplé les photos, puis Grayson m'a donné un CD sur lequel il avait gravé mes clichés préférés, avant de me faire visiter son appartement. Pour la première fois, j'ai été autorisée à découvrir la maison qui se tenait au-delà du studio photo et j'ai été surprise par l'ameublement et le style conventionnels de leur lieu de vie. Comme s'ils avaient tracé une frontière stricte entre leurs activités déviantes et leur vie de couple. J'ai découvert qu'en réalité je les connaissais très mal.

La seule chose qui m'a surprise, c'est la taille de la garde-robe d'Elle. Lorsqu'elle a fait coulisser les portes, j'ai découvert un coffre aux trésors de vêtements, de chaussures et d'accessoires, une grotte profonde de délices, de tissus assortis, de textures, de couleurs trop éclatantes, à côté d'un matériel effrayant qui m'était presque en totalité inconnu et que j'aurais été bien en peine d'utiliser correctement.

C'est là que Grayson m'avait invitée au bal et que nous avions décidé qu'Elle s'occuperait de ma tenue pour l'occasion.

—Ce bal n'a lieu qu'une fois par an. Il est unique, avait expliqué Elle, dont les lèvres écarlates s'étiraient dans un sourire sensuel.

—Il a un nom?

—Non. On l'appelle «le bal». On y célèbre tout ce que nous aimons et tout ce en quoi nous croyons. Les billets sont très difficiles à obtenir. La plupart des gens ne connaissent même pas son existence. Je suis certaine que ça va te plaire, Lily.

—Je l'espère.

—Je pense que tu es prête, avait-elle affirmé. Notre petite débutante coquine. Ce sera ton coming-out.

Cela avait l'air très formel, presque glamour, mais je savais qu'il valait mieux ne pas poser trop de questions. Ce monde dans lequel je me faisais peu à peu une place était peuplé de secrets à moitié chuchotés et de ténèbres dissimulées en pleine lumière. Ce n'était pas juste le plaisir physique qui m'attirait, mais aussi le sens du rituel et de la conspiration qui liait les participants dès l'instant où ils endossaient leur rôle et où ils franchissaient le rideau invisible qui séparait leur vie de tous les jours de l'empire des sens.

Je suis donc revenue chez Grayson le samedi suivant, plusieurs heures avant que nous nous mettions en route pour qu'Elle puisse m'habiller. Ce temps supplémentaire s'est révélé superflu puisque mon costume était très simple. Il s'agissait d'un long fourreau de soie grise qui me moulait comme une seconde peau, terminé par une courte traîne ornée de perles et en forme de larme, qui glissait lorsque je marchais.

— Une larme pour notre fille au tatouage en forme de larme, a expliqué Elle en fermant la discrète fermeture Éclair.

— Tu l'as fait faire pour moi ?

— Évidemment.

La robe aurait pu être portée dans d'autres circonstances, si elle n'avait pas été aussi décolletée devant et dans le dos. Le décolleté plongeait entre mes seins jusqu'au nombril, et derrière il dévoilait la naissance de mes fesses. J'étais quasiment nue au-dessus de la taille.

À ma grande surprise, pour compléter la tenue, Elle avait prévu des chaussures plates au lieu des talons vertigineux qu'elle adorait et que les dominatrices portaient toujours pour ce genre d'événements. Elle m'a tendu une paire de mules en soie grise rebrodée de perles, bordées de cuir. Elles étaient si confortables que j'avais l'impression de marcher pieds nus.

— Tu vas être debout toute la nuit, a expliqué Elle, et je sais que tu ne peux pas rester perchée sur des talons si longtemps.

Elle a reniflé, comme si c'était un grave défaut.

— Et puis de toute façon, a-t-elle ajouté, tu n'en as pas besoin. Tu es incroyable, Lily. Tu as ça dans le sang. Et tu as plus de pouvoir quand tu es toi-même.

J'avais les cheveux détachés, et, une fois qu'Elle a eu fini de les lisser, ils ont pesé sur mes épaules, raides comme ceux de Cléopâtre. Je portais une paire de longues boucles d'oreilles en perles, qui bougeaient et reflétaient la lumière lorsque je marchais.

Elle et Grayson avaient enfilé des uniformes militaires rouge et or assortis, qui les moulaient au millimètre, comme s'ils avaient été fabriqués sur mesure le matin même. Quelle que soit la relation qu'ils entretenaient en privé, Grayson ne l'accompagnait pas en tant que soumis. Pour le reste du monde, ils étaient des égaux. Des partenaires de perversion.

Londres était à présent loin derrière nous. La Saab vert foncé de Grayson roulait à toute allure sur les routes droites de campagne. J'ai repéré un panneau indiquant l'autoroute M25, ce qui m'a donné une idée de la distance que nous avions parcourue. Nous l'avons rapidement laissée derrière nous lorsque nous avons rejoint de vastes champs. Seule la lumière des phares transperçait la nuit, nous donnant des allures de train fantôme chassant un feu follet dans les ténèbres.

Nous avons rapidement rejoint l'horizon bas et nuageux, puis nous avons emprunté une route étroite à travers bois. Cinq minutes plus tard, nous sommes parvenus devant un haut portail en métal, où deux vigiles baraqués ont rayé notre nom d'une liste attachée à un porte-bloc avant de nous laisser entrer. Grayson a roulé sur quelques centaines de mètres, jusqu'à ce que les arbres finissent par faire place à une clairière au-delà de laquelle se dressait un imposant manoir, dont les contours brillamment illuminés se découpaient violemment sur le ciel nocturne.

Les voitures des invités étaient garées en demi-cercle devant l'immense demeure. Des valets en uniforme embauchés pour l'occasion prenaient les clés et emboîtaient les voitures dans un puzzle soigneusement organisé.

Elle s'était réveillée alors que nous approchions de la maison, alertée lorsque Grayson avait éteint la radio.

— Délicieux. Vraiment délicieux, a-t-elle remarqué en regardant le manoir qui nous surplombait.

On se serait cru dans une scène de *Retour à Brideshead* ou de n'importe quel film pornographique mettant en scène de riches Anglais. Aucun indice visible sur les folies et les excès dissimulés à l'intérieur.

Grayson a ouvert sa portière, et je l'ai imité. Il a laissé tourner le moteur tandis que le valet contournait la voiture, puis le photographe a émergé dans toute sa splendeur et a tendu les clés au jeune homme, qui lui a donné en échange une carte à jouer. Un as de cœur.

Elle est sortie de la voiture à son tour, lente et royale comme la reine perverse qu'elle était.

Je sentais le regard des autres invités, qui quittaient leurs voitures, posé sur nous tandis que nous gagnions les marches du perron. Leur paraissais-je déplacée ? Une ombre grise prise en sandwich entre ces deux aristocrates ?

Les portes étaient grandes ouvertes, et le rythme acéré de la musique techno résonnait à travers les pièces jusqu'à nous, comme un impétueux torrent de son.

Nous avons franchi le seuil et avancé sous une lumière aveuglante.

Dans l'immense entrée, une rangée de femmes aux seins nus, vêtues de toges romaines blanches et de ceintures argentées, coiffées de chignons stricts, se tenaient au pied de l'escalier, avec à la main des plateaux supportant des boissons. Je n'ai pas pu m'empêcher de remarquer que certaines avaient de gros seins, alors que d'autres étaient beaucoup plus modestement pourvues. J'ai remarqué aussi, gorge serrée, que leurs mamelons avaient tous la même couleur argentée, assortie à leurs ceintures. Pendant un bref instant, l'esprit tourbillonnant, je me suis demandé à quoi je ressemblerais avec les mamelons peints de la sorte.

Lorsque nous avons dépassé les jeunes femmes, Grayson et Elle ont saisi chacun un verre de vin blanc, ou peut-être de champagne, et j'ai pris ce qui me paraissait être de l'eau, à moins que la vodka ou le gin ne soient servis ici dans de grands verres. Je regardais partout autour de moi avec curiosité, découvrant le décor, la maison, les invités, et rien n'aurait pu me surprendre à ce stade.

—Faisons le tour du propriétaire, a suggéré Grayson, en nous prenant toutes deux par la main. Explorons un peu avant de nous amuser.

— Le bal n'a pas toujours lieu ici ? ai-je demandé.

— Non. Il se déplace. Il a rarement lieu deux fois au même endroit, a répondu Elle.

Nous sommes entrés dans un salon circulaire, où les invités discutaient par petits groupes. Un flot indistinct de conversations allait et venait, accompagné du cliquetis des verres et du frottement doux des robes haute couture, du cuir et du latex, le tout sous l'éclat des lustres démodés.

Pour l'instant, tout était plutôt élégant et chic, et correspondait assez à l'idée que je me faisais d'une fête bourgeoise, si l'on exceptait bien sûr les hôtesses à demi nues qui se tenaient en bas de l'escalier et l'assortiment élaboré de vêtements, qui ajoutait un étrange sentiment de provocation à tout le reste. Mais les autres invités avaient l'air assez banals, voire normaux, même si j'avais compris depuis longtemps que les couloirs du manoir étaient couverts de miroirs : la séduisante perversité était toujours à quelques centimètres, dissimulée sous la surface rassurante de la vie de tous les jours.

Une grande porte-fenêtre à l'extrémité du salon ouvrait sur un jardin qui s'étendait à perte de vue, illuminé par une rangée de vifs faisceaux lumineux, comme un spectacle de son et lumière. Des tentes de tailles différentes avaient été montées à intervalles réguliers sur la pelouse. Au-delà se dressait un petit bois, alors que les jardins de la demeure étaient protégés par un haut mur de brique surmonté de barbelés.

—Ah! s'est exclamée Elle en désignant les tentes. Nos scènes pour ce soir.

Grayson a acquiescé calmement et a achevé son vin blanc, une expression d'anticipation avide sur le visage.

Nous nous tenions toujours près des portes-fenêtres lorsque j'ai senti que les conversations s'arrêtaient derrière nous. Nous nous sommes retournés.

Un homme grand, proche de la soixantaine, à l'abondante chevelure blanche et aux lunettes à monture rouge, portant un smoking parfaitement taillé dont les revers renvoyaient un reflet acéré du lustre principal, a fait son entrée dans la pièce, la tête haute. La foule s'est effacée pour le laisser passer. Il était suivi par une jeune femme qui se tenait à deux pas derrière lui. Elle était attachée à une laisse accrochée à un collier noir qui enserrait son cou. Dans son autre main, l'homme tenait une canne en bois minutieusement sculptée, dont le pommeau avait la forme d'un crâne.

La femme était entièrement nue.

À l'exception d'une paire d'escarpins en léopard aux talons vertigineux. Et du collier autour de son cou, auquel pendait un petit cadenas doré.

Je ne pouvais pas détacher mes yeux d'elle. C'était la chose la plus belle que j'aie jamais vue. « Chose » était le mot exact. Sa beauté avait un aspect irréel et impossible, comme si elle avait été fabriquée en suivant des instructions précises et créée pour être exhibée en public, afin que nous autres, le commun des mortels, puissions prendre conscience de nos imperfections.

Son visage était un masque de beauté parfaite et sereine : des yeux verts et froids, des pommettes légèrement maquillées afin de mettre en valeur leur finesse, des cheveux épais qui frôlaient ses épaules comme dans une parodie de publicité pour un shampoing, sublimes, libres et vivants. Des lèvres pulpeuses à l'arc de cupidon bien marqué et peintes en rouge, en harmonie avec le reste de son maquillage, fortes mais élégantes, et discrètes à la fois. Ses seins étaient haut perchés et fermes, et ils se balançaient doucement à chacun de ses pas, ses longues jambes étaient assurées en dépit de l'équilibre instable imposé par la hauteur de ses chaussures, ses cuisses étaient tendues et fortes comme une lanière de fouet, et ses chevilles étaient délicates et élégantes.

Tout le monde a dévisagé le couple, qui est passé sans prêter attention à quiconque.

Elle m'a frôlée quand ils se sont dirigés vers le jardin.

Son sexe était totalement épilé. Mais ce qui a excité mon imagination, c'est son tatouage.

Juste au-dessus de sa chatte, pile au milieu, était tatoué un code-barres à côté duquel était gravé le chiffre 1.

Était-ce un véritable tatouage ou quelque chose de temporaire, comme lorsque je portais un faux piercing dans le nez quand j'étais d'humeur rebelle ?

Mon instinct me disait qu'il était réel. Elle était marquée de manière permanente. Mais le couple avait déjà disparu dans l'obscurité du jardin, en direction de l'une des tentes, et je ne distinguais plus que la blancheur de son cul qui s'éloignait, invitant aux questions et à la luxure.

J'ai repris mon souffle.

— Ouah ! ai-je commenté. Elle est magnifique.

J'allais ajouter quelque chose d'inintéressant, poser des questions à Grayson et à Elle sur l'étonnant couple, mais Elle m'a interrompue.

— Ah, ce Thomas ! Pourquoi faut-il qu'il soit toujours aussi théâtral ?

Une cloche a retenti.

Elle avait un son léger et cristallin, pas du tout comme les cloches d'église que j'avais entendues auparavant.

— Les spectacles commencent, m'a annoncé Grayson. Tu vas adorer.

Elle s'était déjà avancée vers les portes-fenêtres qui s'étaient ouvertes d'elles-mêmes comme en réponse au son de la cloche.

Grayson m'a prise par la main et m'a entraînée dans le jardin.

L'air était tiède et doux, et empli de la fragrance de fleurs tropicales, alors que le jardin ne contenait rien d'autre qu'une pelouse et des arbres typiquement londoniens.

— D'où vient cette odeur ? ai-je demandé en inspirant profondément.

— Des braseros, je suppose, a répondu Grayson. Mais je n'en suis pas certain. Il y a toujours quelque chose de magique dans ces fêtes.

De hauts cylindres en verre, qui abritaient chacun une flamme vive, étaient disposés autour du patio et de la pelouse. Je suis restée quelques instants auprès de l'un d'eux et j'ai remarqué qu'ils exhalaient une vapeur légèrement parfumée.

— C'est ta première fois, toi aussi ? a demandé une voix posée derrière moi alors que je me demandais si les flammes étaient réelles.

De loin, le verre était invisible, et on avait l'impression de voir une dizaine de petits brasiers suspendus au-dessus de l'herbe, comme si la fête avait été interrompue par un dragon ou une bande de Vikings en maraude.

La voix appartenait à une femme grande et blonde, qui portait le costume rouge vif, bleu et doré de Wonder Woman. En y regardant de plus près, je me suis aperçue qu'en réalité elle était complètement nue : le costume était peint à même sa peau. Elle tenait un lasso dans une main et une longue perruque brune dans l'autre.

— Ça me grattait, a-t-elle expliqué lorsqu'elle a vu que j'avais les yeux fixés sur la perruque. Je cherche un pot de fleurs pour m'en débarrasser.

J'ai pouffé, et Grayson nous a fait taire toutes les deux.

— Je m'appelle Lauralynn, a-t-elle murmuré en entrant dans la première tente, où elle a jeté la perruque derrière un des piliers.

— Lil…, ai-je commencé à répondre, la dernière voyelle m'échappant alors que je restais bouche bée devant le spectacle qui s'offrait à nous.

Nous étions dans une forêt.

La tente était emplie d'arbres imposants. Chacun d'eux avait des branches noueuses et tordues, comme s'il avait des milliers d'années et que ses racines s'enfonçaient profondément dans la terre.

Au fur et à mesure que mes yeux s'habituaient à la pénombre, j'ai découvert que les branches tordues des arbres n'étaient pas en bois. Certaines étaient humaines. Chaque arbre portait, ligoté, un être humain nu. Certains étaient suspendus entre les branches comme des toiles d'araignée. D'autres étaient attachés à la base du tronc, comme s'ils faisaient partie de lui et qu'ils étaient mêlés à son essence et à ses racines. D'autres encore pendaient au bout des branches, comme des fruits. Au centre de la tente se tenait un arbre qui n'était pas enraciné mais attaché au plafond de la tente par des cordes qui l'encerclaient de partout avant de se perdre dans le sol, comme des racines. Ligotés à la base de l'arbre se tenaient un homme et une femme, enlacés. La corde partait d'eux et rejoignait tout le reste. Elle liait, tordait, connectait, joignait… Grâce à elle, la forêt était entière. Une.

Sur le plafond, en lettres lumineuses s'étalait le mot « Terre », qui surmontait la phrase : « Ce qui nous contraint nous libère. »

—Ouah ! a commenté Lauralynn. Profond.

J'aurais pu rester là et contempler cette forêt de cordes pour l'éternité. Elle avait quelque chose d'apaisant. Les visages des hommes et des femmes nus et ligotés étaient radieux et impassibles. Ils ressemblaient à des anges terrestres.

Mais j'ai aperçu le manteau rouge de Grayson se diriger vers la sortie et je me suis précipitée à sa suite. Elle devait certainement être loin devant nous, et je ne voulais rien rater.

Dans la tente suivante se tenait un grand lac avec un projecteur en plein milieu. Il avait l'air complètement vide. Pas une vague n'en ridait la surface, mais je pouvais voir que Grayson et Lauralynn, comme les autres invités, étaient penchés sur l'eau et semblaient captivés par ce qu'ils voyaient.

Je me suis approchée des rochers qui bordaient le lac, reconnaissante à Elle d'avoir pensé à me donner un bracelet, auquel je pouvais fixer la traîne afin de ne pas l'abîmer.

Sous la surface du lac se tenaient douze hommes. Ils étaient tous blonds, jeunes, de taille et de stature similaires. Ils étaient disposés comme un cadran d'horloge, et leurs têtes pointaient vers le milieu. Seuls leurs torses étaient nus. À partir des hanches, ils étaient recouverts d'une substance blanche et transparente, qui bougeait dans l'eau comme des algues.

Leurs yeux étaient clos, et, pendant un instant effrayant, j'ai cru qu'ils étaient morts et que nous contemplions un cimetière sous-marin empli de cadavres magnifiques. Mais mes yeux ont été attirés vers le centre du lac, et j'ai oublié tout le reste. Au milieu, sous l'eau, se tenait l'une des plus belles femmes que j'aie jamais vues. Sa peau était si pâle qu'elle semblait transparente, et ses pommettes et ses sourcils si acérés qu'ils en paraissaient presque extraterrestres. Ses cheveux d'un blond très clair tombaient sur ses épaules et s'étalaient comme les serpents sur la tête de Méduse.

Elle était dans les bras d'une autre femme, beaucoup plus forte, qui avait des cheveux courts et bruns, et une poitrine pratiquement plate. Ses hanches étaient étroites comme celles d'un homme, mais sa taille avait la finesse de celle d'une femme. Autour de ses cuisses était fixé un harnais blanc d'où pendait un gode.

La vision qu'elles offraient était si frappante que tous les occupants de la pièce s'étaient tus. Le silence s'était répandu comme une vague.

Puis une voix de femme à l'accent russe s'est déversée des enceintes.

— Je m'appelle Luba, a dit la voix.

Au même moment, l'eau s'est agitée. Les corps en ont surgi sur des plates-formes qui, une fois parvenues à la surface, se sont emboîtées les unes dans les autres, formant un plateau solide comme la glace.

La femme aux cheveux sombres a mis Luba sur ses pieds, et elles ont commencé à danser. Autour d'elles, les hommes ont pirouetté et se sont balancés, comme pour vénérer les deux femmes. Les costumes blancs que j'avais pris pour des algues sous l'eau sont devenus des plumes qui brillaient dans la pénombre du projecteur. C'étaient des oiseaux. Des cygnes. C'était une version érotique du *Lac des cygnes*, et les deux femmes au centre interprétaient une danse de mort.

Alors que la chorégraphie semblait parvenir à son terme, Luba était étendue, comme inanimée, dans les bras de l'autre femme, qui avait serré les mains autour de son cou dans une étreinte violente, et toutes deux tournaient et virevoltaient. Au moment où la musique est arrivée aux dernières mesures, la femme brune a plongé son gode dans le sexe de Luba qui est immédiatement revenue à la vie. Les deux femmes se sont embrassées passionnément. Puis les plates-formes se sont remises en marche, se sont séparées et ont plongé de nouveau dans l'eau avec les danseurs, qui ont retrouvé leur immobilité initiale.

La foule médusée a applaudi à tout rompre. Le projecteur s'est éteint, et un message s'est allumé au plafond, comme dans l'autre tente. Celui-ci disait : « Eau » et en dessous : « Ce qui nous noie nous nourrit. »

J'ai entendu le spectacle suivant avant même de mettre les pieds dans la tente. Par-dessus le bruissement des costumes et le murmure assourdi des invités qui commentaient ce que nous venions de voir, nous avons clairement entendu le bruit de personnes qui baisaient. Des gémissements essoufflés, des cris étouffés, le hurlement haut perché d'une femme en train de jouir et le grognement plus grave d'un homme en proie à l'orgasme, le bruit des corps frappant l'un contre l'autre, le frôlement des peaux, des râles qui mêlaient souffrance et plaisir dans une parfaite unité.

Ce que j'ai vu, cependant, ne correspondait pas à ce à quoi je m'attendais. Au lieu d'une orgie ordinaire avec des gens sur des lits, les couples étaient attachés au plafond et copulaient en l'air. Ils portaient tous une paire d'ailes, et leur baise était à la fois joyeuse et frénétique, et plus animale qu'humaine. La pièce sentait le sexe, et, pour la première fois de la soirée, j'ai senti poindre de l'intérêt en réponse aux seins et aux sexes nus exhibés devant nous. Les autres spectacles avaient l'air tellement irréels qu'il m'avait été impossible de m'identifier aux participants. J'avais ressenti de la curiosité mais pas d'excitation, comme lorsqu'on regarde des sculptures ou des photographies de nus. Mais, en présence d'hommes et de femmes qui baisaient avec autant d'ardeur, je sentais mes tétons durcir et ma chatte s'humidifier.

—Oh putain! a commenté Lauralynn, qui avait de nouveau fait son apparition à mes côtés. Ils ne sont attachés à rien.

J'ai levé les yeux. L'un des membres de chaque couple, celui qui avait des ailes plus grandes, colorées en pourpre vif, en nuances de bordeaux ou en vert mousse profond, était bien attaché au plafond, mais l'homme ou la femme qu'il ou elle tenait entre ses bras était libre de toute entrave, et s'en remettait complètement à son partenaire. Ceux qui n'étaient pas harnachés portaient des ailes aux couleurs pastel, aux nuances diverses de blanc perle, de rose layette et de crème.

—Des séraphins déchus, a murmuré Lauralynn. Qui sont sauvés par leurs démons. Génial!

Quelqu'un l'a fait taire: Thomas, l'homme au smoking avec la femme enchaînée.

Malgré leur position pour le moins précaire, aucun des «séraphins» n'avait l'air effrayé.

Au plafond, on pouvait lire: «Air» et en dessous: «Ce qui nous fait chuter nous élève.»

—Il ne reste plus que le feu, a commenté joyeusement Lauralynn en ignorant le regard noir de Thomas.

Je me suis rappelé que Liana m'avait parlé un jour de jeux avec le feu. Elle avait dit que c'était comme une étreinte chaude. Mais je n'étais pas préparée à ce qui suivait.

J'ai fait un pas dans la tente et j'ai été plongée dans des ténèbres et un silence absolu. Comme si tout le monde avait disparu et que j'étais seule dans le néant.

—Lauralynn? ai-je appelé à voix basse. Grayson?

Pas de réponse.

Puis une main douce s'est glissée dans la mienne, et une voix de femme m'a demandé :

— N'ayez pas peur. Voulez-vous venir voir ma maîtresse ?

J'ai acquiescé avant de me rendre compte que l'obscurité qui régnait dans la pièce rendait cette forme de communication inopérante.

— D'accord, ai-je répondu d'une voix hésitante.

La main m'a conduite, à travers la pièce, vers ce qui avait l'air d'être, du peu que je distinguais, une alcôve avec un lit. Sur ce dernier, je devinais à peine la silhouette de quelqu'un. Une femme. Elle avait l'air de porter une espèce de masque, et seules la peau pâle de ses joues et la forme de sa bouche étaient visibles dans l'obscurité.

— Vous devez enlever votre robe, a-t-elle dit. (Sa voix chaude et chaleureuse inspirait confiance.) Et attacher vos cheveux.

On a déposé un élastique dans ma main, puis les deux femmes m'ont aidée à m'étendre sur le lit, où je suis restée immobile, à plat ventre et détendue, appréciant la douceur du tissu sur mes seins et mes jambes nus.

De la chaleur a envahi la pièce. Puis elle s'est faite plus intense, et j'ai entendu près de moi le bruit d'une flamme qu'on allume. La chaleur a encore augmenté lorsque la flamme a fouetté mon corps avant de disparaître si vite que, lorsque j'ai sursauté, il n'y avait déjà plus rien. Une autre vague de chaleur a roulé sur mon dos lorsque la femme a fait passer sa baguette enflammée au-dessus de mes fesses et de mon dos sans toucher ma peau.

Son souffle était doux lorsqu'elle s'est penchée et a murmuré au creux de mon oreille :

— Y a-t-il une forme qui vous plaise particulièrement ?

J'ai répondu sans avoir le temps de réfléchir.

— Une larme.

Quelque chose de frais a parcouru ma peau. Puis la baguette a de nouveau frappé mon épiderme, et j'ai inspiré violemment lorsque le produit inflammable qu'elle y avait déposé s'est embrasé, créant un motif en forme de larme. Le dessin s'est éteint aussitôt, assez vite pour que je ne sois pas brûlée. Mon cœur battait à tout rompre dans ma poitrine, et j'étais envahie par un sentiment de bonheur intense, comme si tous mes soucis avaient été consumés par le feu.

Je me suis effondrée sur le lit et j'ai entendu la flamme s'éteindre. Le silence s'est de nouveau abattu sur l'alcôve. Les femmes m'ont laissé le temps de me reprendre puis elles m'ont aidée à me relever et à me rhabiller.

— Je n'y vois rien, ai-je dit quand elles m'ont reconduite dans la salle complètement obscure.

— Suivez les flammes, ont-elles répondu d'une même voix.

Toutes les secondes, un invité s'enflammait dans un autre coin de la tente, et j'ai trouvé mon chemin lentement, guidée par les bougies vivantes.

Le plafond s'est illuminé, et une autre phrase est apparue : « Feu » et en dessous : « Ce qui nous consume nous éclaire. »

Lauralynn m'attendait devant la sortie de la tente.

—Lily, c'est bien ça?

J'ai acquiescé, à la fois pour dire que je la reconnaissais et qu'elle ne se trompait pas.

—J'espère que ça ne t'ennuie pas que je reste avec toi. Mon partenaire habituel m'a fait faux bond, et je pense qu'on va bien s'entendre toutes les deux.

Elle souriait comme le chat de Cheshire. Avec ses bottines lacées rouges à très hauts talons, la seule partie de son costume qui n'était pas peinte, elle faisait presque trente centimètres de plus que moi dans mes mules en soie, et mes yeux étaient juste au niveau de ses seins et des anneaux dorés qui ornaient ses tétons. Un minuscule rubis décorait chacun d'eux, et je me suis demandé si elle portait ces bijoux parce qu'ils étaient assortis à son costume ou tout le temps.

—Pas de problème, ai-je répondu. J'ai l'impression que j'ai perdu mes amis, moi aussi.

Grayson et Elle avaient disparu depuis longtemps.

—Est-ce que les spectacles sont terminés? ai-je demandé.

Ils avaient été formidables, mais j'attendais quelque chose de plus. Comme un apogée.

—Il reste le cinquième élément, a répondu Lauralynn. Dans la tente du milieu, je suppose.

C'était la tente la plus grande de toutes, et elle était plantée en plein milieu des quatre autres. Cependant, avant que Lauralynn la montre du doigt, je n'avais pas remarqué que nous avions suivi un chemin circulaire et qu'il nous restait le centre à découvrir.

231

—C'est quoi, le cinquième élément? ai-je demandé en essayant de me rappeler le peu de philosophie que j'avais étudié à la fac.

Je me souvenais uniquement du film avec Bruce Willis.

—C'est l'éther. Tout le reste, a expliqué Lauralynn. L'énergie qui mène le monde. Je me demande ce qu'ils ont fait avec ça. Allons voir.

Elle s'est précipitée en avant, et je me suis hâtée pour rester à sa hauteur en admirant son cul. Lauralynn était très belle elle aussi, mais, avec ses membres épais et son sourire éclatant, elle avait l'air beaucoup plus réelle que la danseuse, Luba, ou la femme aux chaussures en léopard que Thomas promenait avec lui.

La dernière tente était une salle de jeu. Elle et Grayson y étaient déjà. Grayson, ai-je constaté avec surprise, dominait pour l'occasion. Il était en train de fouetter l'un des sublimes danseurs en costume de cygne. L'homme était attaché au plafond. Seuls ses orteils reposaient sur le sol, afin qu'il puisse se soutenir en toute sécurité. Ses bras étaient tendus au-dessus de sa tête et ses poignets liés.

Ils étaient tous deux dans leur monde, et c'était captivant à voir. Grayson avait ôté sa chemise, et sa veste militaire rouge était ouverte, dévoilant son torse en nage. Il faisait pleuvoir des coups sur la peau de l'autre homme sur un rythme parfaitement hypnotique.

—Tu es surprise, n'est-ce pas? a demandé Elle qui s'était matérialisée à mes côtés.

—Oui.

J'ai acquiescé sans quitter des yeux le danseur et ses muscles, qui sursautaient à chaque impact.

—Il faut toujours s'attendre à l'inattendu, a renchéri Elle. Les gens ne sont jamais aussi sûrs de leurs désirs que ce qu'ils montrent au premier abord. Les dynamiques changent. Maintenant, a-t-elle ajouté, je pense que c'est à ton tour.

J'ai suivi son regard à travers la foule, jusqu'à la horde de danseurs. L'un avait les yeux bandés, un autre était agenouillé, les poignets menottés devant lui. Un autre encore était assis sur une chaise, les jambes largement écartées, les chevilles ligotées aux pieds de la chaise. Il avait une très belle queue, qui reposait sur une de ses cuisses.

Chacun d'eux portait un panneau dans les mains ou épinglé sur son front. L'homme assis portait un panneau qui disait : « Mangez-moi. » Celui de l'homme aux yeux bandés disait : « Frappez-moi. » Et celui dont les poignets étaient menottés : « Obligez-moi à supplier. »

—Ouah ! ai-je commenté. J'ai l'impression d'être Alice au pays des merveilles.

Elle a ri, et c'était un son de plaisir pur, en totale harmonie avec le bonheur général et la tonalité de cette fête. La pièce était faiblement éclairée et meublée de tout ce qu'on pouvait imaginer : des couvertures en soie et des tapis de fourrure aux lits de clous et aux canapés en cuir dur. Partout autour de moi, les invités se livraient à leurs fantasmes à la fois les plus sombres et les plus légers, dans un environnement où tout était normal et où, pour la première fois de ma vie, je me sentais complètement libre.

—Puis-je? ai-je demandé à l'homme aux yeux bandés en saisissant le martinet qu'il tenait entre ses mains.

Il était fait de corde, pliée en lanières de longueurs égales puis attachées entre elles de manière à former un fouet lourd mais extraordinairement doux. Mais il ne serait pas doux sur sa peau, ai-je songé.

—Bien sûr, maîtresse, a-t-il répondu avec un grand sourire.

Le reste de la pièce a disparu lorsque j'ai commencé à frapper. D'abord gentiment, pour l'échauffer. Puis plus fort.

—C'est une vraie salope maso, celui-là, a commenté Elle. Tu peux vraiment te lâcher.

Elle avait raison. Plus je le frappais violemment, plus son corps se tordait de plaisir, et, quand je me suis vraiment laissée aller, il a gémi, ravi.

J'ai fait courir ma main sur sa peau, caressant son flanc et la courbe de son cul, puis je me suis penchée vers lui:

—Lève la main si c'est trop, d'accord? ai-je murmuré au creux de son oreille.

Il a acquiescé, et j'ai remarqué qu'il bandait dur. Je me suis penchée et j'ai caressé son sexe aussi, passant mes ongles sur toute la longueur de sa queue et sur son gland avant de serrer violemment ses couilles. Une goutte de liquide pré-éjaculatoire a jailli de son sexe ; je l'ai recueillie sur le bout de mon doigt et je l'ai étalée sur ses lèvres. Puis j'ai tiré sa tête en arrière et je l'ai embrassé sauvagement.

La plupart des dominatrices n'aiment pas toucher leurs soumis, et certainement pas d'une manière sexuelle, mais pas moi. Je peux être cruelle, mais j'aime savoir que je leur apporte du plaisir. Cela ne m'avait pas fait des amies parmi les copines dominatrices d'Elle au club. J'évitais de dominer devant elles, parce que je savais que j'étais différente. Je voulais sentir une connexion avec la personne que je torturais, ressentir de l'affection pour elle. Je ne voulais pas qu'elle s'humilie aussi facilement avec moi qu'avec n'importe quelle femme portant une combinaison en latex et des talons hauts, juste parce qu'elle voulait être traitée comme une merde.

Mais ici, cependant, sur la dernière scène de cette étrange célébration de la sensualité sous un plafond qui proclamait : « Amour, Perversion, Sexe, Magie », j'avais l'impression que je pouvais faire tout ce que je voulais.

J'ai pivoté cependant, lorsque j'ai entendu un sifflement désapprobateur en provenance de l'endroit où se tenait Elle.

C'était Neil.

Il avait l'air effondré. Sa bouche était tordue, et ses yeux exprimaient une profonde déception.

Je me suis pétrifiée et j'ai laissé tomber le martinet artisanal. L'homme aux yeux bandés était penché vers moi, il attendait que je le réconforte ou que je lui fasse comprendre ce que je comptais faire ensuite. Par compassion et par instinct, je lui ai caressé le bras pour l'apaiser.

Neil m'a regardée avoir ce dernier geste de tendresse pour le danseur puis a quitté la tente à toute allure. J'ai essayé de lui courir après, mais la pièce était pleine de corps, de meubles et de serveurs à moitié nus portant des cocktails sur des plateaux ; le temps que je traverse la moitié de la pièce, Neil avait disparu.

Je suis retournée sur mes pas pour retrouver Elle et lui demander ce qui se passait, et pourquoi diable ils avaient invité Neil sans m'en parler. Je l'ai trouvée agenouillée entre les jambes du danseur assis qui portait les mots : « Mangez-moi » ; elle lui taillait une pipe. Ses lèvres rouges allaient et venaient sur sa queue, laissant derrière elle un sillage de rouge à lèvres.

Elle à genoux.

Neil me fuyant.

Moi lui courant après.

Tout était sens dessus dessous. J'étais déchirée. D'un côté, le bal m'avait rendue heureuse et m'avait exaltée, en me permettant de vivre mes désirs, mais la réaction de Neil avait tout effacé. Était-il choqué et dégoûté, ou seulement jaloux ? Je ne savais que penser.

C'est Lauralynn qui m'a ramenée chez moi au final.

—Allez, viens, a-t-elle dit après avoir assisté à la scène. Je ne me sens pas vraiment d'humeur à faire la fête, moi non plus.

— Quelqu'un te manque ? ai-je demandé, par pure politesse.

Mon esprit fonctionnait à toute allure pour tenter de comprendre ce qui se passait.

— Oui.

Elle avait l'air peu sûre d'elle, ce qui jurait avec son attitude.

— Le mec avec qui je sors… Et pourtant, d'habitude, je n'aime pas les hommes. Je ne sais pas ce qui se passe. L'amour, peut-être ? a-t-elle ajouté. Tu ne peux pas compter dessus, mais tu peux compter sur lui pour te prendre par surprise.

J'ai failli refuser qu'elle me raccompagne lorsque j'ai vu que j'allais devoir monter sur une moto. Une machine noire et élégante, qui promettait du danger à chaque virage. Mais c'était ça ou attendre Grayson et Elle, et je ne voulais pas leur parler tant que je n'aurais pas eu une discussion avec Neil. J'ai enfilé le casque que m'a tendu Lauralynn et je me suis juchée sur la moto derrière elle. Elle m'avait prêté son jean aussi, pour me protéger contre le froid. Elle chevauchait sa bécane, nue à partir de la taille et seulement vêtue d'un blouson en cuir et des bottes en cuir rouge.

Habillées ainsi, on avait toutes les chances de se faire arrêter, mais nous sommes arrivées à Dalston sans incident. Lauralynn s'est même arrêtée dans une station-service pour prendre de l'essence et elle a pris un plaisir particulier à l'expression de l'employé de nuit qui essayait manifestement de deviner si sa culotte bleue était peinte ou non.

C'était presque l'aube lorsque nous nous sommes arrêtées devant mon appartement. La moto nous avait empêchées de parler, et j'avais passé tout le trajet à penser à Neil en pleurant.

Lauralynn m'a donné son numéro de téléphone lorsque je l'ai remerciée de m'avoir ramenée.

— Passe-moi un coup de fil, a-t-elle ordonné avec son accent américain à couper au couteau. Vraiment. Tu as l'air d'avoir besoin de parler.

J'ai acquiescé et prononcé quelques mots reconnaissants. À ce stade, je ne pouvais en dire plus.

Une autre journée s'est écoulée, et la nuit était tombée de nouveau lorsque je me suis réveillée.

Neil n'avait pas appelé. Il n'a pas décroché lorsque je lui ai téléphoné. Je lui ai laissé un message : « Il faut qu'on parle. Je ne sais pas ce que tu as cru quand tu m'as vue avec le mec au bal, mais ce n'était pas ça. Appelle-moi. »

Je ne savais même pas ce qui s'était vraiment passé cette nuit-là. Ni ce que Neil avait imaginé.

Mais il m'a rappelée, quelques minutes seulement après que je lui ai laissé le message. Et nous avons décidé de nous voir.

— La première fois, l'autre jour, chez le photographe, c'était un jeu, a expliqué Neil. C'était sympa, léger… et spécial. C'étaient toi et moi.

— Tu as aimé ça ? ai-je demandé. Le martinet ?

Il a acquiescé.

Nous étions dans les entrailles sombres et enfumées d'un club de SoHo, juste derrière Shaftesbury Avenue, dont Neil était devenu membre après avoir reçu une énième promotion. Je n'aurais jamais cru que Neil était du genre à appartenir à un club, encore moins à en choisir un dans lequel les volutes de fumée pendaient du plafond bas comme un rideau de nicotine semi-permanent. Leonard et moi avions plusieurs fois bu des verres dans des clubs plus à la mode dans le même quartier, mais cet endroit, qui n'avait même pas d'enseigne, juste un interphone moche à l'entrée, donnait l'impression de venir directement des années 1950, jusqu'à la barbe naissante et à l'indifférence totale des deux barmans. Mais c'était un bar confortable et intime, le genre d'endroit où l'on pouvait révéler et garder des secrets.

Neil était décidément plein de surprises.

Il a levé les yeux vers moi.

—Oui, Lily, a-t-il affirmé sans détourner le regard. Beaucoup. Tu sais que j'ai toujours éprouvé quelque chose pour toi. Je t'ai toujours désirée. J'ai même pensé que j'étais amoureux de toi.

J'ai fait un geste pour le réduire au silence, mais il a continué.

—Laisse-moi finir s'il te plaît.

J'ai baissé la main.

—Chaque fois que je te voyais avec un autre homme, j'avais l'impression de mourir. J'étais jaloux, jaloux à en crever, et j'ai commencé à penser que tu étais hors de ma portée, que tu ne verrais jamais en moi autre chose qu'un ami ou un frère, jamais un homme et amant potentiel.

J'ai voulu de nouveau dire quelque chose, mais son expression désespérée m'a conseillé de rester silencieuse.

— Tu t'en es sûrement aperçue. Tu as bien vu que je vous tournais autour à Liana et à toi, toujours disponible, comme un chiot, a-t-il poursuivi.

— Je pensais que tu draguais Liana, ai-je répondu.

C'était un mensonge. Je savais très bien qu'il me courait après. Je m'en étais rendu compte dès le moment où l'on nous avait présentés.

— Non.

— Je suis désolée.

— Mais on ne peut pas plus combattre les lois de l'attraction que les marées, a commenté Neil. Et je continuais à espérer qu'un jour tu te lasserais des autres, que tu ne te laisserais plus influencer par l'inconséquence de Liana et que tu apprécierais ma banalité. Tu es la première personne de la fac avec qui j'ai repris contact quand je suis arrivé à Londres. J'en avais rien à cirer des autres.

— Je suis flattée.

— Tu te souviens du lendemain du jour où tu t'es fait tatouer, à Brighton ?

— Oui.

— J'étais choqué, mais en même temps j'ai adoré. J'ai trouvé qu'il était sublime et osé, oui, évidemment, mais surtout qu'il collait parfaitement à ta délicieuse personnalité, à ce talent inné que tu as de surprendre les autres, tes amis. Ce tatouage sur ton visage était inévitable. Comme si tout dans ta vie avait mené à lui. Comme s'il était prédestiné.

—Peut-être, ai-je opiné.

—Il m'arrivait de penser à toi, la nuit, dans mon lit, lorsque tu étais à quelques mètres de moi, et je n'imaginais rien d'autre que ce tatouage, Lily.

—Oh!

—Je n'ai jamais eu que toi en tête et ce jour-là, chez ton photographe, Grayson, j'ai eu l'impression que tu m'ouvrais la porte d'un autre monde.

Je me suis demandé s'il évoquait l'intimité que nous avions partagée en étant photographiés nus et dans des positions explicites, ou la façon dont j'avais rapidement pris le contrôle lorsque Grayson avait suggéré que je le domine et que j'avais découvert qu'il était étonnamment disposé à se soumettre à mes pulsions et à mes désirs.

—C'était une séance photo, Neil. Un jeu pour l'objectif. Il ne faut pas y projeter de sentiments.

Au moment où les mots ont franchi mes lèvres, j'aurais voulu les rattraper. Je n'avais pas fait semblant. Cela avait été beaucoup plus que cela pour moi.

—Je sais, a-t-il répondu. Tu ne peux pas imaginer combien de jours et de nuits j'ai passés à imaginer que je vivais un truc comme ça avec toi. Ça m'obsédait depuis que je savais que tu travaillais dans ce club et que j'avais compris ce qui s'y tramait. Je ne suis pas stupide, Lily ; je sais me servir d'Internet. Je me demandais si tu étais comme ça, si tu faisais plus que vendre les billets d'entrée, mais je n'en ai été certain que lorsque tu m'as fouetté. Pendant les trois ans que j'ai passés à Brighton, coucher avec toi était l'ambition de mes journées. Ou devrais-je dire de mes nuits ? J'essayais de visualiser ce moment, ce que je ressentirais, comment ça se passerait, ce que tu ressentirais, mais jamais au grand jamais je n'aurais cru que ça se passerait comme ça.

—Tu veux dire… avec moi qui contrôle tout ? ai-je avancé, consciente que la conversation avait glissé sur un terrain dangereux.

—Pas seulement ça…

Il a hésité.

—Quoi ?

—C'est… la façon dont je… j'ai réagi.

Il bafouillait, à la recherche du mot juste, comme si c'était une question de vie ou de mort.

—Je t'ai embarrassé ? ai-je demandé.

—C'est ça, le problème, a-t-il répondu. Pas du tout. J'avais l'impression que tu me contrôlais, que tu m'utilisais, que tu jouais avec moi et avec mon corps. Avec mon esprit aussi. Et plus ça allait, plus je voulais que ça aille encore plus loin. Mais ça s'est arrêté très vite, dès que Grayson a eu les photos qu'il voulait. Je voulais continuer, mais je ne pouvais pas te le dire. J'avais peur que tu ne ressentes pas la même chose. Et ça n'est jamais arrivé avec les autres filles, même si, je dois te l'avouer, il n'y en a pas eu beaucoup avant toi. À partir du moment où tu m'as donné le premier coup et où ta voix est devenue rauque et que tu m'as donné le premier ordre, j'ai senti quelque chose s'éveiller au fond de moi. Quelque chose qui avait toujours été là, mais qui était soigneusement caché. Ça m'a fait peur. Je ne pensais pas réagir de cette manière. C'est difficile à expliquer. C'était comme si nos rôles avaient été inversés et qu'une fois le premier choc passé j'en voulais plus et que j'acceptais mentalement que ce soit bien. Je me sentais partagé, je nageais dans le désir tout en mourant d'envie de me laisser faire, de perdre le contrôle.

J'ai soupiré. Avais-je eu raison de dévoiler ma nature réelle à quelqu'un qui avait été un ami ? Avais-je ouvert la boîte de Pandore ?

— Au bal, a continué Neil, je t'ai vue jouer avec les autres. Tu étais lumineuse. Et je mourais d'envie d'être l'un de ces hommes attachés qui attendaient que tu les touches et, si tu m'avais remarqué, je serais tombé à genoux et je me serais porté volontaire pour devenir ton esclave, ton chien, et accepter tout ce que tu voulais bien me faire, même si c'était humiliant et dégradant, pour faire partie de ta vie, Lily. Je voulais que tu me possèdes, même si une partie de moi se révolte à cette seule idée.

» Mais c'est alors que je t'ai vue l'embrasser. L'autre homme. Et c'est quelque chose que tu ne m'as jamais donné. Je ne pouvais plus regarder. C'est pour ça que j'ai fui, Lily. J'ai eu l'impression que je ne savais plus qui j'étais. Je ne savais plus si je voulais que tu me frappes ou que tu me fasses l'amour. Je ne savais plus ce que je voulais. Je ne sais pas ce que je veux. Et ça me fait peur.

Il a détourné le regard, le visage sincèrement perplexe. Je comprenais qu'il était déchiré entre ses sentiments pour moi et les instincts de soumission que j'avais éveillés. J'avais l'impression d'avoir ouvert par mégarde une porte et que Neil ne savait plus s'il devait ou non la refermer.

— Qu'est-ce que tu veux que je réponde à ça ?

J'étais en colère après lui à présent. Et après moi.

Leonard.

Dagur.

Grayson.

Elle.

Pourquoi la vie était-elle devenue si compliquée ?

8

MARCHER DU CÔTÉ SAUVAGE

LA VIE CONTINUE.

Je commençais à mieux comprendre ma nature, mais j'avais encore beaucoup à apprendre.

Les leçons d'Elle, sa façon étrange d'atteindre les désirs qui dormaient au plus profond de moi, mon amitié naissante avec l'adorable Lauralynn, mes nuits de plus en plus rares avec Dagur, lorsqu'il était en ville et pas en tournée avec Viggo et le groupe, les attentions maladroites de Neil, la nature ambiguë de ma relation avec Grayson, les souvenirs vivaces et douloureux de ma liaison avec Leonard, tout cela formait un tout obsédant qui finissait par n'avoir plus aucun sens.

Je sentais bien que je n'étais plus celle qui était arrivée à Londres, mais je n'étais pas non plus parvenue au bout de mon voyage. J'étais une œuvre inachevée aux prises avec ses nombreuses contradictions. Lorsque j'étais adolescente, j'avais évidemment rêvé du prince charmant, même si je savais au plus profond de moi que c'était certainement une illusion, et en aucun cas ce que voulaient nous faire croire les films, les romans et les chansons. Mais c'était quand même un fantôme un peu agaçant tapi dans les replis de mon esprit.

D'un côté, j'étais ravie que ma vie sexuelle ait enfin un sens et un but, mais, de l'autre, j'avais envie d'une relation dans laquelle entrerait une forme d'intimité que je n'avais pas trouvée. Du moins pas encore.

Sous la tutelle rigoureuse d'Elle et de Lauralynn, je me suis davantage investie au club. J'ai arrêté de rester en retrait, pleine de curiosité et d'inquiétude, de pratiquer mes talents d'attacheuse sur des pieds de chaise et de brandir mon fouet dans le vide. Je suis devenue une dominatrice, tout en gardant mon emploi au magasin de musique. Vivre une double vie m'était naturel.

Je n'avais pas eu de nouvelles de Liana depuis des mois et je me sentais coupable. Nous étions naguère si proches. Le fait qu'elle soit une soumise m'embarrassait peut-être : je n'étais pas tout à fait à l'aise avec la façon dont je traitais les hommes soumis que je punissais et avec qui je jouais tous les soirs.

Lors de mes séances les plus intimes, je ne jouais qu'avec des hommes avec qui j'avais un lien personnel. Même si je ne ressentais pour eux aucun amour, loin de là, j'éprouvais une certaine satisfaction à l'idée que je leur procurais du plaisir, qui contrebalançait l'idée que je me montrais cruelle avec eux.

Mais, au club, j'étais régulièrement amenée à frapper des esclaves que je ne connaissais pas ou que je n'appréciais pas particulièrement, et il m'arrivait de les mépriser pour leur faiblesse et leur servilité, ce qui me conduisait à les traiter plus durement. Ils aimaient cela, mais je ne parvenais pas à me pardonner de les traiter ainsi par colère et par dédain, au lieu d'être guidée par notre plaisir mutuel. Cette ombre au fond de moi – vouloir rejeter toute frontière entre le bien et le mal, et me laisser aller à mes instincts animaux – persistait. Je voyais bien la ressemblance entre Liana et moi. Mais, contrairement à moi, elle s'acceptait comme elle était.

En l'espace d'une semaine, j'ai tenté de la joindre plusieurs fois sans succès. J'ai laissé des messages. Le souvenir de notre dernière conversation à cœur ouvert avait ravivé mon inquiétude.

Mais la vie a repris son cours, et je l'ai momentanément, et un peu honteusement, oubliée. Peut-être n'avait-elle plus envie de me fréquenter.

Quelques semaines se sont écoulées avant qu'elle donne signe de vie.

—Salut, traînée!

J'étais dans la boutique, où les affaires tournaient au ralenti. De toute la matinée je n'avais vendu que quelques cordes de guitare.

Au ton alerte de sa voix, j'ai compris que l'ancienne Liana était de retour.

—Liana !

J'ai crié tellement fort que Jonno s'est tourné vers moi, perplexe, avec une expression si désapprobatrice qu'il ressemblait à un bibliothécaire mal embouché.

—Ça fait une éternité, je sais, s'est-elle excusée.

—Pas grave. Tu as fini par me rappeler, c'est l'essentiel.

—Il s'est passé beaucoup de choses, a-t-elle expliqué.

—Raconte-moi tout.

J'étais vraiment très heureuse de l'entendre.

—Eh bien… j'ai déménagé à Amsterdam ! a-t-elle annoncé, triomphante.

Je suis restée sans voix.

—Non ? ai-je fini par dire. Je veux tout savoir.

J'avais pris le train à l'aéroport de Schiphol et, vingt minutes plus tard, j'arrivais à Centraal Station. C'était une journée maussade. Il tombait une bruine fine comme un brouillard, et des frissons parcouraient les canaux qui quadrillaient la ville. C'était seulement la deuxième fois que je me rendais dans la capitale des Pays-Bas, et ma première impression en franchissant le vaste porche de la gare, puis en laissant derrière moi la longue file de taxis et les travaux bruyants, a été d'entrer dans une jungle de vélos. Ils tournaient dans tous les sens, se glissaient entre les rails du tramway et envahissaient les rues avec calme et rapidité. Je n'étais pas montée sur une bicyclette depuis l'âge de quatorze ans, mais Liana m'avait dit qu'elle m'en prêterait une quand je viendrais la voir. Lors de ma première visite, Leonard m'attendait à l'aéroport, et nous nous étions rendus en ville en taxi. Nous ne nous étions pas aventurés plus loin que Dam Square, où il avait réservé une chambre dans l'opulent *Hôtel Krasnalposky*.

J'avais imprimé le plan que Liana m'avait envoyé par mail afin de rejoindre le plus simplement possible la maison dans laquelle elle logeait. J'en avais pour vingt à trente minutes de marche au maximum et je n'avais pour tout bagage qu'un sac à dos contenant quelques vêtements de rechange. J'ai mis ma capuche et déplié le plan en essayant de le protéger de la pluie.

Il fallait juste localiser le bon canal puis un groupe de ponts parallèles, même si je n'étais en général pas très douée pour lire les cartes.

Tout en errant dans les ruelles pavées près des canaux, j'ai été frappée par la tranquillité rassurante de la ville, qui vous surprenait dès que vous vous éloigniez des artères principales. Rien à voir avec la frénésie londonienne. Les piétons marchaient sans se presser. Les fenêtres qui étaient à hauteur d'yeux n'étaient protégées par aucun rideau, comme s'il n'était nul besoin de se cacher. Une ville sans secrets. *Oui*, ai-je songé, *c'est le genre de ville dans lequel je pourrais vivre,* et je n'étais pas surprise que Liana, avec qui j'avais tant de points communs, se soit établie ici.

Elle m'avait dit qu'elle travaillait au marché aux fleurs jusqu'au milieu de l'après-midi, un emploi temporaire qu'elle

249

aimait beaucoup, et elle s'était arrangée avec sa voisine du dessous pour que je puisse récupérer la clé de son appartement. Je n'étais donc pas pressée.

Je me suis arrêtée pour boire un café dans un petit bar dont les marches en pierre menaient dans une cave voûtée à la chaleur réconfortante. Il y régnait une odeur agréable, faite d'alcool, de cannelle et d'une légère trace de tabac. Je me sentais parfaitement détendue et j'avais sommeil.

L'immeuble de Liana était un vieux bâtiment en pierre de trois étages, large et imposant. De l'extérieur, les fenêtres étaient immenses. L'appartement de Liana était au dernier étage, et on y parvenait par un escalier en colimaçon plutôt raide.

La vieille dame qui vivait au rez-de-chaussée et avait l'air d'être la propriétaire de l'immeuble était l'archétype de la grand-mère. Elle m'a fait un grand sourire en ouvrant la porte et m'a complimentée sur mon apparence, en ajoutant que je ressemblais à Liana comme à une sœur. Liana était fille unique, comme moi, mais ce n'était pas la première fois qu'on me faisait ce genre de remarque, alors que nous étions physiquement très différentes.

Une fois à l'intérieur, j'ai posé mon sac sur le parquet et j'ai ôté mon manteau léger. Des gouttes d'eau en sont tombées tandis que je cherchais un placard ou tout autre endroit pour le suspendre.

C'était une grande pièce très spacieuse avec de hautes et larges fenêtres par lesquelles entrait la lumière extérieure, qui baignait la pièce dans une lueur chaude. J'ai regardé dehors vers le canal tranquille et la longue rangée de vélos bien garés. De l'autre côté du canal, par-delà les toits, je pouvais voir la ligne brisée des arbres d'Oosterpark.

J'ai trouvé un endroit où m'asseoir, un petit canapé étroit recouvert d'une couverture en patchwork jaune citron, et je me suis abîmée dans la contemplation. Le silence était surnaturel. Dans toute ville, il y a toujours une rumeur distincte de bruits, de voix, de voitures, mais, ici, l'après-midi était vierge de tout bruit. Au début, c'était déstabilisant. Mais je me suis détendue et je me suis laissée aller au calme environnant jusqu'à sommeiller. J'étais heureuse d'être assise là et de rêvasser vaguement. Je regardais alternativement les murs et la lumière extérieure qui s'amenuisait lentement en prenant bien garde à ne réfléchir à rien. En temps normal, je me serais levée et j'aurais cherché quelque chose à faire. J'aurais eu très envie d'un café ou de lire quelque chose, n'importe quoi pour m'occuper. J'ai été tirée de ma torpeur par le vrombissement de mon téléphone portable.

C'était un texto de Liana : elle n'allait pas tarder à rentrer.

— Alors, qu'est-ce qui s'est passé ? ai-je fini par demander.

Nous nous étions embrassées avec effusion puis nous étions descendues dans un café proche, où tout le monde avait l'air de connaître mon amie. Elle portait un gilet gris informe, trop grand d'au moins une taille, un short en jean sur d'épais collants noirs et une paire de bottines.

Ses joues étaient roses, et un éclat sain illuminait joliment son visage. Elle avait l'air sincèrement heureuse, contrairement à notre dernière rencontre, où je l'avais trouvée indécise et anxieuse.

— Je l'ai quitté.

— Ton maître à Brighton ?

Elle avait toujours catégoriquement refusé de me donner son nom.

— Oui.

— Tant mieux. Ça avait l'air d'être un vrai connard. Mais pourquoi Amsterdam ?

— Ici ou ailleurs, tu sais…, a-t-elle répondu. J'avais un correspondant ici quand j'étais au collège et j'avais gardé de bons souvenirs de cette ville. Et le trajet entre Amsterdam et Londres n'est pas cher.

— Tu es là depuis combien de temps ?

Elle a réfléchi un peu.

— Un peu plus de quatre mois.

J'étais abasourdie. Je savais bien que nous ne nous étions pas parlé pendant quelque temps, lorsque j'étais préoccupée par mes découvertes et mes petites aventures, mais je n'aurais jamais cru que cela faisait aussi longtemps. Quel genre d'amie étais-je donc ?

— Le temps passe vite, n'est-ce pas ?

— Et comment !

Elle a bu une gorgée de sa tisane. Par habitude, j'avais commandé un café. Il avait un goût inhabituellement amer et il était trop tiède. Liana me regardait intensément, comme si elle s'apprêtait à avouer quelque chose. J'ai ôté mes chaussures sous la table. De la musique nous parvenait de loin, bien que le café ne soit équipé ni d'un jukebox ni de la radio. Le bourdonnement irrégulier de la basse ressemblait au bruit de mon cœur dans l'attente.

—Les choses n'ont pas arrêté d'empirer, a continué Liana. Avec le mec de Brighton. Je sais bien que je suis une soumise et que j'aime être dominée. Mais il y a quand même une différence entre être dominée et être un paillasson. Entre un maître et un connard. Ce type était un vrai taré. Il m'a fallu du temps pour le comprendre. Il était très charismatique, et je voulais tellement retrouver le niveau d'intimité que j'avais partagé avec Alyss, avant lui, que j'ai fait des choses que je n'avais pas envie de faire. Je pensais que, si je lui faisais plaisir, tout s'arrangerait. Mais j'ai fini par comprendre que je ne comptais pas vraiment pour lui. Il aimait le pouvoir et avoir une petite amie jeune et jolie. C'est tout. Alors je l'ai largué. Mais il fallait que je parte pour ne pas retomber sous sa coupe. Il y a des choses dont on a du mal à se séparer, même quand on sait qu'elles nous font du mal.

J'ai ouvert la bouche. J'avais très envie d'entendre les détails sordides et de les confronter à ma propre situation, même si je savais que cela m'affecterait profondément si Liana me les racontait. C'était mon amie, et ses blessures me mettaient en colère. Cependant, le dilemme m'était familier, à moi qui étais encore en train d'essayer d'assumer ma nature dominatrice et de comprendre comment elle changeait ma relation aux hommes.

Je me fichais comme d'une guigne de la plupart des soumis que je frappais au club. Je savais qu'ils en étaient conscients et que cela ne les gênait pas plus que ça. Il m'arrivait de me sentir terriblement coupable de les frapper, même quand ils me suppliaient de le faire. Je me demandais si je serais capable de faire mal à quelqu'un que j'aimerais vraiment ou si j'aurais envie au contraire de lui faire encore plus mal qu'à ceux dont je me fichais éperdument. Pousser la douleur physique encore plus loin, histoire d'augmenter les émotions. J'avais très envie de ressentir un lien comme celui que décrivait Liana. Le même que celui qui unissait Elle et Grayson, ou Lauralynn et son inconnu. Mais j'avais peur de ce qui se passerait alors. De ce que je pourrais devenir.

Parfois, lorsque les hommes que je dominais étaient serviles et ridicules, et me suppliaient de les punir, en dépit de mes efforts je ne pouvais m'empêcher de ressentir du mépris en jouant avec eux, en blessant superficiellement leurs corps et leurs sentiments, les humiliant tandis qu'ils me suppliaient de les pousser encore plus loin. Mais, au fond de moi, j'attendais le jour où je ressentirais un lien émotionnel avec l'un d'eux, où il y aurait une vie en dehors de la scène et du jeu. Ces hommes étaient des anonymes dans la foule. Le jour où l'un d'entre eux aurait enfin un visage, tout changerait.

— Je comprends, ai-je murmuré. Je l'espère vraiment, Liana.

— Je voulais être utilisée, et il l'a fait, a-t-elle poursuivi. Je comprends maintenant que ça s'arrêtait là pour lui. J'étais l'instrument de sa cruauté et de son sadisme. Certaines personnes aiment ça, même sur le long terme, mais pas moi. S'il avait dit certaines choses, s'il m'avait montré de l'affection, s'il m'avait prouvé qu'au fond de lui il m'aimait comme une personne, et pas comme un morceau de viande à baiser, j'aurais continué, crois-moi. Je suis comme ça. Le problème, ce n'était pas ce qu'il faisait mais le fait qu'il n'y mettait aucun sentiment. Aucune tendresse après. J'attendais que les choses s'arrangent. Mais je savais que ça n'arriverait jamais.

— Et puis ?

— Je lui ai dit que j'en avais assez. Il l'a mal pris. Mais je m'étais juré de ne plus jamais le voir, même s'il n'a pas arrêté de m'envoyer des mails et de me téléphoner. Il était sûr que je finirais par revenir, que j'avais plus besoin de lui que lui de moi.

— Tu ne l'avais pas rencontré au boulot ?

— Si. Ça a rendu les choses assez embarrassantes.

— Je comprends.

— C'est aussi pour ça que je suis partie. Je suis restée éloignée pendant des semaines, et pourtant Dieu sait que je me sentais vraiment vide à l'intérieur. J'ai rencontré d'autres hommes, des dominateurs aussi, sur Internet. Le premier, c'était un nullard, un arnaqueur, mais le deuxième, que j'ai rencontré au *Pelirocco* – tu sais, ce petit hôtel à Regency Square, où le barman fait ces cocktails complètement délirants? – celui-là, il était différent, même si ça a été court. Il était tendre, attentionné…

Elle n'a pas achevé sa phrase. Ses souvenirs refaisaient surface, assombrissant son regard.

—Ça n'a pas marché?

—Non, a-t-elle dit en revenant au présent. Je l'aimais bien. Vraiment. Mais je pense qu'à sa manière il était aussi perdu que moi. Pas sûr de son rôle. Il m'a déshabillée, mais il a paniqué lorsqu'il a vu mes bleus… Il ne s'est rien passé.

—Je suis désolée.

—Aucune raison de pleurer. C'est alors que j'ai pris une décision. J'ai donné ma démission le lendemain, vidé mon compte en banque de mes maigres économies et j'ai presque joué à pile ou face. J'hésitais entre Paris et New York. Mais je ne parle pas un mot de français, et la Grosse Pomme était trop loin, alors j'ai échoué à Amsterdam. Où tout le monde parle anglais!

—Je pense que les canaux te vont bien, ai-je remarqué. Tu as l'air heureuse.

—Je le suis, a répondu Liana. C'est une ville délicieuse.

Elle a baissé les yeux, et j'ai compris qu'elle ne m'avait pas tout raconté.

Je n'ai pas pu m'empêcher de sourire. Cela n'avait rien à voir avec sa nature soumise : Liana ne pouvait pas rester seule bien longtemps.

— Tu as rencontré quelqu'un, n'est-ce pas ? Je le devine à ton sourire.

— Oui, a-t-elle confirmé, toute timidité envolée.

J'étais ravie pour elle, mais je devais savoir.

— Un dominateur ?

Son regard était espiègle.

— Oui, a-t-elle répondu fermement. Je ne peux pas sortir avec un autre genre d'homme. Mais… comment dire ?… un bon dominateur.

— Tu es incorrigible.

— J'suis c'que j'suis, a-t-elle rétorqué.

C'était notre blague depuis toujours, cette allusion à Popeye.

— Ça, c'est sûr.

— Il va venir ce soir. Je veux te le présenter.

Il s'appelait Leroy. C'était un Américain qui avait quitté New York pour terminer sa thèse de philosophie. Sa mère était hollandaise. Il parlait donc la langue et il avait toujours eu envie de vivre un peu aux Pays-Bas.

— Tout le monde doit revenir à ses racines à un moment, a-t-il expliqué. Sinon, on ne sait pas vraiment qui on est.

Leroy avait quelques années de plus que nous, mais, comme les hommes mûrissent plus tardivement, il avait l'air d'avoir notre âge. Il était étonnamment petit, surtout pour quelqu'un qui était à moitié hollandais. Liana était toujours sortie avec des hommes grands. Mais il était baraqué et musclé, comme tous les habitants d'Amsterdam, à cause du vélo. Son père était nigérien, et le métissage lui avait donné des traits magnifiques et une bouche pulpeuse. Il y avait quelque chose de profondément sensuel dans son apparence et dans sa façon de bouger. Taille mise à part, je comprenais pourquoi il plaisait à Liana.

—Vous vous êtes rencontrés sur Internet ? ai-je demandé tandis que Leroy touillait le ragoût à l'odeur délicieuse.

Il avait un beau cul, ai-je remarqué lorsqu'il s'est penché pour ouvrir la porte du four et vérifier la cuisson du pain à l'ail. Liana et moi étions assises à l'extrémité de la longue table en bois à tréteaux dans la cuisine et nous sirotions chacune un verre de vin rouge. Elle a suivi mon regard tandis que je matais les fesses musclées de Leroy et elle m'a fait un clin d'œil.

—Pas mal, hein ? a-t-elle articulé sans bruit en profitant du fait qu'il était accaparé par le repas.

Leroy s'est retourné pour me répondre.

—Oui, sur Internet. C'est la seule façon possible quand on cherche quelqu'un qui appartient à la scène. Si tu essaies de savoir si quelqu'un est déviant d'une autre manière, tu t'exposes au danger.

J'ai gloussé en imaginant ce genre de conversation lors d'un premier rendez-vous. Le vin commençait à me monter à la tête.

— Nous nous sommes rencontrés, ça a cliqué entre nous, a poursuivi Liana en haussant un sourcil pour me faire comprendre de manière pas très subtile que le « clic » n'avait pas été qu'intellectuel, et le reste s'est fait tout seul.

Leroy a versé la nourriture dans les assiettes, qu'il a ensuite apportées à table. Il les a déposées devant nous avant d'aller chercher la sienne.

— Merde ! s'est-il écrié en s'asseyant enfin. Le pain.

Il s'est levé d'un bond et a ouvert vivement la porte du four.

Je mourais d'envie de poser des questions, mais je n'osais pas.

Pourquoi ? Je voulais savoir. Pourquoi cherchions-nous ces liens extrêmes ? Je n'étais pas certaine qu'il y ait vraiment une réponse. J'avais posé cette question à Elle et à Lauralynn, et elles m'avaient toutes deux répondu la même chose. Certaines personnes sont heureuses dans les eaux peu profondes de la vie, d'autres aiment surfer dans les torrents. Certaines personnes aiment la glace au chocolat, d'autres préfèrent la glace rhum-raisins. Cela dépend de la personnalité de chacun et c'est tout.

En les voyant ensemble, je ne pouvais pas deviner plus que le fait qu'ils s'entendaient bien et qu'ils étaient heureux. Ils avaient de petits gestes – qui existent aussi chez les couples ordinaires mais qui prennent un autre relief entre pratiquants.

Sa façon de poser sa main dans le creux de ses reins quand ils étaient tous deux côte à côte dans la cuisine. La grâce avec laquelle elle s'est si naturellement agenouillée devant lui et a posé la tête sur ses mollets au lieu de s'asseoir sur le siège à côté de lui lorsque nous sommes passés au salon et la tendresse avec laquelle il lui a caressé les cheveux.

Je ne restais que quelques jours, mais je me suis coulée dans la vie de Liana comme si nous ne nous étions jamais quittées. Nous pensions toutes deux que si nous fermions les yeux nous pouvions imaginer que nous étions de nouveau étudiantes à Brighton. Par certains côtés, nous avions changé et tant mûri que nous n'étions plus du tout les mêmes, mais, par d'autres, nous étions toujours les deux filles qui faisaient du shopping et se faisaient tatouer sur un coup de tête.

Liana ne travaillait pas depuis suffisamment longtemps pour avoir pu prendre plus d'un jour de repos pendant ma visite. Le matin, je me rendais donc au marché aux fleurs et je lui donnais un coup de main. La fragrance entêtante des fleurs me rappelait la nuit du bal et les parfums tropicaux qui avaient envahi l'air, et je ressentais une paix presque surnaturelle à travailler de mes mains dehors. Le contraste avec les recoins sombres du club et l'espace restreint et brillamment éclairé du magasin de musique était saisissant.

Leroy n'est pas venu les deux soirs suivants, même si je savais que Liana et lui s'envoyaient régulièrement des textos. Il voulait la laisser tranquille afin qu'elle puisse profiter de ma présence. Mais son téléphone s'allumait souvent, et le visage de Liana aussi.

La veille de mon départ, Liana m'a demandé, comme ça, si j'avais envie de les voir faire l'amour.

— Je sais que la dernière fois, avec Nick, ça t'a traumatisée, a-t-elle dit. Je me demandais si tu avais envie de voir ce qu'on faisait. Comme ça tu comprendrais. Et tu saurais que je ne risque rien.

J'étais debout devant le réfrigérateur ; je buvais du jus d'orange directement à la bouteille et j'ai failli m'étouffer. C'était la première fois que Liana parlait de ce qui s'était passé cette nuit-là et admettait que je l'avais vue en train de baiser.

Elle m'a tapoté le dos.

— Ça t'apprendra à ne pas prendre un verre.

— Tu veux que je te regarde faire l'amour ? ai-je répété d'une petite voix.

— Oui, a-t-elle confirmé tranquillement.

— Je ne sais pas trop quoi répondre. Comment… ?

Je voulais demander si elle pensait que je devais participer. Avait-elle envie d'un plan à trois ? La dernière fois, avec Nick, j'avais été choquée, mais la situation s'était déroulée avec naturel, et il était évident que je n'étais pas prévue dans le scénario. Mais là c'était différent. Et puis j'avais disparu avant d'avoir à leur parler au petit matin, ce qui m'avait évité d'être gênée.

— Tu veux que je regarde ? ai-je répété un peu bêtement.

— Regarder. Pas participer. On ne fera même pas attention à toi.

Je ne savais pas si c'était mieux ou pire.

J'avais évidemment vu des tas de trucs au club et au bal, et durant tout le temps que j'avais passé avec Lauralynn et Elle. J'avais vu des pièces entières remplies de gens en train de baiser ou de se livrer à des pratiques sadomasochistes. Mais Liana était une amie de longue date, et, juste à trois, c'était beaucoup plus intime.

À cette idée, j'ai eu la chair de poule. Mais j'étais curieuse. Et, plus que tout, je voulais observer Leroy. Voir comment un couple se comportait et imaginer comment ce serait si jamais je rencontrais quelqu'un avec qui je ressentais ce genre de choses.

— Si tu veux, ai-je acquiescé.

— Super! s'est-elle exclamée, enthousiaste, comme si elle m'avait invitée à dîner et pas à la regarder baiser avec son mec.

Ce n'était pas le bon moment pour visiter le décevant musée de l'Érotisme, qui ne faisait qu'un quart de la taille du musée parisien dans lequel Leonard m'avait emmenée lors de l'un de nos week-ends. Lorsque j'ai vu le pénis géant qui était plus grand que moi et les diverses représentations du sexe à travers les âges, je n'ai pas pu m'empêcher de penser à Liana et à Leroy, et à ce qui se produirait le soir. J'étais tellement perturbée que je me suis trompée de pont et que j'ai échoué près de Leidseplein. J'ai dû revenir sur mes pas.

Lorsque le moment fatidique est arrivé, j'ai été ravie de constater que Leroy était aussi nerveux que moi. Mais peut-être était-ce de l'excitation ? Il était arrivé chez Liana avec un sac de voyage qui avait rendu un son mat lorsqu'il l'avait posé sur le parquet du salon.

— Salut, Lil, m'a-t-il salué. Comment va ?

— Bien, ai-je répondu avec un entrain de façade.

Nous avons sauté le dîner. J'étais trop nerveuse pour manger. Leroy a dit que la nourriture lui donnerait envie de dormir. Et Liana avait peur de vomir. J'ai grimacé en les entendant.

C'est Leroy qui a finalement pris les choses en main. Liana s'est subitement tue et elle a pris une expression expectative, comme si elle attendait qu'il se passe quelque chose, comme moi.

— Viens, a-t-il ordonné.

Elle s'est levée de la table devant laquelle elle était assise et a emprunté le couloir qui menait au salon. Elle bougeait comme si elle était guidée ou télécommandée, alors qu'elle était face à lui. Je les ai suivis, hésitante. Je ne savais pas trop quoi faire. Ce n'était pas la première fois que je souhaitais qu'il existe un manuel pour apprendre à se comporter dans ce genre de situation. En cours de SVT, j'avais appris à dérouler un préservatif sur une banane, ce qui ne m'avait jamais été d'aucune utilité. Ce dont j'aurais eu réellement besoin, c'est d'un cours sur ce qu'il faut faire lorsque votre meilleure amie vous demande de la regarder baiser. Pourquoi est-ce que c'étaient toujours les scénarios les plus difficiles qui étaient livrés sans mode d'emploi ?

263

— Je dois mettre de la musique ? ai-je demandé.

Le parquet était froid sous mes pieds nus. J'aurais voulu enfiler une paire de chaussettes, mais je n'ai pas osé. Ce n'était pas le moment de penser chiffons.

— Non, a répondu Leroy. Elle aime les bruits.

Ils n'avaient encore rien fait, mais une bande-son pornographique a immédiatement commencé à jouer dans ma tête : des corps frappant, en nage, sur des « oh, oh, oh ! » improbables.

Liana était silencieuse. Elle a commencé à vaciller doucement d'un pied sur l'autre, les yeux fermés. Leroy a décrit un cercle autour d'elle, comme un animal harcelant sa proie. On aurait dit que toute la tension qui avait quitté le corps de Liana était passée dans celui de son amant. Il était tendu comme un arc. Je me suis assise sur le canapé. Ils avaient déjà oublié ma présence.

Il l'a embrassée, exactement de la même manière que j'avais embrassé le danseur le soir du bal. Il a encerclé sa gorge de sa main d'une manière protectrice. Elle a penché la tête en arrière comme si elle s'offrait à lui. Puis il a levé la main et a lentement caressé sa joue avant de glisser ses doigts dans ses cheveux et de tirer son cou en arrière d'un seul mouvement brusque.

Bien qu'ils fassent presque la même taille, il paraissait la dominer par la façon qu'il avait de la plier à sa volonté. Elle a ouvert la bouche et a miaulé comme une chatte. Il a grogné et a posé sa bouche sur la sienne d'une manière suggérant qu'il n'allait pas tarder à la dévorer. Elle a répondu à son baiser comme un enfant cherche le sein de sa mère.

— Tourne-toi, a-t-il ordonné doucement.

Elle a obtempéré avec tant d'impatience qu'elle a pivoté trop rapidement et a presque perdu l'équilibre. Leroy l'a rattrapée d'une main ferme.

— Remonte ta jupe.

Les mains de Liana tremblaient, et ses mouvements étaient imprécis et maladroits, comme si elle avait bu. Elle est finalement parvenue à rassembler le tissu de sa longue jupe de style bohémien et l'a attaché autour de sa taille. Il a reculé pour la contempler. Sans la toucher. Il s'est assuré qu'il avait une vue parfaite sur ses fesses nues. Elle ne portait pas de culotte. J'ai supposé que Leroy lui avait ordonné de le faire.

— Touche tes orteils. Aussi loin que possible.

Liana s'est étirée et a trouvé une position qui lui a permis de poser les mains sur le sol à cinquante centimètres devant elle, comme si elle était en plein milieu d'une posture maladroite de yoga.

Sous cet angle, ses jambes semblaient interminables. Elle avait tout de l'échassier. Maigre mais gracieuse, et avec des fesses musclées comme celles d'une danseuse, même si elle m'avait affirmé n'avoir jamais fait de danse.

— Redresse-toi et écarte les fesses.

C'était une tâche impossible. Dans cette position, elle allait certainement tomber tête la première sur le parquet.

Mais Liana a réussi à se redresser tout en gardant le dos bien à plat. Elle a remonté davantage le tissu de sa jupe et a posé une main sur chaque fesse, qu'elle a étirée.

Leroy était encore loin de l'effleurer, et pourtant je devinais à la façon dont son corps tressaillait et à ses petits gémissements que Liana était déjà excitée. Oubliant toute timidité, je me suis penchée en avant, fascinée. J'ai observé les myriades d'émotions qui affleuraient sur son visage tandis que ses joues rosissaient et que sa bouche s'ouvrait, sensuelle.

J'aurais aimé être à sa place. J'aurais voulu ne serait-ce qu'une seule fois pouvoir m'abandonner totalement à l'instant, être une esclave consentante du plaisir. Lorsque je dominais, il m'arrivait de me laisser emporter, mais jamais aussi complètement : je prenais toujours soin de garder à l'esprit le bien-être de mon soumis.

J'ai compris alors que la soumission était un acte de reddition. C'était pour cela qu'elle avait l'air si détendue. Elle ne se donnait pas seulement à Leroy mais à la sensation de chaque instant. C'était d'une intensité folle. Comme elle n'avait pas besoin de se concentrer sur autre chose que sur ses sensations physiques, elle devait être consciente du moindre frisson de l'air sur sa peau.

Il a fini par tendre la main et faire courir ses doigts sur sa chatte. Elle a sursauté et frissonné, comme s'il l'avait touchée avec un fer rouge.

Ses doigts brillaient lorsqu'il les a retirés. Il a porté la main à sa bouche et les a léchés avec délectation.

— Tu es très mouillée, a-t-il remarqué.

Liana a gémi.

— Qu'est-ce que tu es ? a-t-il demandé. Dis-le. Je veux l'entendre de ta bouche.

— Je suis une salope. La tienne.

— Plus fort.

— Je suis ta salope ! a-t-elle crié.

Elle avait dit exactement la même chose à Nick. Était-ce une coïncidence ou poussait-elle tous les hommes à lui poser cette question ? J'avais envie de demander à Leroy dans quelle mesure il agissait selon sa volonté propre ou selon celle de Liana. Je savais d'expérience que les soumis peuvent être très exigeants. Je passais des heures au club à répondre à leurs suppliques. La moitié du temps, j'avais l'impression qu'ils étaient les maîtres.

— Tu es la salope que je baise, a-t-il repris, satisfait.

Sa voix était plus rauque, comme si quelque chose qu'il tenait en laisse au fond de lui avait été libéré. Il a tendu brusquement le bras, a saisi les cheveux de Liana et les a tirés violemment en arrière. En même temps, il l'a fistée si brutalement que chacun de ses va-et-vient avait la violence d'un coup. Mais, au lieu de manifester de la douleur et de la peur, Liana s'est détendue et a écarté davantage les jambes. Elle était appuyée sur lui et tremblait comme si elle était sur le point de jouir. Elle avait les yeux fermés et elle souriait.

Leroy l'a lâchée sans crier gare, et Liana a basculé en avant sans faire aucun effort pour se retenir. Elle n'a même pas ôté les mains de ses fesses. Parce qu'il ne lui en avait pas donné l'ordre, ai-je compris. Ses instincts les plus profonds étaient entre les mains de Leroy. Elle s'était tellement abandonnée qu'elle lui faisait confiance pour tout, même pour la maintenir debout. Si je trébuchais, par réflexe mes mains se tendraient immédiatement en avant pour atténuer la chute. Mais le corps de Liana obéissait instinctivement aux ordres de Leroy plus encore qu'à ses propres réflexes. Il l'a rattrapée sans problème avant qu'elle heurte le sol.

Il l'a saisie par les hanches et a penché la tête sur son anus. Il y a glissé la langue puis l'a fait courir tout le long de sa colonne vertébrale jusqu'à sa nuque, qu'il a mordue. Elle s'est cambrée et s'est pressée contre lui. C'était leur version, très personnelle, du câlin, et elle avait l'air étrangement réconfortante.

Le réconfort n'a pas duré.

D'une seule poussée rapide, Leroy a mis Liana à quatre pattes. Il a de nouveau tiré ses cheveux, avec tant de violence que j'étais surprise qu'elle en ait encore. Peut-être que ce traitement les aidait à pousser plus vite…

Il lui a présenté son sexe, que Liana a enfourné avec l'empressement de quelqu'un qui n'a pas mangé depuis une semaine. Elle n'a pas commencé par le lécher gentiment ou par appliquer toutes les techniques dont elle se moquait et qui me faisaient rougir lorsque nous étions deux étudiantes encore relativement innocentes. Elle s'est empalée sur lui comme si elle voulait le dévorer tout cru. Leroy avait posé les mains de chaque côté de ses joues, il faisait aller et venir son visage comme s'il baisait sa chatte et non sa bouche. De temps en temps, elle produisait un son semblable à celui d'un chat qui s'étouffe avec une boule de poils, et, chaque fois que je pensais qu'elle ne pourrait pas continuer plus longtemps, il se retirait pendant un moment assez long pour qu'elle reprenne son souffle, puis elle se jetait de nouveau sur lui et continuait de le sucer comme s'il était sa source d'air.

Leroy a commencé à frissonner, et j'ai songé qu'il allait certainement jouir dans sa bouche et que je serais confrontée à cet instant horrible où je ne saurais pas quoi dire quand ils auraient terminé. Mais il s'est arrêté avant d'exploser.

—Chuuut, a-t-il murmuré.

Ce mot a agi comme une formule magique. Liana s'est assise sur ses talons, le visage détendu. Elle a libéré sa queue de l'emprise de sa bouche et a enfoui son visage contre son sexe. Elle a déposé des baisers légers sur ses cuisses et a mordillé ses couilles. Il bandait toujours, et elle se pressait contre son sexe comme si elle se livrait à la caresse de sa main. Elle était passée de la rage au romantisme en un clin d'œil.

Il a tendu la main et a caressé son sein. Doucement d'abord, et elle a ronronné, blottie contre ses doigts. Puis, dans un autre de ces brefs moments d'échange de pouvoir qui semblaient brûler entre eux, il est devenu brutal. Une main sur son sein, l'autre dans son dos, il l'a renversée.

Elle est tombée sur le dos, totalement exposée, et c'est alors que j'ai remarqué l'éclat argenté. Elle était intégralement épilée, et ses lèvres, gonflées et écartées, dévoilaient des piercings dont elle ne m'avait jamais parlé. Un anneau métallique brillait sur son clitoris, et deux cercles argentés identiques étaient accrochés à chacune de ses lèvres. Elle ne m'avait pas dit qu'elle s'était fait percer. C'était pourtant le genre de choses qu'elle m'aurait en temps normal confié avec plaisir. Avant de le faire et après. Et pourtant elle n'en avait pas soufflé mot.

J'avais croisé quelques personnes qui avaient été percées par ou pour leur maître. Certaines portaient un collier comme un animal pour indiquer à qui ils appartenaient. Je soupçonnais que ces piercings étaient le résultat de sa liaison avec le maître de Brighton. Cela expliquait pourquoi elle ne m'en avait jamais parlé. Je n'étais pas surprise qu'elle les ait gardés. Elle ne pensait pas que le passé était une valise dont il fallait se débarrasser à la moindre occasion. Elle était bien trop pragmatique pour cela. Liana aimait ses démons. Elle ne les combattait pas. Elle chérissait ses erreurs, qui lui rappelaient sans cesse qui elle était vraiment.

« J'suis c'que j'suis », comme elle disait toujours.

— Ferme les yeux et ne bouge pas tant que je ne te le permets pas, a sifflé Leroy.

Elle était étalée sur le dos et n'avait pas l'air de vouloir bouger.

Il a fourragé dans son sac de voyage et en a sorti deux longueurs de corde de bondage. Chaque fois qu'elle entendait un cliquètement dans le sac, Liana répondait par un gémissement bas ou un frisson. Leroy souriait en la regardant faire, et j'étais certaine qu'il faisait exprès de prendre son temps et d'agiter ses jouets pour augmenter l'anticipation.

Lorsque la corde l'a effleurée, la chair de poule s'est répandue sur tout son corps, et elle a gémi plaintivement, comme si l'attente était trop longue à supporter.

Leroy a plié ses genoux et a attaché ses chevilles à ses cuisses. Dans cette position, elle était complètement offerte, mais ne pouvait rien faire de plus que de s'agiter un peu. Il a ensuite lié ses poignets ensemble au-dessus de sa tête. Plus il tirait brutalement sur les cordes, plus Liana gémissait fort, excitée. Mais sa brutalité n'était que de façade : il faisait très attention à laisser du jeu entre la corde et la peau afin de ne pas couper sa circulation ; il vérifiait souvent qu'elle ne devenait pas bleue et il lui prenait les mains pour les réchauffer.

Il a fini par écarter ses genoux et par se positionner au-dessus d'elle. Son sexe était dur et humide. Il n'a pas fait mine de prendre un préservatif, et l'idée qu'il allait la baiser sans protection m'a bizarrement excitée plus que tout le reste. C'était tellement personnel.

—Dis-moi ce que tu veux.

Sa voix était rauque. Il faisait un tel effort pour se retenir qu'il en souffrait. J'avais envie de me pencher et de faire moi-même glisser sa queue en elle pour le soulager.

—Baise-moi, a-t-elle dit. S'il te plaît, baise-moi, s'il te plaît, s'il te plaît, baise-moi…

Elle répétait la même phrase sans s'arrêter, comme une folle. Leroy a grogné, s'est redressé puis l'a pénétrée, et l'a baisée le plus fort possible. Ligotée et troussée comme elle était, elle ne pouvait pas bouger les hanches, mais elle a quand même tenté de le faire et elle s'est agitée jusqu'à ce qu'il la prenne par les poignets et la maintienne au sol.

J'étais perchée sur le bord du canapé et j'avais le souffle aussi court qu'eux. J'avais envie que Leroy m'attrape par les cheveux et m'attire violemment à lui, mais je me suis retenue. Je me rappelais la règle numéro un, celle qui était placardée partout dans le club : « Ne jamais interrompre une scène. »

Liana tressaillait de plus en plus et se frottait contre lui. Son piercing avait l'air de stimuler son clitoris, et plus elle s'agitait, plus vite il allait et venait en elle. Elle a fini par se mordre la lèvre et par le supplier :

—Putain, laisse-moi jouir, s'il te plaît, laisse-moi jouir, s'il te plaît, laisse-moi jouir…

—Jouis pour moi, a-t-il crié.

Au moment où les mots ont franchi ses lèvres, elle s'est cambrée, s'est raidie contre les cordes et a crié si fort que j'ai fait un bond sur mon siège, manquant de crier avec elle.

—Oh, putain! a-t-il dit.

Leroy l'a saisie par les fesses et l'a maintenue contre lui, la berçant pendant que les frissons de l'orgasme la parcouraient.

—Ça t'a plu? a-t-il demandé, l'air visiblement très concentré.

Le pauvre garçon était sur le point d'exploser, et je doutais fort qu'il puisse se retenir une seconde de plus. Pourtant il a attendu que Liana cesse de trembler suffisamment pour pouvoir murmurer un fervent «oui».

Alors seulement il a agrippé ses épaules et il s'est enfin laissé aller en elle.

Lorsqu'il a eu joui et qu'il s'est détendu, Liana s'est blottie contre lui. Il l'a étendue et l'a déliée rapidement puis il l'a prise dans ses bras et l'a bercée comme une enfant. «Chuuuut», disait-il chaque fois qu'elle gémissait et se serrait plus fort contre lui. Elle donnait l'impression de vouloir ramper sous sa peau. Comme si elle n'était jamais assez proche de lui.

C'est alors que je les ai laissés. Les regarder baiser était une chose, les regarder se câliner en était une autre. Leur évidente intimité éveillait en moi des sentiments contradictoires. D'un côté j'étais vraiment jalouse. Je voulais ressentir la même chose pour quelqu'un. D'un autre côté c'était tellement intense que cela m'effrayait: en m'ouvrant à quelqu'un, j'avais peur de devenir vulnérable. J'avais peur d'être blessée. J'avais peur de lâcher prise.

Je me suis tournée et retournée pendant des heures cette nuit-là avant de parvenir à m'endormir enfin. J'étais évidemment très excitée, mais je ne pouvais me résoudre à me masturber en pensant à Liana. Je ne voulais pas penser à elle de cette manière. Cela changerait tout entre nous.

Le lendemain matin, j'ai traîné au lit jusqu'à ce que je sois certaine que Leroy était parti. Je ne voulais pas lui parler. C'était lâche, mais je m'en fichais. Quand je serais moins gênée, je le remercierais de m'avoir généreusement permis d'entrer dans leurs vies.

Liana était joyeuse et inhabituellement silencieuse. Je me suis servi un verre de jus d'orange – sans oublier le verre cette fois-ci – et je me suis assise à la table de la cuisine.

— Tu as compris, cette fois ? a-t-elle fini par me demander.

— Oui, ai-je répondu. J'ai compris.

Neil et moi avons déjeuné ensemble le lendemain de mon retour d'Amsterdam. Il travaillait tellement que nous nous voyions rarement en soirée. Quand il sortait du boulot, je commençais ma nuit au club. Les déjeuners rapides étaient donc devenus notre façon de nous donner des nouvelles. Il portait un costume gris foncé, une chemise blanche bien coupée, une cravate bleu marine et des chaussures noires parfaitement cirées : il avait l'air d'être le maître du monde. À chacune de nos rencontres, il semblait s'être métamorphosé davantage. Il s'éloignait de plus en plus de la chrysalide de Brighton et perdait la douceur inexpérimentée de la jeunesse alors que, pour ma part, je ne constatais aucun changement dans le miroir : j'avais toujours l'air de faire plus jeune que mon âge.

Il mûrissait bien.

Il avait réservé une table chez *Kettner's*, un restaurant chic de SoHo, où je me trouvais déplacée avec mes vêtements ordinaires et mes grosses bottes. J'étais mal dégrossie et maladroite. J'étais certaine que certains de mes costumes fétichistes auraient été plus adaptés.

Neil, de son côté, était parfaitement dans son élément. Il a suivi avec grâce le serveur, de l'entrée à la salle de restaurant guindée, en me tenant légèrement par la main.

Mais, lorsque la conversation a pris un tour plus intime, sa belle assurance s'est envolée.

Combien de fois allait-il devoir affirmer qu'il tenait beaucoup à moi, comme il le disait, sans oser prononcer le terrible verbe de cinq lettres ? Et à quel point il voulait que nous fassions un essai, même s'il a maladroitement tenté d'expliquer que ma façon de vivre l'effrayait ?

Il combattait ses propres démons, à la recherche d'un équilibre. Il tentait de réconcilier ses sentiments et ce qu'il avait découvert de ma sexualité, et de mes appétits.

Son cœur, et l'éducation qu'il avait reçue, voulait m'offrir un conte de fées. Le mariage, la maison en banlieue et les bébés aux joues rebondies avec lesquels on l'avait bassiné depuis toujours. Mais il voulait aussi explorer les instincts qui avaient fait surface lors de la séance photo avec Grayson et du bal, et qui le perturbaient beaucoup.

Il était en proie à des sentiments contradictoires.

Moi aussi. Mais son manque de clarté et le fait que je ne pouvais pas m'expliquer correctement dans un restaurant bondé n'ont fait qu'exacerber mon agacement. Notre discussion a rapidement pris un tour désagréable, et nous nous sommes quittés à moitié fâchés. Jonno et mes collègues ont tout de suite pris la mesure de ma mauvaise humeur et m'ont donné l'après-midi.

Je n'avais aucune envie de rentrer chez moi. J'avais trop mangé à midi et je savais que je passerais mon temps à atermoyer en mangeant des chips et en regardant des rediffusions d'émissions de télé-réalité, ou à paresser sans but, ce qui ne ferait qu'aggraver mon état.

Cela faisait longtemps que je n'avais pas eu de nouvelles de Dagur. Il était resté un bon bout de temps en tournée et était rentré lorsque j'étais à Amsterdam. J'ai décidé qu'il constituerait une distraction idéale.

Je l'ai appelé.

—Salut.

—Salut, Larme. Ça faisait un bail.

—On a des vies bien remplies, pas vrai ?

—Ça te dirait qu'on se voie ?

—Avec plaisir. Tu es dispo maintenant ? Je peux être chez toi dans une demi-heure.

Dagur partageait une maison à Brixton avec le bassiste, tout près du métro et dans une rue tranquille derrière le cinéma *Ritzy*. Son colocataire n'était jamais là, toujours à droite ou à gauche chez l'une de ses innombrables copines, et nous avions toujours la maison pour nous tout seuls.

—Je t'attends.

—J'arrive.

Je savais que le sexe avec Dagur serait facile. Pas de sentiments, pas de complications. Et, comme il n'avait rien d'un soumis, je ne serais pas tentée de le dominer. Pour exciter mon côté dominateur, j'avais besoin d'hommes qui me demandaient instinctivement de prendre les commandes, d'hommes qui mouraient d'envie d'inverser les rôles.

J'ai descendu à toute allure l'escalator en direction de la Northern Line à Tottenham Court Road. Un guitariste aux cheveux longs chantait *Wonderwall* à l'endroit réservé aux musiciens, là où les couloirs se séparent. Je me suis soudain rappelé que, peu de temps après mon arrivée à Londres, j'avais été émerveillée par la musique sublime d'une jeune violoniste qui se tenait exactement au même endroit, les yeux fermés, l'air ailleurs. Je ne l'avais jamais revue. Je suis passée devant le chanteur juste au moment où il faisait une fausse note.

Il faisait déjà sombre lorsque j'ai atteint Brixton. Les vitrines des magasins de High Street étaient brillamment illuminées, baignant ce quartier du sud de Londres dans une atmosphère de Noël, alors que les festivités n'auraient lieu que dans plusieurs mois.

— La porte n'est pas fermée. Entre, a dit la voix de Dagur à l'interphone, avec en fond sonore *Let's Spend the Night Together* des Rolling Stones. Je suis dans la chambre.

Au début de ma liaison avec Dagur, j'avais passé une semaine complète chez lui. J'allais travailler tous les matins et je revenais tous les soirs. Je connaissais donc bien les lieux. Sa chambre était au dernier étage. Elle était très spacieuse, ayant été ajoutée lorsque la maison avait été convertie en loft.

J'ai gravi rapidement l'escalier et j'ai ouvert la porte.

Dagur était au lit.

Mais il n'était pas tout seul.

La première chose qui m'a sauté aux yeux, c'est le cul parfait d'une femme. Une blonde, dont les cheveux incroyablement longs recouvraient les flancs et les fesses d'une pâleur de porcelaine, était très occupée à sucer la queue de Dagur.

Elle était à quatre pattes, mais, même dans cette position compromettante, je pouvais voir avec netteté qu'elle possédait des jambes de top-modèle.

J'ai retenu mon souffle.

Dagur a fini par se rendre compte de ma présence.

— Oh, salut, Larme! a-t-il murmuré distraitement, concentré sur les soins que lui prodiguait la blonde.

En l'entendant, elle a abandonné son sexe et s'est retournée pour me regarder. Elle sortait directement d'un book de photographe : les seins fermes et ronds, les pommettes bien dessinées, les yeux bleu pâle. Elle m'a souri amicalement. Puis elle est retournée à sa pipe, ses lèvres pleines avalant la longueur de Dagur d'une seule goulée élégante.

Dagur m'a fait un clin d'œil.

Je devais très certainement avoir l'air stupéfaite.

— Tu te joins à nous, Lily ?

Au moins, il se souvenait de mon prénom.

Je suis restée figée sur place.

— Je ne crois pas, non.

Je n'étais pas jalouse. Ni possessive. Dagur était musicien, et les femmes se jetaient sur lui et les autres membres du groupe. Nous n'avions jamais prétendu être exclusifs. Nous baisions quand nous en avions envie, et, jusqu'à présent, cela m'allait très bien. Nous avions même fait un truc à trois avec Grayson, et l'idée d'une variation dans cette équation n'était pas sans attrait. Mais je n'étais pas d'humeur à entrer en compétition avec une autre femme. Je serais la dernière roue du carrosse alors que je voulais diriger.

Je suis sortie et je les ai laissés tous les deux. Je savais pertinemment que c'était la dernière fois que je voyais Dagur.

9

LA MUSIQUE DES CORPS

ON M'AVAIT DEMANDÉ DE LIVRER DES CORDES DE VIOLON et un archet que nous avions réparé dans un studio de répétition niché dans les entrailles du *Barbican*. L'après-midi était bien avancé, et ce n'était donc pas la peine que je revienne à la boutique.

J'ai traversé la Tamise par le Millenium Bridge. Je sentais ses douces vibrations sous mes pieds. La façade massive de la Tate Modern se détachait de l'autre côté, et sa tour centrale a été brièvement éclairée par le soleil automnal. Il se faisait tard, et l'air était frais. Je portais une courte jupe en jean et de fins collants sous ma parka verte, et je regrettais la chaleur du jean qui était mon uniforme habituel, aussi bien pour travailler que pour sortir.

Grayson avait organisé le vernissage privé de son exposition de photos de musiciens nus dans une galerie à la mode non loin d'Oxo Tower, à Southwark, et il m'avait fait parvenir une invitation. Quelques soirs plus tôt, au club, Elle m'avait avoué que plusieurs de mes photos avaient mérité les honneurs de l'exposition. Cette révélation m'avait rendue nerveuse : je me rappelais parfaitement des circonstances dans lesquelles ces clichés avaient été pris. Je savais qu'il avait organisé une séance fructueuse avec Lauralynn et son violoncelle. Je ne savais pas qui d'autre avait été photographié.

Je n'avais guère vu Grayson depuis, et jamais sans Elle. Je ne pensais cependant pas qu'il m'évitait ; il était certainement très occupé à chercher d'autres modèles pour son projet ainsi que par ses commandes de photos de mode.

La promenade le long de South Bank, qui va du Globe au Royal Festival Hall, est l'une de mes préférées, et je n'étais guère pressée d'arriver à destination. J'ai déambulé tranquillement, le fleuve paresseux à ma droite, le long des ruelles et des rues couvertes, avec pour horizon les toits qui se déroulaient lentement comme une lente tapisserie sur la rive la plus lointaine de la Tamise. Lorsque je suis arrivée, la fête battait déjà son plein. L'exposition se tenait au dernier étage d'un immeuble imposant, et, lorsque j'ai émergé de l'ascenseur, la pièce principale était déjà remplie de gens en tenue de soirée. Le rythme insistant de la musique électronique ponctuait le bruit assourdi des conversations qui se détachaient sur le cliquetis des verres.

J'avais laissé ma parka et mon sac à main dans le vestiaire au rez-de-chaussée, mais, même avec ma jupe, je n'étais clairement pas assez habillée – la plupart des femmes présentes portaient des robes haute couture qui rivalisaient d'élégance et de beauté, et étaient perchées sur de vertigineux talons hauts. Dans mes Dr Martens, j'avais l'air d'être une serveuse… enfin, si le service n'avait pas été exclusivement assuré par des hommes, en uniforme noir et blanc.

J'ai attrapé une flûte de champagne, ou de prosecco, sur un des plateaux puis, debout dans un coin de la salle principale, j'ai jeté un regard autour de moi.

Grayson et Elle se tenaient au milieu d'un groupe, à l'autre bout de la pièce. Lui portait un jean de couturier, une chemise blanche à jabot déboutonnée jusqu'au milieu de la poitrine et une veste couleur sable. Il souriait de toutes ses dents, et ses cheveux en bataille étaient vaguement coiffés en arrière. Elle se tenait à ses côtés dans un fourreau en latex rouge vif, qui semblait avoir été directement moulé sur sa silhouette généreuse. Son rouge à lèvres et ses bottes étaient du même rouge. Elle tenait dans une main une flûte de champagne et dans l'autre une laisse que j'ai suivie des yeux : elle menait à un homme à quatre pattes, la tête baissée vers le sol en pierre de la galerie.

J'ai reconnu l'homme entre deux âges que je voyais souvent aux pieds d'Elle au club, la suppliant de le frapper et de l'humilier. Il était entièrement nu, à l'exception d'un ridicule cache-sexe qui dissimulait son pénis. Le morceau de tissu était si petit que l'un de ses testicules en sortait, ce qui rendait sa situation encore plus absurde. La ficelle du cache-sexe entrait profondément entre ses fesses, qui portaient les zébrures d'une récente flagellation.

De temps en temps, Elle agitait la cendre de sa cigarette sur le dos nu de l'esclave qui souriait béatement. Je l'avais un jour vu manger dans la gamelle d'un chien sur les ordres d'Elle. J'étais juste surprise qu'il ait accepté d'être ainsi humilié en public, bien loin du club où la foule était moins nombreuse et plus accoutumée à ce genre de spectacle.

J'étais sur le point de fendre la cohue pour les rejoindre lorsque trois personnes se sont approchées d'eux. Je les ai toutes reconnues.

Au centre, comme s'il était solennellement escorté par les deux femmes à qui il donnait le bras, se tenait Viggo Franck, le célèbre chanteur des Holy Criminals, le groupe de Dagur. Nous avions été présentés lorsque je sortais encore avec le batteur, mais nous ne nous étions jamais vraiment parlé. Sa réputation d'homme à femmes le précédait, et ses frasques étaient du pain bénit pour la presse à scandale. Mais au moins, comme moi, ne s'était-il pas spécialement habillé pour l'occasion. Ses longues jambes maigres étaient moulées dans un jean mal rapiécé et des bottes à lacets, et il portait un ceinturon de cow-boy clouté et un ample tee-shirt usé.

À sa gauche, la grande blonde aux boucles cascadant sur les épaules était toute de blanc vêtue, et, même sous la lumière artificielle de la galerie, il était évident qu'elle ne portait rien en dessous, ses longs membres se dessinant parfaitement sous le tissu. La robe était l'incarnation de la simplicité, mais je savais qu'elle avait dû coûter fort cher : c'était une espèce de toge romaine nouée par une ceinture dorée, dont le moindre pli était savamment étudié et qui épousait toutes les formes de son corps mince.

Au moment où j'ai vu son visage, j'ai reconnu la danseuse nue que j'avais vue au bal et dont la performance sous l'eau et l'air extatique m'avaient coupé le souffle. Je n'étais pas surprise de la voir en compagnie de Viggo Franck. Elle était évidemment le genre de beauté éthérée qu'il attirait avec facilité, même si je la trouvais beaucoup plus charismatique que lui. Peut-être étaient-ce ses cheveux indisciplinés qui m'empêchaient de le prendre au sérieux et lui donnaient l'air d'un gamin gâté et malicieux ?

Je connaissais l'autre femme, non pas uniquement par les nombreuses photos que j'avais vues d'elle dans les journaux, mais, ai-je compris en un éclair, parce que c'était la femme que j'avais entendue jouer dans le métro il y avait bien longtemps de cela. C'était Summer Zahova, la célèbre violoniste classique. Impossible de ne pas reconnaître ses cheveux roux. Je me suis alors rappelé que Grayson espérait la convaincre de poser pour lui. Peut-être l'avait-elle fait.

Elle portait une robe en soie verte très simple qui effleurait ses genoux et, ce qui était l'une de ses singularités professionnelles, un corset par-dessus, étroitement lacé dans ce qui ressemblait presque à une parodie de bondage. Son expression était distante, comme si elle était préoccupée par quelque chose d'important qui la maintenait éloignée de la galerie ; elle avait l'air ailleurs, auprès de quelqu'un d'autre.

C'était bien typique de Viggo de venir accompagné de deux femmes aussi saisissantes.

Je me suis immobilisée. Pas question de les rejoindre.

J'ai échangé mon verre vide contre un verre plein et j'ai décidé de regarder de près les photos exposées. Après tout, c'était pour cela que j'étais venue, et pas pour faire des ronds de jambe.

Du coin de l'œil, j'ai remarqué l'arrivée de Lauralynn. Elle était encore plus en retard que moi, mais avait l'air de s'en ficher royalement. Elle s'est frayé un chemin dans une foule de gens plus petits qu'elle, ce qui accentuait son air d'Amazone sportive et détendue, toute de cuir noir vêtue comme une chasseresse. Elle m'a aperçue et m'a saluée de loin en faisant un signe qui me signifiait qu'elle viendrait discuter avec moi plus tard.

Les grandes photos étaient accrochées le long des murs blancs de la galerie avec une précision géométrique. Chaque cliché était éclairé individuellement, et ils étaient alignés comme des soldats en train de défiler. J'ai remarqué sur le sol une ligne rouge traversée d'autocollants, des petites flèches perçant des lèvres bien dessinées, afin d'indiquer au spectateur – ou au voyeur ? – de quelle manière il devait regarder l'exposition afin d'apprécier correctement l'ordre des photographies et l'audace croissante des images exposées.

C'était comme si Grayson, ou qui que ce soit qui avait accroché les clichés, voulait nous raconter une histoire.

Je me suis avancée en suivant la ligne, rouge comme une blessure. Je savais que le scénario allait devenir plus intéressant.

Sur la première photo, un homme taillait une pipe à un autre homme. Une flûte traversière gisait, abandonnée, à côté de l'homme agenouillé. Symbole phallique rejeté? Je prêtais peut-être à ce cliché plus de sens qu'il n'en avait. J'ai étudié l'image de près à la recherche d'une retouche sur le dos du modèle. J'étais certaine que Dagur avait posé pour Grayson, et je savais qu'il avait eu des aventures homosexuelles. À cette idée, j'ai frissonné, traversée par une brève excitation. La nuit où nous avions couché tous les trois, Grayson et Dagur s'étaient entièrement concentrés sur moi, mais j'aurais aimé les voir passer du temps ensemble.

Les deux femmes enlacées sur le cliché suivant n'ont rien fait pour balayer de mon esprit l'image de la longue queue de Grayson dans la bouche de Dagur. J'étais sensible à la beauté féminine et je n'avais rien contre l'idée de coucher avec une autre femme, mais, en réalité, je n'étais attirée que par les hommes et j'ai dû faire un effort pour me concentrer sur la photographie et non sur le fantasme homo-érotique qui se déroulait dans mon esprit.

Certains clichés étaient outrageusement explicites ; cependant, nul dans la foule qui se pressait autour de moi ne paraissait particulièrement perturbé. Peut-être les invitations étaient-elles adressées à des gens triés sur le volet et qui appréciaient la nudité totale, ce qui expliquerait pourquoi personne n'avait ne serait-ce que haussé le sourcil en voyant l'esclave presque nu d'Elle à quatre pattes à ses pieds.

La photographie d'une femme avec une flûte à bec dans le vagin a attiré mon attention. Elle était assise sur une table basse en verre, jambes largement écartées, et elle utilisait l'instrument comme un gode. Son dos était cambré d'une manière provocante, et ses longs cheveux bruns se répandaient comme de la soie sur ses épaules. Son visage était hors champ, et son long cou nu invitait le spectateur à se pencher pour l'embrasser.

Grayson avait pris un cliché similaire de moi. C'était l'une des photos les plus osées de notre séance, et j'en étais très fière. J'étais tellement excitée à ce moment-là que la pensée ne m'avait absolument pas choquée. Je voulais tellement être prise que j'avais immédiatement accepté l'idée lorsqu'il me l'avait suggérée. Et je savais qu'il aurait pu utiliser cette photo puisque mon visage était hors champ.

Mais il ne l'avait pas fait. Il avait choisi cette autre femme et il lui avait demandé d'imiter ma pose. Ou alors c'était l'inverse, et cette idée ne lui était pas brusquement venue lorsque j'étais nue devant lui. C'était une ruse qu'il utilisait avec toutes les femmes excitées qui posaient pour lui, juste pour le plaisir de les voir se caresser devant son objectif. Peut-être avait-il trouvé que mes jambes étaient trop maigres et avait-il préféré ses cuisses rondes et lisses.

Grayson était un artiste, pas un pervers. Je le savais pertinemment, mais j'étais quand même furieuse. C'était un artiste égoïste. Il se foutait pas mal de ses modèles, seul lui importait ce qu'il saisissait sur pellicule. Il kidnappait ces instants comme s'il les possédait. Je lui ai lancé un regard noir depuis l'autre bout de la pièce, mais il me tournait le dos, et cela n'a eu aucun effet. Il discutait avec Luba, la danseuse russe blonde. Il devait certainement user de tous ses charmes afin qu'elle accepte de poser pour lui. Avec sa beauté exotique et sa grâce de ballerine, même un aveugle aurait pu voir qu'elle était le rêve absolu de tout photographe.

Ma colère s'est légèrement atténuée lorsque j'ai enfin découvert mes photographies : elles étaient en fin d'exposition, près du dénouement. Je n'étais pas certaine de comprendre pourquoi. Je n'étais pas vraiment sûre d'avoir saisi l'intention de Grayson, mais l'ordre avait l'air d'avoir de l'importance. Mes clichés étaient dans la dernière partie, avec ceux d'une femme avec un violon. J'en ai déduit qu'il s'agissait de Summer Zahova, mais comme sa tête n'apparaissait nulle part je n'aurais pu le jurer.

Les premières images de cette dernière partie étaient en noir et blanc : le dos d'une femme pris de la base du cou à la naissance des fesses. Une peau d'une blancheur immaculée sur un fond d'une noirceur absolue. Simple, sans ornement. Cela aurait pu être n'importe qui. Venait ensuite une autre image, celle d'un violon sur le même fond. La troisième était toujours celle du violon, mais cette fois-ci en couleur. L'orange cuivré et les teintes marron de l'instrument explosaient brillamment, comme si chaque parcelle du bois ancien était examinée sous un microscope qui en révélait l'incroyable richesse. La quatrième image, devant laquelle je me suis un peu éloignée de la foule afin d'en avoir une vue d'ensemble, était celle du dos de la femme, dans la même position mais cette fois-ci en couleurs. Les tons de la peau donnaient envie de la caresser.

Ma photographie venait ensuite. Malgré l'attente et l'anticipation, j'ai été abasourdie par ce que j'ai vu. Ce cliché m'était inconnu. Grayson m'avait montré les photos sur son ordinateur et m'avait proposé d'effacer celles qui ne me plaisaient pas. Il ne m'avait pas clairement dit qu'il m'avait montré tout ce qu'il avait pris, mais il me l'avait laissé entendre. Il en avait manifestement gardé quelques-unes sous le coude pour sa collection privée – et maintenant publique –, et, comme je lui avais donné la permission orale pour la séance sans jamais rien signer, je ne pouvais pas me plaindre, que le résultat me plaise ou non.

La photographie était prise en contre-plongée. Je le chevauchais, mon sexe sur son visage, et je grondais, furieuse, en le dominant. Il m'avait suppliée de le frapper encore. Elle était entrée quelques instants plus tard et nous avait interrompus.

Tous les muscles de mon corps étaient tendus, bandés. Je ressemblais à Leroy lorsqu'il avait tourné autour de Liana, à Amsterdam. Comme si je m'apprêtais à cogner. Mon attitude était en opposition totale avec celle de la violoniste des clichés précédents. Elle était détendue et se livrait volontiers au regard du voyeur, elle s'exhibait avec plaisir devant l'objectif. Moi, je me rebellais. Mes jambes étaient repliées vers le plafond, ma chatte était ouverte, attendant de dévorer le premier homme à ma portée, mon corps était penché en avant, bras étendus, comme si je m'apprêtais à arracher la tête du photographe d'un coup de dents, même si ce n'était pas certain ; la photographie était coupée au niveau du cou, et je me tenais de telle manière que l'orchidée tatouée sur mon épaule n'était pas visible.

Comme l'autre modèle, ai-je constaté. J'étais à présent certaine qu'il s'agissait de Summer. Elle avait disparu assez rapidement, et je n'avais pas eu le loisir de la détailler attentivement, mais la femme sur les photos avait la même taille très caractéristique. Sans compter le violon, indice supplémentaire, et le fait que Grayson voulait qu'elle fasse partie de son projet. Je comprenais pourquoi à présent. Elle représentait tout ce qu'il voulait immortaliser.

J'avais envie de m'enfuir en courant, mais j'ai dégluti et je me suis forcée à poursuivre. À cet instant précis, de manière incompréhensible, j'aurais aimé que Neil soit là. J'avais besoin de quelqu'un sur qui m'appuyer, quelqu'un qui apaiserait ma colère et qui serait de mon côté, que ce soit raisonnable ou non. La présence de Liana m'aurait aidée aussi, mais elle aurait admiré ma nudité et aurait balayé mes émotions en tentant de me faire rire pour me remonter le moral. Neil défendrait mon honneur jusqu'au bout, et c'était ce que je voulais. Soumis ou non, il se dirigerait vers Grayson et lui mettrait son poing dans la figure si je le lui demandais.

La photographie suivante était une variation de la précédente mais encore plus agressive. Mes bras et mes mains étaient tendus vers l'appareil photo dans un geste violent. J'avais failli étrangler Grayson, et cela se voyait. L'angle de prise de vue allongeait mes membres, me donnant l'air d'une araignée mortelle, toute en bras, en jambes et en fureur.

Le dernier cliché de Summer la mettait en scène dans une attitude complètement opposée : son corps était courbé en avant, et elle tenait lâchement son violon devant son sexe, comme si elle s'apprêtait à l'abattre sur sa chatte. C'était une arme dirigée contre elle, ni contre l'appareil photo ni contre le spectateur.

J'ai fait un pas en arrière et j'ai contemplé de nouveau les photographies.

C'est alors que j'ai compris ce qu'avait fait Grayson, quelle histoire il racontait en utilisant nos corps. Le sexe et la musique, évidemment, surtout au début. Mais Summer Zahova et moi, nous incarnions la soumission et la domination. Le sexe.

Pas d'émotion, pas d'intimité. Pas de visage. Pas d'esprit. Pas de sens. Tout ce que je ne voulais surtout pas être.

La rage m'a submergée comme une vague. Elle a allumé une étincelle au creux de moi, étincelle qui s'était transformée en charbons ardents lorsque je suis arrivée devant Elle et Grayson.

— Gray ! l'ai-je interpellé, tranchante.

C'était la première fois que j'utilisais le diminutif que lui donnait Elle. Mon ton disait clairement que, dans ma bouche, ce n'était pas une marque d'affection.

Ils étaient tous deux en grande conversation avec Luba. Grayson a pivoté vers moi et a haussé un sourcil.

— Oui ?

— Ce n'est pas ce à quoi je m'attendais. Ni ce que je voulais. J'exige que tu décroches ces photos.

Je me suis raidie et redressée de toute ma taille. Talons hauts ou pas, je refusais de courber l'échine devant eux.

Elle a éclaté de rire.

— Ma chère, tu aurais dû y songer avant de te déshabiller devant l'objectif. Il ne ment pas, tu sais, a-t-elle dit en inclinant la tête vers les clichés. C'est bien toi, que ça te plaise ou non. Tu n'es pas déformée.

— Je me fous royalement de ce que tu penses que je suis, ai-je rétorqué. Je n'aime pas ces photos.

— Lily.

Le ton de Grayson était tendre, et il a posé gentiment une main sur mon coude pour m'éloigner de la foule.

Luba souriait de toutes ses dents. Sa beauté devenait espiègle quand elle souriait, et j'ai été momentanément distraite. Dans d'autres circonstances, j'aurais aimé faire sa connaissance et découvrir comment elle avait échoué dans la piscine du bal. L'eau était son élément. Elle me faisait penser à une sirène.

J'ai reporté mon attention sur Grayson.

— Écoute, a-t-il dit. Je suis désolé que tu sois contrariée. Mais tu savais quel risque tu prenais en acceptant de faire partie de ce projet.

— Tu ne m'as pas montré ces photos-là. Tu m'en as montré d'autres. Tu savais. Tu m'as menti ou tout comme.

— Tu ne vois pas la beauté de ces clichés ? Ce que j'essayais de capturer ? C'est toi, Lily. La maîtresse parfaite.

Sa voix avait pris une nuance distante, et je savais qu'il avait atteint l'endroit de son esprit dans lequel ses idées prenaient naissance. Il pensait déjà à un autre projet, à une autre photo, où le modèle ne serait jamais qu'un pion.

— Ce n'est pas moi, ai-je répondu d'une voix faible.

Au fond de moi, cependant, je savais que c'était moi. Le corps ne ment pas. C'était moi au travers du regard de Grayson, manipulée par le travail qu'il avait fait sur le cliché, ses talents de composition et l'histoire qu'il avait choisi de raconter ici, mais c'était quand même moi. Lily la dominatrice. Je m'étais perdue dans le rituel et j'en avais oublié de chercher l'intimité que je voulais à tout prix trouver. Le sexe et tout ce qu'il y avait avec n'avaient plus aucun sens.

J'ai tourné les talons et je suis partie. Ce n'était pas la peine de discuter avec Grayson. C'était comme de demander à une rivière d'arrêter de couler. Il était autant le résultat de ses désirs que n'importe qui, son égoïsme et sa créativité faisaient partie de lui. Elle avait raison. Je savais quel risque je prenais en posant pour lui.

L'air froid de la nuit m'a frappée de plein fouet. Des lumières en provenance de toutes les directions se réver-béraient sur la surface de l'eau. C'était un spectacle que j'adorais en temps normal, mais ce soir j'avais juste envie de marteler le plus fort possible de mes lourdes bottes le chemin en béton. Je n'étais pas d'humeur à admirer le paysage.

Il était encore tôt. L'exposition ne débuterait que dans quelques heures. Grayson avait organisé ce vernissage privé pour permettre à ses invités de la découvrir à l'avance. J'avais remarqué que certaines photographies étaient déjà vendues. Je me suis demandé si quelqu'un achèterait les miennes. Serais-je immortalisée ainsi sur le mur du salon d'un inconnu ? Ou – et n'était-ce pas pire ? – peut-être que personne ne s'en porterait acquéreur : mes clichés seraient emballés et rangés dans le studio de Grayson, où ils prendraient la poussière comme de mauvais souvenirs.

Un artiste qui faisait la manche, tout de noir vêtu, se découpait nettement dans la foule qui encombrait le quai. Il avait l'air ailleurs, loin du monde qui l'entourait, et je me suis arrêtée un instant pour l'écouter. Je lui ai donné quelques pièces puis j'ai découvert en jurant lorsque j'ai voulu prendre un café un peu plus loin que c'était tout ce qui me restait de monnaie. J'avais ma carte bleue sur moi et suffisamment d'argent sur ma carte de transport pour rentrer chez moi, mais c'était tout. Parfois, le karma fait des siennes.

J'ai appelé Neil, mais il était sur messagerie. Je me suis rappelé qu'il avait quelque chose de prévu ce soir, un truc de boulot dans un endroit classe. C'était à l'Oxo Tower non loin de là, et il m'avait proposé de prendre un verre avec lui si je sortais tard de l'exposition. Je ne risquais pas de débouler à sa fête habillée comme je l'étais, en minijupe en jean et Dr Martens. Luba ou Elle, ou n'importe quelle femme du vernissage, n'auraient eu aucun problème pour amadouer les vigiles, mais j'étais bien trop ordinaire pour cela. Trop ordinaire pour Neil. Les rôles s'étaient vraiment inversés.

J'ai décidé de laisser tomber et de rentrer chez moi. Un bain chaud et une bonne nuit de sommeil pourraient peut-être régler mes problèmes. J'avais presque atteint le métro lorsque j'ai remarqué l'agence de voyages. C'était la seule boutique encore ouverte, et j'ai ressenti une bouffée de sympathie pour les employés obligés de travailler si tard. C'est alors que j'ai posé les yeux sur les affiches vantant des endroits exotiques et que j'ai songé que j'avais peut-être juste besoin de changement.

Liana s'était installée à Amsterdam, et cela lui avait réussi. Je pouvais peut-être faire la même chose. Recommencer à zéro. Prendre un nouveau départ.

Le carillon de la porte d'entrée a retenti lorsque je suis entrée. Derrière le comptoir se tenait un jeune homme d'une vingtaine d'années qui avait l'air de s'ennuyer ferme. Il avait une houppette de cheveux roux et une vague moustache. Son teint formait un contraste violent avec la décoration essentiellement rouge de l'agence. À ses côtés se tenait une femme entre deux âges, rondouillette et à l'air aimable, dont les yeux se sont éclairés en me voyant. Peut-être que les affaires avaient tourné au ralenti ce jour-là. Elle portait un badge avec son prénom : « Sue ». Elle avait l'air un peu trop enthousiaste, et, eu égard à mon état d'esprit, j'ai préféré m'adresser au rouquin, devant lequel je me suis plantée.

— En quoi puis-je vous aider ? m'a-t-il demandé sur un ton qui laissait supposer qu'il n'en avait aucune envie.

— J'ai envie d'aller quelque part.

— Oui, je suppose, a-t-il rétorqué, un brin sarcastique. Quel genre de « quelque part » ?

— Aussi loin de Londres que possible.

Il s'est un peu dégelé en entendant ma réponse. Mon air maussade avait manifestement trouvé un écho en lui.

— Les États-Unis ? a-t-il suggéré.

— Il y a trop d'Américains là-bas, ai-je répondu sans réfléchir, emportée par un humour défensif.

Il a hoché la tête, compréhensif.

— L'Australie ?

L'éclat brillant de la terre rouge sur la brochure qu'il avait placée devant moi était presque de la même couleur que ses cheveux.

— Il y a trop de plages, ai-je rétorqué.

Je n'étais pas certaine de pouvoir supporter toutes ces surfeuses élancées en Bikini. Je n'avais pas envie de vivre dans une pub pour Coca-Cola. Je voulais quelque chose de plus authentique.

— Je veux aller là où personne ne va, ai-je expliqué.

— Vous devriez vous rendre à Darwin, a-t-il répondu. C'est le trou du cul du monde. J'y suis allé pour une formation une fois. C'est peuplé de gens qui fuient quelque chose. Et de casernes. C'est une ville étrange. Ça ressemble un peu à ça, a-t-il ajouté en posant un ongle rongé sur le bleu sans nuages de la brochure.

C'était un drôle de bleu. Beaucoup plus vif que le ciel anglais. Cela m'a décidée.

— Combien coûte le billet d'avion ?

— Un aller simple ou un aller et retour ?

— Un aller simple, ai-je répondu avec assurance.

— Nous avons une promo en ce moment. C'est pour ça qu'on est encore ouvert à cette heure-ci. Mais, pour les vols bon marché, il y a peu de dates disponibles.

— C'est-à-dire ?

—Il ne reste que la semaine prochaine.

J'ai ressenti exactement la même chose que lorsque j'avais demandé à Jonah de me tatouer une larme sur la joue. Le sentiment bouleversant que je faisais ce que je devais faire. Comme si c'était prédestiné et que j'avais traversé la mer de la vie sur un courant inflexible qui me menait où il voulait. On peut toujours combattre la marée, mais elle nous ramène où elle veut.

Le billet n'était pas donné, et, une fois que j'ai eu composé mon code de carte bleue et rempli la paperasse, j'ai enfin réfléchi à ce que je venais de faire. Que diraient mes parents? Liana? Et Neil?

Je pouvais peut-être partir sans rien dire à personne et ne les avertir qu'une fois arrivée à destination.

Ma dernière semaine en Grande-Bretagne s'est déroulée sans tambour ni trompette. Je suis passée au magasin de musique et au club pour donner ma démission. J'ai pris beaucoup de plaisir à voir l'expression d'Elle lorsque je lui ai annoncé que je ne comptais pas revenir.

J'ai gardé Neil pour la fin. Je n'avais pas le courage de lui annoncer mon départ par téléphone; je lui ai donc proposé de déjeuner avec moi. C'était à mon tour de l'inviter, et j'ai choisi un petit restaurant à Chinatown qui faisait des dim sum délicieux et qui ne grèverait pas trop mon budget. Mes économies n'étaient guère entamées et me permettraient de vivre quelques mois assez chichement, mais il faudrait que je trouve rapidement un emploi en Australie.

Dix minutes après l'heure à laquelle nous devions nous retrouver, Neil n'était toujours pas là. J'ai froncé les sourcils. Il était tellement ponctuel qu'on pouvait régler sa montre sur lui. Mon portable a sonné. J'avais gardé la sonnerie que Liana avait installée pour plaisanter, la chanson de Jace Everett qui disait : « Je veux te faire des cochonneries. »

— Lily, a dit Neil sur un ton pressé, je suis vraiment désolé, mais un client m'a téléphoné, et je dois le voir tout de suite. Je ne peux pas me dérober. C'est un nouveau contrat et… On peut annuler ? Je t'emmènerai dans un endroit super sympa pour me faire pardonner.

— Bien sûr. Pas de problème.

J'ai essayé de cacher ma déception. Ce n'était qu'un ami après tout, me suis-je dit et je reviendrais de temps en temps.

— Qu'est-ce que tu voulais me dire ?

— Oh, rien d'important ! Je t'en parlerai une autre fois.

— OK. La semaine prochaine. Il me tarde.

Sur ce, il a raccroché.

J'ai siroté mon thé vert sous le regard inquisiteur de la serveuse pendant une heure, perdue dans mes pensées, puis je suis rentrée chez moi faire mes valises. Mon vol partait le lendemain.

J'enverrais une carte postale à Neil en arrivant.

Je me suis vraiment installée à Darwin un peu avant Noël. J'avais trouvé un job dans un magasin de disques, qui vendait essentiellement des CD et des vinyles d'occasion, et qui attirait des clients intéressants. J'avais été embauchée pour donner un coup de main pour les fêtes, mais une employée avait démissionné pour se marier un peu avant Noël, et on m'a proposé un emploi à plein-temps en CDI. J'ai accepté sans hésiter. La plus grande partie de mes économies avait été engloutie dans le voyage et l'installation, et j'étais ravie de pouvoir compter sur un revenu régulier, si modeste soit-il.

J'avais passé Noël sur la plage avec les employés avec qui je m'étais liée d'amitié et leurs potes. C'était étrange de passer le réveillon sur le sable, en Bikini, en sachant que tous ceux que je connaissais se protégeaient du froid, réunis autour de feux de cheminée. Un Noël chaud, même à la saison des pluies, ne paraissait pas normal à la fille de l'hémisphère Nord que j'étais et il a éveillé en moi un sentiment perturbant. Peut-être que l'odeur omniprésente de l'eucalyptus affectait mes sens.

Le 25 décembre, je me suis réveillée tard et avec une méchante gueule de bois. La vue de mon studio mal rangé a suscité une profonde déprime mêlée à une bonne dose d'auto-apitoiement. Je n'avais rien prévu pour la journée, ou ce qui en restait, et tous les endroits que je fréquentais étaient fermés : je ne pouvais même pas me consoler dans l'obscurité du cinéma ou dans la frénésie du centre commercial à l'air conditionné et aux vitrines brillamment illuminées.

J'ai soupiré de manière exagérée, au seul bénéfice de mon miroir, suspendu au mur de la salle de bains, et des spectateurs invisibles qui assistaient à ma prétendue montée au Calvaire.

Je pourrais peut-être appeler mes parents un peu plus tard. Ils n'avaient manifesté aucune surprise en apprenant que j'étais partie au bout du monde. Mais il me semblait me rappeler qu'ils avaient dit en passant qu'ils avaient quelque chose de prévu pour Noël ; ils ne seraient peut-être donc pas chez eux, même en tenant compte du décalage horaire. J'ai envoyé un texto à Liana, avec les banalités d'usage à cette époque de l'année, puis j'ai décidé d'envoyer le même à Neil, qui ne m'avait jamais répondu après mon départ de Grande-Bretagne. Je supposais qu'il avait pris mon départ pour une offense personnelle et j'avais jugé préférable de le laisser tranquille.

De manière étonnante, il m'a répondu dans l'heure qui a suivi, alors que c'était la nuit en Angleterre. Peut-être qu'il m'avait pardonné.

« Tu me manques. J'espère que tu t'amuses bien. N »

Faisait-il la fête ? Avec quelqu'un ? Ou était-il seul comme moi ?

J'ai pris conscience que c'était un des rares amis qui me restaient et qu'il me manquait aussi, d'une manière étrange. J'avais envie de lui parler, d'échanger des nouvelles et des potins.

J'avais effacé les numéros de Dagur, de Grayson et d'Elle de mes contacts et je ne pouvais donc pas les appeler, mais je ne regrettais pas de l'avoir fait. J'avais en revanche gardé celui de Leonard : je n'étais pas prête à le rayer de mes tablettes. Parfois, on ne peut pas s'empêcher d'espérer, même si l'on sait que cela ne sert à rien.

Avais-je jamais passé Noël toute seule ? Non, et c'était horrible. Et je savais que dans une semaine c'était le Jour de l'an et qu'il faudrait que j'affronte de nouveau ma solitude. Les souvenirs de nos fêtes estudiantines à Brighton ont refait surface, et je n'ai pas pu m'empêcher de sourire. La folie, l'amitié, le sentiment d'appartenance. Toutes ces choses que j'avais perdues.

Je me suis forcée à me lever et à me doucher avant de prendre un petit déjeuner composé de lait et de céréales. Mais le reste de la journée s'étendait devant moi, inoccupé.

J'ai allumé mon ordinateur portable puis j'ai ouvert le coffre dans lequel s'entassaient de manière désordonnée mes livres, de vieux magazines et des DVD. La moitié des films que j'avais accumulés étaient des copies dont la boutique voulait se débarrasser. Ils n'avaient pas de boîtiers et étaient jetés n'importe comment dans le coffre. J'en ai ramassé une poignée au hasard en me demandant si j'étais plutôt d'humeur à regarder une comédie ou un film d'action. Les comédies romantiques étaient évidemment à proscrire. J'ai posé les DVD et l'ordinateur sur mon lit, puis j'ai tiré les rideaux et je me suis recouchée. Les motifs de l'écran de veille dansaient dans la pénombre artificielle. J'ai glissé mon doigt sur le pavé tactile, et l'écran s'est animé, ses petits icones bien alignés comme un bas-relief.

J'étais sur le point d'insérer l'un des DVD lorsque mon attention a été attirée par l'icone bleu de Skype. J'ai cliqué dessus et fait défiler mes contacts. J'en avais très peu : c'était surtout la famille et quelqu'un dont le nom ne me disait rien du tout. Et Leonard.

Un symbole m'a indiqué qu'il était en ligne.

Mon cœur a fait un bond.

Je l'ai appelé.

L'écran a clignoté, et son visage est apparu.

— Bonjour, Lily.

Il avait l'air fatigué, et ses yeux étaient emplis de tristesse. Derrière lui, je devinais une bibliothèque dans la pénombre. Leonard se dressait comme un spectre dans un environnement terriblement lugubre.

— Je… (J'ai dégluti violemment.) Je voulais juste te souhaiter un joyeux Noël.

— C'est vraiment très gentil à toi, mon amour, a répondu Leonard.

— Tu me manques, tu sais.

— Toi aussi, Lily, mais on a déjà discuté de tout ça et…

Sentant son agacement, j'ai levé la main pour l'interrompre. C'était un espoir désespéré qui m'avait poussée à l'appeler. Nous nous sommes regardés sans rien dire, tous deux plongés dans nos pensées. C'était étrange de le voir sur l'écran. Son visage, que je connaissais si bien, n'était qu'une pâle accumulation de pixels. Leonard avait l'air plus vieux, comme si le temps qui s'était écoulé depuis la dernière fois qu'il m'avait touchée et embrassée avait pris la mesure du paysage de son corps et s'était accéléré en mon absence. C'était plus vraisemblablement ce mode de communication qui créait cette distance entre nous. À cette pensée, j'ai ressenti un tsunami de soulagement et de tendresse pour lui, et j'ai commencé à mieux comprendre pourquoi il avait renoncé à moi. Il s'était sacrifié pour moi. Et pas l'inverse. Les nuages qui assombrissaient mon cœur ont commencé à se dissiper.

Je m'apprêtais à lui dire que je vivais en Australie lorsqu'il a repris la parole.

—Tu n'as pas changé du tout. Tu es toujours aussi jolie.

—Merci.

Sans réfléchir, j'ai soulevé la fine chemise de nuit que je portais et je lui ai montré mes seins.

À l'autre bout du monde, Leonard a souri.

—Ils n'ont pas changé non plus, a-t-il remarqué. Toujours magnifiques.

—Eh bien, ai-je remarqué, j'ai beau être jeune comme tu te plais à me le rappeler sans cesse, je ne risque pas de prendre une taille de bonnet ! Je suis comme je suis.

—Tu as toujours eu de la repartie, hein ?

J'ai acquiescé.

Je lui ai de nouveau souhaité un joyeux Noël et me suis déconnectée.

Je savais que je ne reverrais jamais Leonard. Il m'avait libérée. Une bonne fois pour toutes.

Comme d'habitude, le ciel s'est ouvert à 16 h 30, et l'averse s'est abattue, purifiant l'air et la ville. Dans la soirée, le ciel était de nouveau sans nuages. On m'avait dit que la saison humide cessait habituellement en mai.

C'était le réveillon du Jour de l'an. J'avais essayé d'organiser un truc avec mes collègues, mais ils avaient tous des obligations familiales. Encore une soirée que j'allais passer toute seule.

Tout en repensant à l'année qui venait de s'écouler et à tout ce que j'avais vécu, peines et joies confondues, j'ai pris sans m'en rendre compte la direction du bord de mer après une promenade sans but à travers le centre commercial de Smith Street, où la plupart des boutiques fermaient plus tôt que d'habitude.

Il y avait un bar près de la plage, qui se transformait en restaurant le soir et que j'aimais beaucoup. Sa déco était simple et minimaliste, et le personnel était aimable sans être importun. J'avais pris l'habitude de passer du temps dans les cafés à observer les autres clients. J'essayais de deviner leur métier, leur passé, leur histoire personnelle. Je faisais la même chose au club, avant qu'Elle m'implique davantage : il m'arrivait d'imaginer à propos des gens dont nous pourvoyions aux goûts spéciaux des histoires complexes et longues comme dans les romans. Je ne faisais de mal à personne, et cela m'occupait.

Ici, les clients étaient évidemment moins hauts en couleur : des hippies temporaires dont l'apparence étudiée semblait sortie tout droit du même moule ; des autochtones plus âgés qui donnaient l'impression de n'avoir jamais mis le pied en dehors du nord de l'Australie et qui avaient épousé la terre et la mer qui les avaient brunis ; des jeunes téméraires qui s'habillaient comme ils croyaient que le faisaient les hipsters des villes lointaines et qui, parce qu'ils le faisaient mal, démontraient leur bienheureuse naïveté.

Mais, pour moi, ils avaient tous une histoire à raconter. Peut-être essaierais-je un jour de leur écrire un roman.

Lily l'écrivain.

Cela sonnait bien.

Ce que j'appréciais dans ce bar, outre sa terrasse bordée de palmiers et parsemée de parasols blancs, qui donnait sur le bleu vif de l'océan, c'était que personne ne vous en voulait de passer des heures à siroter une seule bière au comptoir ou dans un coin tranquille. Il y avait plus de monde que d'habitude ce jour-là, et les employés préparaient les tables, jonglant avec de grandes assiettes blanches, distribuant verres et couverts, et déposant de petits photophores recouverts de chintz. J'ai supposé que le réveillon du Nouvel An était une grosse soirée pour eux.

Les premiers clients commençaient à arriver pour le dîner, et, de la petite alcôve où j'avais trouvé refuge, j'ai commandé une autre bière et demandé la carte des en-cas. Je n'étais pas d'humeur à faire un vrai repas. Le bar proposait des wraps et des sandwichs.

J'ai regardé l'endroit se remplir. Terry, la jeune serveuse qui s'occupait de moi, a fini son service et a été remplacée par Stellios, un homme plus âgé avec un accent grec assez prononcé, qui m'avait un jour expliqué avec orgueil qu'il travaillait là depuis vingt ans.

— Rien de prévu ce soir, mademoiselle Lily? m'a-t-il demandé avec un intérêt tout paternel en fronçant les sourcils parce que j'étais seule.

J'ai secoué la tête.

— Quel dommage, une jolie fille comme vous! Pas de petit ami? Pas d'homme?

J'ai cligné de l'œil en souriant.

— Ah, une femme qui a des secrets! Je ne veux pas être indiscret.

Il s'est éloigné pour prendre une commande sur la terrasse, m'abandonnant à mon poste d'observation improvisé.

J'ai siroté ma bière, suivie plus tard d'un café, tout en mangeant sans me presser mon sandwich à la dinde et au chutney. J'ai rêvassé en observant les autres clients, les nouveaux et derniers arrivants qui allaient et venaient.

Un couple âgé attablé non loin de l'entrée de la terrasse dégustait un plateau d'huîtres. Ils avaient quelque chose de délicieusement européen et charmant, mais néanmoins un peu dangereux. Impossible cependant de mettre le doigt sur ce qui clochait ou de leur inventer une histoire convenable. Ils ressemblaient à des complices, détendus, courtois, sophistiqués.

Stellios a fait son apparition, trois tasses de café sur son plateau. Il a déposé la mienne puis a poursuivi son chemin vers la table du couple, devant qui il a placé les deux autres. C'est alors que la gérante du restaurant a changé la musique. Des mesures onctueuses ont commencé à s'enrouler sur la terrasse, des mélodies familières se sont répandues sur la plage et ont glissé entre les loupiotes suspendues aux arbres. On se serait cru dans une carte postale un peu kitsch. La première danse était une valse.

J'ai vu le couple âgé tourner la tête vers les jeunes gens qui quittaient leurs tables pour gagner la piste de danse en bambou. J'ai suivi leur regard et j'ai remarqué une grande blonde aux cheveux courts et son partenaire, un homme musclé en jean et chemise blanche, qui s'avançaient, main dans la main. Je ne les avais pas vus avant : leur table était dissimulée à ma vue par le bar.

Le couple âgé a commencé à bavarder à voix basse, comme s'ils commentaient l'arrivée des deux magnifiques jeunes gens.

La femme portait une robe blanche toute simple qui lui arrivait sous les genoux et des ballerines sans talons, qui atténuaient sa haute taille. Des pendants d'ambre ornaient ses oreilles, et ses ongles étaient couverts de vernis émeraude : la combinaison de couleurs était parfaite.

Ils ont commencé à danser.

Même si ses cheveux étaient beaucoup plus courts que les deux fois où je l'avais croisée, j'ai tout de suite reconnu la femme. C'était la danseuse dont j'avais admiré le numéro si particulier au bal avant de la revoir au bras de Viggo avec Summer Zahova, au vernissage privé de l'exposition de Grayson.

C'était elle, sans l'ombre d'un doute.

J'avais l'impression qu'avec ses cheveux elle avait aussi perdu son allure de reine des glaces. Ses traits s'étaient adoucis. Elle dansait avec son partenaire comme s'ils étaient seuls au monde. Ils flottaient au-dessus de la piste en bambou sans se préoccuper de rien. Je ne pouvais pas détacher mon regard d'eux.

Fascinée, j'ai commencé à imaginer leur histoire et les épreuves qu'ils avaient traversées avant d'arriver à Darwin. Mon imagination s'est emballée. Mais on dit souvent que la réalité dépasse la fiction, et j'ai souri en songeant à ce que ce couple pourrait bien échafauder à mon sujet si les rôles étaient inversés. Il y avait fort à parier qu'ils ne pourraient pas rivaliser avec la réalité.

Ils ont regagné leur table au bout de quelques chansons, ont réglé l'addition et sont partis. Le couple âgé avait déjà quitté le restaurant, mais je ne les avais pas vus faire, plongée que j'étais dans mes pensées délirantes. Mon dernier café était froid.

J'ai alors remarqué que la moitié des tables étaient vides. La soirée était bien avancée. Il était temps de rentrer.

J'ai fait un signe de la main à Stellios en sortant, et il m'a souri.

—Bonne année! s'est-il exclamé alors que je regagnais le petit parking où j'avais laissé mon vélo.

J'ai jeté un coup d'œil à ma montre. 23 h 30. Je pouvais rentrer chez moi et regarder les festivités à la télévision.

En arrivant devant ma porte, j'ai remarqué une silhouette sombre avachie sur les marches. Merde, c'était certainement un mec bourré! J'espérais juste qu'il ne deviendrait pas violent lorsque je lui demanderais de me laisser passer.

Je me suis approchée en tenant mon vélo par le guidon, prête à lui donner une petite bourrade pour le réveiller. C'est alors que j'ai aperçu une valise à ses côtés.

Il y a eu un mouvement dans l'obscurité, et la silhouette a levé le visage vers moi. Le lampadaire le plus proche était à quelques mètres de là, aussi ai-je plissé les yeux pour mieux voir.

—Lily! Enfin!

—Neil?

—Oui, c'est moi, a-t-il répondu.

Je pouvais lire une véritable frayeur dans ses yeux.

—J'avais peur que tu ne sois partie pour le Nouvel An et d'avoir fait tout ce chemin pour rien.

J'étais abasourdie.

Un million de questions se bousculaient dans ma tête.

— Qu'est-ce que tu fous là ? ai-je réussi à demander dans une splendide démonstration d'éloquence.

— Je suis venu, a-t-il répondu calmement.

10

DANS LA *MAISON DES POUPÉES EN BAMBOU*

NEIL S'EST LEVÉ MALADROITEMENT.

— Tu es venu ? ai-je répété bêtement. Tu as fait tout ce chemin pour moi ?

— Oui. Je suis venu pour toi.

— Mais...

— Tais-toi et embrasse-moi, a-t-il rétorqué en m'enlaçant.

Sa réplique semblait sortir tout droit d'un film américain, et j'ai commencé à rire. Du coup, lorsque les lèvres de Neil se sont posées sur les miennes, j'avais la bouche entrouverte. Sa langue a caressé mes dents du bas, et, à ma grande stupéfaction, j'ai frissonné.

— Oh ! ai-je commenté, surprise.

— Oh, Lily ! a-t-il gémi avant de m'embrasser pour de bon.

Sa bouche était chaude et humide, et nos lèvres se sont mêlées dans une harmonie parfaite. Nos langues ont dansé tendrement sur le fil ténu entre trop et trop peu, sans jamais déraper.

Il a plongé ses mains dans mes cheveux et m'a attirée à lui si fermement que j'ai rapidement songé que j'allais devoir le repousser violemment pour respirer de nouveau. Neil essayait de m'aspirer. Nous avons vacillé devant la porte, nous poussant, nous combattant, nous dévorant l'un l'autre.

Il me tenait par le cou. Je l'ai attrapé par les poignets et j'ai levé ses bras au-dessus de sa tête tout en le repoussant contre la porte. Le grondement rauque de plaisir animal qui est alors monté de sa gorge m'a foudroyée. J'ai laissé tomber mon sac en oubliant que j'avais l'intention d'en extirper mes clés et de nous faire entrer tous les deux. Je me suis jetée sur lui de telle manière qu'il a écarté les jambes pour faire de la place à mes hanches. Il a penché la tête et a commencé à sucer brutalement la peau de mon cou. Je me suis serrée davantage contre lui, prenant plaisir à la sensation du sang qui affleurait à la surface. Mon dernier suçon remontait à la fac, ai-je songé avec un amusement qui a disparu dès que j'ai senti son érection contre ma cuisse.

À cet instant précis, ce que je voulais plus que tout au monde, c'était prendre son sexe dans mes mains et sentir sa longueur dans ma bouche. Il a émis un petit cri de déception lorsque j'ai lâché ses poignets, rapidement suivi par un murmure interrogatif lorsque j'ai attrapé sa ceinture pour en défaire la boucle.

— Je crois que je vais devoir te bâillonner, ai-je chuchoté. (Il a gémi de nouveau.) J'utiliserais bien ma culotte pour ça, ai-je poursuivi avec malice, mais je n'en porte pas.

C'était la vérité. Je m'étais aperçue avant de sortir que toute ma lessive était humide : j'avais oublié de la rentrer avant la tempête de l'après-midi.

Il a enfoncé ses doigts dans mes épaules et a frappé la porte avec sa tête tandis qu'un nouveau frisson le parcourait. J'avais peur qu'il ne jouisse avant même que j'aie pu avoir un aperçu de son érection, mais je n'avais pas de souci à me faire de ce côté-là. Neil bandait toujours.

Son pantalon est tombé sur ses chevilles. J'ai pris son sexe dans la main droite et je me suis apprêtée à le prendre dans ma bouche. Il sentait bon. Un léger parfum de musc masculin se détachait sur la fraîcheur de sa peau propre, lavée avec un savon aux agrumes.

Il avait fait tout ce chemin pour moi. J'ai été submergée par une soudaine bouffée d'affection pour lui. Mon vieil ami ! Non, c'était plus qu'un ami. Je voulais le connaître mieux, de toutes les façons possibles et en commençant par la plus primitive.

Quand je taillais une pipe, je ne m'y prenais pas comme Liana, qui essayait d'avaler son homme d'une seule goulée. Il faut dire aussi que je n'avais pas beaucoup d'expérience. J'avais été vraiment choquée en voyant Elle sucer le soumis qui portait le panneau : « Mangez-moi » au bal. Les dominatrices ne suçaient pas leurs soumis, point. Ou du moins, elles n'en parlaient pas et, si l'on exceptait cette fois-là, elles ne le faisaient pas en public. Leonard voulait tellement me faire plaisir qu'il me léchait souvent sans me permettre de lui rendre la faveur. Quant à Dagur, il aimait les pipes, mais il me positionnait toujours sur lui pour un soixante-neuf; or, dans cette position, je ne parvenais pas à me concentrer ni à utiliser correctement ma bouche pour lui donner du plaisir sans lui faire mal en le mordant accidentellement.

Savoir si le sexe oral était un acte de domination ou de soumission était un débat vieux comme le monde, qui suscitait des conversations passionnées sur les forums spécialisés. J'adorais évidemment l'idée d'avoir un homme à ma merci entre mes lèvres et de savoir qu'il ne pouvait pas bouger même s'il le voulait. La question n'était pas de se mettre ou non à genoux. J'étais plus petite et bien plus légère que la plupart des hommes que j'avais dominés; il y avait bien longtemps que j'avais compris que la démonstration de pouvoir et la conquête de la reddition n'avaient rien à voir avec une quelconque position.

Lorsque j'ai pris le sexe de Neil dans ma bouche, je l'ai fait pour le plaisir. Le sien et le mien. Rien d'autre. Sa peau soyeuse a glissé contre l'intérieur de mes joues. Éprouver de nouveau l'agréable sensation d'être emplie à ras bord, la familiarité du rythme que l'on trouve puis que l'on tient, le mouvement de haut en bas. Et entendre ses gémissements tandis que je le caressais. C'était un acte simple, mais qui me remplissait de joie.

Il a mis les mains dans mes cheveux, mais ne m'a pas saisi la tête, comme j'avais vu tant de dominateurs le faire avec leurs soumises, ou Leroy avec Liana. Il a caressé tendrement mes cheveux pendant que je léchais sa queue de belle dimension de haut en bas et enroulais ma langue autour de son gland.

Je me suis redressée un peu : le sol en béton me faisait mal aux genoux. Neil a poussé un petit cri lorsque j'ai changé de position. Ce faisant, j'avais enfourné plus avant son sexe, dont le bout avait heurté la surface plus rugueuse de mon palais.

—Tu aimes ça, pas vrai ? ai-je murmuré la bouche à moitié pleine.

—Oh ! a-t-il répondu. J'aime tout ce que...

Il s'est interrompu et a inspiré bruyamment lorsque j'ai empoigné ses couilles et que j'ai fait courir légèrement mes ongles sur leur peau fine. Il a serré plus fermement mes cheveux et a fait bouger mon visage d'avant en arrière afin d'insérer plus profondément son sexe dans ma bouche.

Les bruits des festivités flottaient dans la rue, portés par des gens éméchés qui descendaient le sentier en cherchant leur maison. Une voiture est passée : *Khe Sanh*, de Cold Chisel, se déversait par les vitres ouvertes. Une brise tiède a effleuré mes épaules, repoussant un peu la moiteur permanente. À Darwin, l'air était lourd à cette époque de l'année et il annonçait toujours une averse brutale, ou un orage. Il n'y avait guère de vie nocturne, et, même le soir du réveillon du Nouvel An, la moitié de la population était assise sur son balcon et buvait de la bière en écoutant le chant des crapauds. Mes voisins commençaient à se masser sur leurs porches en attendant le feu d'artifice. Ils avaient certainement une vue imprenable sur ma tête qui s'agitait de haut en bas contre l'entrejambe de Neil, mais je m'en fichais royalement.

Le réveillon du Nouvel An : Neil et moi l'avions passé plusieurs fois ensemble quand nous étions à l'université du Sussex, mais jamais comme cela. Je l'avais toujours soigneusement évité lorsque l'horloge sonnait minuit, de peur qu'il n'essaie de m'embrasser et que je ne sache pas comment réagir. L'ironie de la situation ne m'échappait pas : j'avais passé un temps fou à apprendre comment frapper et humilier les hommes, mais je n'arrivais pas à admettre qu'ils puissent me vénérer.

Des cris ont retenti quand le compte à rebours a commencé. J'ai reculé légèrement et j'ai saisi son sexe dans ma main. Je l'ai branlé tout en léchant son gland du bout de ma langue.

— Cinq, quatre, trois, deux…, ont crié les invités qui faisaient la fête dans la maison d'à-côté.

À « un », j'ai humidifié mon doigt et je l'ai glissé dans son cul sans cesser de le caresser.

— Oh, putain ! s'est-il écrié.

Son corps tout entier a tressailli, et un jet chaud a frappé le fond de ma gorge. Les voisins ont hurlé : « Bonne année ! »

Je me suis accrochée à lui et lui ai caressé les cuisses jusqu'à ce qu'il cesse de trembler. J'ai alors reculé en me léchant les lèvres.

— Bonne année! ai-je dit avec enthousiasme tout en souriant.

Mes jambes étaient si raides que je n'étais pas certaine de pouvoir me lever.

— Lily, oh Lily! a-t-il répondu. Viens là.

— Tu n'es pas obligé de m'embrasser, ai-je murmuré, bien consciente que ma bouche avait encore le goût de son orgasme.

— Je veux t'embrasser. Je veux t'embrasser toujours et à jamais.

Il a posé ses lèvres sur les miennes.

— On devrait rentrer avant que les voisins se mettent à nous filmer, ai-je suggéré.

Mon trousseau de clés me paraissait lourd et bruyant en cet instant de légèreté, et j'ai eu du mal à déverrouiller la porte.

— Lily, a murmuré Neil en soulevant une mèche de mes cheveux pour me parler à l'oreille.

Son souffle était plus tiède que l'air environnant, mais cela ne m'a pas empêchée de frissonner.

— Il y a quelque chose que j'ai toujours voulu faire. Je peux? a-t-il poursuivi.

— Eh bien, je ne sais pas ce que c'est, mais d'accord!

Je me suis raidie, un peu anxieuse. Même si Neil était l'homme le plus gentil que je connaisse, je n'étais pas habituée à lâcher prise.

—Détends-toi, a-t-il ordonné.

Puis il m'a soulevée de terre et prise dans ses bras. Il a aisément repoussé ma main de la clé qu'il a fait tourner dans la serrure, a ouvert la porte d'un coup de pied et m'a portée à l'intérieur.

Il avait remonté son pantalon mais sans rajuster sa ceinture : il n'avait pas fait deux pas que celui-ci est de nouveau tombé sur ses chevilles et a sérieusement ralenti notre progression.

—Ça ne se passe pas tout à fait comme je l'avais imaginé, a-t-il commenté, un peu bougon, tandis que nous avancions maladroitement et que je me mettais à rire.

—Pose-moi, ai-je ordonné sur un ton faussement outragé, ou je te donne une fessée.

—Dans ce cas, je ne te lâcherai jamais, a-t-il rétorqué. J'espère que tu es bien dans mes bras.

—Oh, je vois ! Tu veux une funition.

—Une funition ?

—Ne joue pas l'innocent. Je sais que tu as fait des recherches sur le BDSM dès que tu m'as vue manier le fouet. Funition. Une punition fun.

—Ne le sont-elles pas toutes ? a-t-il répondu.

J'ai songé à Elle et à certaines tortures que je l'avais vue infliger à ses esclaves. Cela ne me paraissait pas drôle du tout, mais, s'il y avait bien une chose que j'avais apprise depuis mes débuts dans ce monde, c'était que chacun avait des idées bien personnelles sur ce qui était agréable et ce qui ne l'était pas. Pour certains, le plaisir venait de tout ce que leur maître leur infligeait : plus la sensation était douloureuse, plus la récompense était grande. Tout cela était très compliqué et m'a rappelé que Neil et moi n'avions jamais vraiment discuté de ce que nous aimions et n'aimions pas. Il avait sous-entendu qu'il aimait être dominé. Mais dans quelle mesure et de quelle manière, je n'en avais aucune idée.

Avant que je puisse lui poser la question, il a posé tendrement ses mains sur mes seins à travers mon tee-shirt et a commencé à me caresser doucement les tétons du bout des pouces. Ils se sont durcis immédiatement. J'adorais qu'on me caresse les seins, mais, comme ils étaient petits, j'avais souvent été déçue de voir que les hommes ne leur accordaient pas toute l'attention qu'ils méritaient. Apprendre à réclamer prenait du temps, et ma connaissance de moi n'était pas aussi rapide que mes désirs.

— Ta valise est toujours dehors, non ? ai-je demandé, le souffle court.

Le désir avait pris ses quartiers dans ma colonne vertébrale, et j'avais du mal à aligner deux pensées cohérentes.

— Si un dingo la vole, je m'en fous, a-t-il répondu avec véhémence.

Il a sorti mon tee-shirt de la ceinture de ma jupe et a glissé les mains en dessous, sur mes seins. Entre chaque caresse, il me pinçait légèrement les tétons.

Mes seins étaient en harmonie totale avec ma chatte. Je me suis blottie contre lui, détendue. Chacune de ses caresses me faisait mouiller davantage.

— Il n'y a rien que je n'aie envie de te faire, a-t-il dit. À toi, avec toi, pour toi. Où est ton lit?

Je me suis redressée suffisamment longtemps pour lui indiquer le chemin de ma chambre. Il a ôté sa chemise, ses chaussures et son pantalon, puis il m'a de nouveau prise dans ses bras et transportée jusqu'au lit, sur lequel il m'a déposée avec précaution, comme si j'étais une fleur exotique dont il fallait préserver les pétales.

— Puis-je te déshabiller? a-t-il demandé, hésitant.

Je l'ai regardé. Debout au pied du lit, il me contemplait avec une expression qui suggérait qu'il me voyait déjà entièrement nue, peut-être étalée dans une baignoire de cérémonie emplie d'eau de rose, le front ceint d'une couronne. Être idolâtrée ainsi était étrange, mais aussi inhabituellement merveilleux. Je pourrais certainement m'y habituer.

Neil était complètement nu. Je me suis redressée et je me suis agenouillée pour mieux le regarder. Il avait fait de la musculation, mais il était toujours le Neil doux, mince et un peu gamin que j'avais toujours connu. Je doutais qu'il devienne vraiment musclé, même s'il passait le reste de sa vie à soulever de la fonte toute la journée. Il n'était pas bâti pour cela, c'est tout. Il avait quelques poils et des taches de rousseur sur le torse. Ses tétons étaient roses et dressés.

Son sexe l'était encore plus. Il frappait sur sa cuisse tandis qu'il se balançait d'un pied sur l'autre, mal à l'aise.

—Non, ai-je répondu. Tu ne peux pas me déshabiller. (Il a eu l'air désespéré.) Je vais te chevaucher d'abord.

Je l'ai pris par la main et l'ai attiré à moi. Il est monté sur le lit, hésitant, puis s'est placé au-dessus de moi. Dès qu'il a commencé à faire peser son poids sur moi, je l'ai renversé sur le dos.

—Ouah! a-t-il commenté. Tu es plus forte que tu n'en as l'air.

J'ai souri.

—Ferme les yeux. Ne les rouvre pas sans ma permission.

Il a obéi. Je me suis levée et j'ai filé vers mon armoire. Tout au fond, j'avais rangé le sac qui contenait les jouets et les instruments que j'avais achetés durant les derniers mois passés à Londres et que j'avais emportés avec moi sans trop savoir pourquoi. J'adorais les menottes: je n'étais pas encore une pratiquante aguerrie des cordes et je trouvais difficile d'avoir l'air dominatrice quand mes doigts peinaient et que je devais consulter un guide du bondage toutes les cinq minutes.

Neil a soupiré d'anticipation lorsque j'ai fixé un bracelet de menottes en cuir autour de chacun de ses poignets et de chacune de ses chevilles, puis que j'ai étalé ses membres comme une étoile de mer avant de l'attacher aux montants du lit. J'ai serré les liens: il ne pouvait vraiment pas bouger. Il était prisonnier.

Son sexe était raide et pointait vers le plafond comme une flèche qui cherche sa cible. J'ai pris un préservatif dans le tiroir de ma table de nuit avant de le rejoindre, à quatre pattes comme une chatte, le préservatif entre les dents, même s'il ne pouvait pas me voir. Mon personnage de dominatrice prenait le dessus. J'enfilais une autre peau, je mettais un nouveau masque, mais pas pour me cacher. C'était une transformation facile en une autre version de moi. Comme lorsqu'on ouvre une poupée russe et qu'on en trouve une autre à l'intérieur, virtuellement identique et pourtant différente d'une façon infinitésimale mais vitale.

J'ai penché la tête et soufflé sur sa queue sans m'autoriser à y poser les lèvres.

— Mmmm ! a-t-il murmuré.

Ses paupières ont frémi.

— Garde les yeux fermés, ai-je aboyé.

Sa peau s'est couverte de chair de poule en réponse au ton brutal de ma voix.

J'ai déchiré l'emballage du préservatif, et Neil a frissonné.

— Qu'est-ce que tu veux ? ai-je demandé. Dis-le-moi.

— N'importe quoi, a-t-il répondu. N'importe quoi, Lily. Tout. J'ai terriblement envie de toi.

— C'est bien, ai-je rétorqué, mais je veux des détails. Qu'est-ce que tu veux maintenant ?

J'ai posé le préservatif sur son gland pour qu'il le sente.

— Meeeeerde, baise-moi ! Chevauche-moi, je veux que tu me chevauches !

— S'il te plaît, l'ai-je réprimandé.

—S'il te plaît! S'il te plaît, Lily, chevauche-moi, chevauche ma bite! Je veux que tu chevauches ma bite.

—D'accord, ai-je répondu avec enthousiasme.

J'ai souri en voyant qu'il creusait le dos et soulevait les hanches en signe d'invitation.

J'ai déroulé le préservatif avec ma bouche, même si je déteste le goût du latex. C'était un tour que Liana m'avait appris dans la cuisine de notre appartement de Brighton en utilisant une banane en guise de pénis, et l'idée m'avait toujours attirée, mais j'ai quand même repassé la main dessus, histoire d'être certaine qu'il soit bien en place.

Il m'a pénétrée avec facilité, comme un couteau traverse le beurre.

—Putain, tu es super mouillée!

—Ouvre les yeux, ai-je ordonné.

Il a obéi immédiatement, et mes yeux ont plongé dans les siens. Dans les profondeurs de son âme. Son expression était si pleine de désir, d'émerveillement et d'autre chose – de l'amour? – que dans n'importe quelle autre occasion j'aurais éprouvé de l'agacement devant tant d'intensité. Cependant, ici et maintenant, avec son sexe profondément enfoui en moi, cette expression m'excitait encore davantage.

J'ai croisé son regard avec résolution et je me suis agitée sur lui de plus en plus brutalement. Il a tiré si fort sur ses liens que j'ai cru qu'il allait arracher les montants du lit et nous blesser tous les deux, mais la tête de lit et les menottes ont tenu bon tandis que je le chevauchais et que Neil criait de plaisir et de frustration. Je me suis mise à crier aussi.

Tant pis pour les voisins.

—Dis-moi ce que tu veux.

Il n'a pas répondu. Ses yeux étaient révulsés. Il était perdu dans un tourbillon de sensations.

J'ai abaissé la main et je l'ai giflé.

—Oh putain, oui! a-t-il crié. Encore. Encore.

Je l'ai giflé sur l'autre joue, et il s'est arc-bouté encore plus violemment. Je le chevauchais, je le montais, je le dominais, je prenais mon plaisir. Je me suis agitée plus fort en frottant mon clitoris contre son ventre.

—Je veux te voir. Je veux sentir tes seins, a-t-il gémi, hypnotisé par leur balancement sous le tee-shirt.

Il a tiré sur ses liens avant d'abandonner et de mettre toute son ardeur pour soulever ses hanches.

—Tu ne seras libre que lorsque je le déciderai, ai-je dit.

—Je ne veux pas que tu me libères, a-t-il répondu. Je veux être à toi. Ton chiot. Ton jouet. Ton tout.

Ses yeux étaient des puits de vert et de brun emplis d'une émotion et d'une affection infinies. C'est alors que j'ai su que, quoi que je lui fasse, Neil m'aimerait de manière inconditionnelle. Pour l'éternité.

Je me suis immobilisée et je l'ai embrassé.

—Je veux être à toi, moi aussi, mon chéri, ai-je murmuré.

Il a frissonné et a joui en moi.

—Merde! Je suis désolé. J'essayais de me retenir, mais tu… tu m'as poussé à bout.

—C'est pas grave, ai-je répondu en riant tout en me penchant pour le libérer. Nous avons toute la nuit devant nous. Et toute la journée.

Nous n'avons pratiquement pas quitté mon appartement de la semaine, sauf pour faire les courses. J'ai passé la majeure partie de mon temps au lit à me laisser nourrir de mangues et de papayes fraîches par Neil.

—Tu n'es pas là pour longtemps, ai-je constaté. Je devrais te faire visiter un peu Darwin, même si tu n'auras pas le temps de tout voir.

—Je me fous de Darwin, a répondu Neil. Je me fous de tout. J'ai juste envie de te baiser, Lily.

Je ne l'avais jamais entendu parler comme ça, mais il a tenu parole. Nous avons fait l'amour de toutes les manières possibles dans l'univers. J'ai utilisé toute ma panoplie sur lui. Les cordes, le martinet, le *paddle*, mon gant en fourrure et même un kit d'électrostimulation que m'avait donné Lauralynn et dont la simple vue m'effrayait. Neil était ouvert à tout, mais ce qui nous donnait le plus de plaisir à tous les deux, c'était le peau-à-peau. Il adorait que je le fesse, puis que je le mette violemment sur le dos avant de m'empaler sur lui comme s'il n'avait pas le choix. Il aimait être pris.

— Imagine que tu es un bandit de grand chemin, a-t-il dit pour m'expliquer pourquoi il était si excité par l'idée d'être dominé.

— Et toi, tu es une vierge effarouchée dont le corset a été lacéré ? ai-je suggéré.

Je n'ai pas pu garder mon sérieux et je me suis écroulée sur lui en gloussant.

— Pourquoi on fait ça ? ai-je demandé une nuit.

Je l'avais fouetté jusqu'à ce que mon bras me fasse mal, puis nous avons baisé comme des animaux sur le parquet de la cuisine.

Comme à son habitude, il me tenait fermement enlacée et me caressait les cheveux.

— Parce qu'entre nous ce n'est pas que du sexe, a-t-il répondu avec sérieux. Même si j'adore te baiser, Lily. Mais il y a plus que ça.

C'est alors qu'il m'a convaincue de rentrer à Londres avec lui. Il n'avait pas démissionné, mais juste pris une semaine de vacances pour venir en Australie.

— Tu sais, Lily, j'aurais quitté mon job sans hésiter si tu avais refusé de rentrer avec moi. Rien n'a d'importance si je ne suis pas avec toi.

Je ressentais exactement la même chose à son égard. J'étais juste surprise de ne pas m'en être rendu compte avant. L'Australie était sympa, mais j'étais une fille du froid, pas de la chaleur. Et j'étais trop mélancolique pour vivre en bord de mer, d'autant plus que cette dernière était infestée de créatures dangereuses qui rendaient la baignade impossible.

On a trouvé un billet de retour sur le même vol que celui que Neil avait réservé, avec une escale à San Francisco. Je n'y avais jamais mis les pieds, mais c'était une ville qui attisait mon imagination depuis longtemps. Ses habitants étaient audacieux et insouciants, et je pensais que je me sentirais forcément chez moi dans ce genre d'endroit, ou, au pire, que je m'y amuserais beaucoup. Nous nous sommes arrangés pour y passer deux jours.

J'avais envoyé un mail à Lauralynn pour lui annoncer que je rentrais en Grande-Bretagne et pour partager mon excitation à l'idée de cette escale à San Francisco. Elle était américaine et avait vécu dans cette ville pendant un certain temps, aussi lui ai-je demandé ce qu'il fallait visiter, en dehors des incontournables pièges à touristes qu'étaient le Golden Gate Bridge et Haight Ashbury.

L'hôtel que nous avait réservé l'agent de voyages était au centre-ville, dans l'ombre de la Coit Tower, dans un quartier d'affaires très ennuyeux. Nous avons commencé par nous diriger vers la baie, où toutes les boutiques garantissaient que nous trouverions une perle dans les huîtres que nous avions le droit de choisir. Tandis que l'huître que j'avais désignée était cérémonieusement ouverte devant moi, j'agrippais la main de Neil, nerveuse et excitée comme une enfant le jour de Noël.

Et il y avait bien une perle dedans, même si elle était petite et noire, et ne brillait pas du tout. À Darwin, les perles étaient beaucoup plus belles. Nous nous sommes ensuite rendus à Chinatown, qui m'a déçue aussi : ce quartier était beaucoup plus petit et moins animé que celui de Londres, et le repas que nous avons partagé dans un immense restaurant bondé n'était pas aussi bon que ceux que l'on mange dans les restaurants de Gerrard Street.

Le soir venu, je n'éprouvais plus guère l'envie de continuer à visiter la ville.

— Allez, m'a encouragée Neil, il faut qu'on en profite à fond.

J'ai grogné. Je me sentais de plus en plus maussade.

— Bof.

— Et si on essayait les endroits que Lauralynn t'a recommandés ? a-t-il suggéré.

J'avais imprimé son mail avant de quitter Darwin. Sa liste était courte. Deux adresses ont attiré notre attention, toutes deux apparemment non loin de notre hôtel – nous n'avions pas le courage de traverser toute la ville. Si l'on en croyait le plan que j'avais fait apparaître sur mon téléphone portable, l'une était tout près de la librairie *City Lights*, où nous nous étions rendus le matin même, puisque c'était l'un des passages obligés de tout touriste. J'y avais déniché un roman d'occasion très intéressant, que j'avais l'intention de lire dans le vol vers Londres.

Lauralynn s'était contentée d'inscrire un nom : « la *Maison des poupées en bambou* », et une adresse. L'autre endroit était un restaurant italien : le *Bucca di Beppo*, où, avait-elle écrit, il fallait absolument demander à dîner dans la salle du pape ou celle de la Vierge. Ni Neil ni moi n'avions faim ; le choix était donc vite fait.

— De quoi s'agit-il ? a demandé Neil.

— Aucune idée, mais connaissant Lauralynn ça ne peut qu'être intéressant.

Il m'a lancé un regard soupçonneux. Pour une raison qui m'échappait, il avait l'air de ne pas apprécier l'Américaine.

La *Maison des poupées en bambou* était un immeuble anonyme en briques rouges à une encablure de Chinatown, sur une colline escarpée où ne passait aucun tramway.

Sur la porte en bois nu, un chiffre : « 19 », et c'était tout. Ni nom ni enseigne qui auraient pu nous renseigner sur ce qui nous attendait à l'intérieur.

J'ai appuyé sur la sonnette.

Une ombre dessinée par le changement de lumière derrière le judas a bougé.

— Oui ? a demandé une voix feutrée derrière la porte.

— C'est bien la *Maison des poupées en bambou* ? ai-je demandé en me retournant pour vérifier que personne ne nous écoutait.

Tout cela était ridiculement mélodramatique.

Je n'arrivais pas à décider si la voix était masculine ou féminine.

— On n'entre que sur invitation.

Neil m'a donné une légère bourrade pour me suggérer de laisser tomber.

— C'est Lauralynn Wilmington qui m'a recommandé cet endroit, ai-je répondu. Nous sommes ses amis.

Il y a eu un silence, puis la porte s'est ouverte pour nous laisser entrer. Une femme grande et élancée, en smoking masculin, chemise habillée et chapeau en feutre tape-à-l'œil se tenait dans un long couloir mal éclairé.

— Entrez, a-t-elle dit en nous faisant signe de son bras incroyablement long de nous diriger vers la volée de marches au bout du couloir, qui avait l'air heureusement mieux éclairé.

En haut de l'escalier, nous sommes tombés sur une autre porte. De la musique nous parvenait. Je l'ai poussée, et nous sommes entrés.

C'était une pièce de taille moyenne, qui ressemblait beaucoup à un club privé, avec un bar à l'une des extrémités, derrière lequel étaient disposés des bouteilles et des verres de toutes tailles et de toutes sortes.

La barmaid portait un béret et un tee-shirt blanc impeccable, et elle me ressemblait un peu : très pâle, petite et certainement plus âgée que ce qu'elle paraissait. À cause du bar et de la distance, je ne voyais pas si elle portait une jupe, un pantalon ou quoi que ce soit. Elle n'avait pas de larme tatouée sur la joue, mais la ressemblance avec moi était quand même assez incroyable. À tel point que, lorsqu'elle a tourné la tête

331

vers un client, je n'ai pas immédiatement remarqué la spirale colorée qui descendait de son oreille droite vers son épaule pour aller se perdre en serpentant sous son tee-shirt. Je devais me contenter d'imaginer jusqu'où était tatoué ce serpent et, étant donné son attitude, je soupçonnais que c'était le genre de fille à avoir un serpent tatoué tout le long de son flanc et jusqu'à son pied. J'étais presque jalouse. Ça, c'était de la rébellion.

J'ai détourné les yeux sans prêter attention à Neil qui me tirait par la main, afin de jeter un coup d'œil autour de moi. Des tables basses et, le long des murs, des alcôves rouges occupées par des buveurs silencieux, qui nous regardaient fixement.

C'est alors que je me suis aperçue qu'il n'y avait que des femmes.

Une voix nous a salués.

—Bienvenue dans la *Maison des poupées en bambou*.

La voix appartenait à une femme plus âgée, à qui je donnais une quarantaine d'années. Elle portait un kimono moulant, noir avec de fines rayures dorées, d'où émergeait une jambe musclée recouverte d'un bas noir. Ses pieds étaient chaussés d'escarpins Louboutin. Je reconnaîtrais ces semelles rouges n'importe où, même si je n'avais pas les moyens de m'en payer.

—Vous venez pour la première fois, je suppose ?

J'ai acquiescé.

Elle a jeté un regard méprisant à Neil.

—Le jeune homme est à vous ? m'a-t-elle demandé en le désignant d'un geste.

Neil était mal à l'aise. Il ne se sentait manifestement pas à sa place.

J'ai acquiescé tout en me demandant pourquoi elle l'avait désigné comme m'appartenant au lieu de me demander s'il était avec moi, ce qui était de toute façon évident.

— C'est permis, a-t-elle poursuivi.

— Permis ?

— Il y a des règles, a-t-elle ajouté avec un léger sourire.

Elle a détaillé Neil des pieds à la tête, comme si c'était du bétail. Il s'est agité, gêné.

Je ne devais pas avoir l'air de bien saisir, aussi a-t-elle poursuivi :

— Votre soumis est-il ici pour être utilisé par toutes ou seulement par vous ?

J'ai alors compris que Lauralynn s'était jouée de moi : elle savait que je rentrais avec Neil. Je lui avais confié que notre relation était ambiguë. Tout cela était un jeu pour elle.

Neil qui avait lui aussi compris de quoi il retournait m'a lancé un regard désespéré et suppliant.

— Seulement par moi, ai-je répondu rapidement. C'est possible ?

Si elle en a éprouvé de la déception, la femme au kimono ne l'a pas montré.

— Bien sûr. (Elle s'est interrompue un instant.) Dans ce cas, puis-je avoir l'assurance que ce jeune homme est correctement marqué ?

J'ai écarquillé les yeux.

—Le Réseau insiste pour que toute propriété personnelle soit marquée, a-t-elle insisté.

—Marqué?

—J'en déduis donc que ce n'est pas le cas.

—Mmmm… Non.

—Dans ce cas, nous pouvons toutes l'utiliser à notre guise. Lauralynn ne vous l'a pas expliqué?

—Non.

—C'est très vilain de sa part, mais ça ne m'étonne guère. Il est obligatoire pour quiconque entre dans la *Maison des poupées en bambou* d'être tatoué, en signe de reconnaissance.

Neil et moi avons regardé autour de nous. Toutes les femmes portaient effectivement un tatouage. Sur le visage, l'épaule, le bras, le coude: certains étaient entièrement visibles, d'autres se devinaient sous les vêtements.

Neil a dégluti violemment. Il m'a murmuré à l'oreille qu'il refusait de se faire tatouer le visage.

La femme l'a entendu.

—Un soumis doit être tatoué sur le corps, afin que seule sa maîtresse connaisse son statut, a-t-elle expliqué.

Neil m'a regardée, puis a tourné la tête vers la femme.

—D'accord, a-t-il énoncé avec assurance.

—Quoi? me suis-je exclamée. Non, on s'en va. Je ne veux pas que tu prennes une telle décision dans ces circonstances.

Il a considéré mon tatouage en forme de larme et a haussé un sourcil. Il avait raison. Dans ce domaine, je ne pouvais guère protester ou donner de leçon.

—Je suis à toi, Lily. Je veux l'être pour toujours. Je veux être marqué.

—Nous avons une excellente tatoueuse ici, est intervenue la femme. Suivez-moi.

Elle n'avait pas l'air le moins du monde surprise par la réaction de Neil.

On nous a menés dans une arrière-salle.

—Voici Nibbles, a dit la femme en nous présentant une petite jeune femme assise derrière un ordinateur.

Elle avait une coupe à la garçonne avec une frange au cordeau, un anneau dans le nez, des yeux bleu pâle et des fleurs tatouées le long des jambes. Elle a levé les yeux vers nous, un peu curieuse.

—Le garçon, a déclaré la femme au kimono.

L'expression de Nibbles n'a pas changé : elle est restée détachée et professionnelle. Elle s'est levée et a quitté la pièce pour aller chercher son matériel. Elle est restée absente une minute, au cours de laquelle aucun de nous trois n'a brisé le silence.

—J'ai été très discourtoise, m'a dit soudain la femme au kimono. Je ne me suis pas présentée. Je suis Mme Violet.

Elle ne s'adressait qu'à moi, comme si Neil était une quantité négligeable.

335

— Lily, ai-je répondu.

Je n'ai pas présenté Neil, parce que je savais qu'elle ne s'attendait pas à ce que je le fasse. Quelques-unes des règles de la *Maison des poupées en bambou* étaient à présent fort claires pour moi.

Nibbles est revenue en tirant une valise Samsonite de taille moyenne aux bordures métalliques. Son matériel.

Elle a suivi la direction du regard de Mme Violet et s'est tournée vers Neil, qu'elle a dévisagé. Un profond courant de cruauté a traversé ses yeux pâles.

— Alors ? m'a-t-elle demandé.

Mme Violet est venue à mon secours.

— Où voulez-vous qu'il soit marqué ?

C'était à moi de décider.

J'ai réfléchi rapidement sans tenir compte de l'expression paniquée de Neil.

— Le cul, ai-je répondu.

Mme Violet, Nibbles et Neil étaient suspendus à mes lèvres.

— Mon initiale. L pour Lily.

J'ai remarqué un léger frisson de déception parcourir les lèvres écarlates de Nibbles comme si elle avait espéré quelque chose de plus humiliant et un endroit plus dégradant. Mais elle s'est rapidement ressaisie, a gonflé les joues, ouvert la valise et étalé ses instruments sur une table basse. J'en ai reconnu certains. Les autres avaient l'air de sortir d'un film d'horreur dans l'univers médical ou de l'imagination de David Cronenberg. Neil a dégluti et retenu son souffle.

Mme Violet et Nibbles l'ont regardé, dans l'expectative. Il était figé sur place, blanc comme un linge.

—Ça va aller, ai-je dit doucement. Ça ne fait pas si mal que ça. Je suis passée par là, et sur le visage.

—Allez, mon garçon ! est intervenue Nibbles sèchement.

Neil n'a pas compris ce qu'on attendait de lui.

—Faites-le déshabiller, Lily.

Neil a pris conscience qu'il avait atteint le point de non-retour. Il a ôté sa veste en coton beige et l'a déposée sur le dossier d'une chaise. Il était sur le point de déboutonner sa chemise en soie bleue lorsque Mme Violet a crié, péremptoire :

—Non ! Uniquement le pantalon. Nous n'avons aucune envie de nous infliger la vue de ta poitrine maigre.

J'ai réprimé un murmure de protestation : Neil n'était pas bodybuildé, mais il n'était pas maigrichon non plus.

De plus en plus gêné par le regard voyeur de trois femmes, Neil a défait maladroitement sa ceinture avant d'ôter son pantalon. Une fois en caleçon, il n'a plus hésité – comme s'il était résigné à son destin – et l'a enlevé rapidement.

Je n'ai pas pu m'empêcher d'admirer la beauté de ses fesses musclées lorsqu'il s'est penché en avant. Il s'est redressé, exposant son sexe long et mince. Il bandait un peu, involontairement excité par la tournure prise par les événements.

Mais il portait toujours ses chaussettes et ses chaussures noires, et je ne supportais pas de le voir ridicule.

— Enlève tes chaussures et tes chaussettes, Neil. Tu as l'air idiot comme ça.

Cette fois-ci, c'était moi qui donnais des ordres. Il a obéi sans discuter et a fini cul nu devant nous, totalement impuissant.

Mme Violet l'a contourné et a brièvement soupesé sa queue avant de la laisser retomber.

— Son cul ? Vous en êtes sûre, Lily ? La dernière fois que nous avons marqué un soumis, nous avons fait preuve de beaucoup plus d'imagination…

Un sourire pervers illuminait ses traits ; un défilé de visions obscènes s'est succédé dans mon imagination, mais je les ai repoussées.

— Son cul. Un L, ai-je confirmé.

— Qu'il en soit ainsi, a conclu Mme Violet.

Elle a saisi Neil par les cheveux et l'a conduit vers un tabouret haut, sur lequel elle l'a forcé à se pencher, afin que ses fesses soient exposées comme pour une fessée ou une flagellation. Neil n'a pas protesté.

Instruments en main, Nibbles s'est approchée et a désinfecté ses fesses avec une lenteur malicieuse. Elle a fait un pas en arrière et lui a écarté les jambes davantage afin d'accroître son humiliation. Derrière lui, avec une vue obscène de son anus, je ne pouvais qu'imaginer l'horreur qui devait se lire sur son visage.

— Je pense qu'une lettre gothique serait parfaite, a affirmé Mme Violet.

Nibbles a acquiescé et s'est penchée sur les fesses de Neil. Son instrument s'est mis à ronronner de manière monotone, et elle a commencé à tracer la lettre sur sa peau. Lorsque j'ai vu la taille du tatouage, j'ai été tentée de l'arrêter, mais je me suis retenue en me souvenant de l'impression indélébile provoquée en moi par le chiffre 1 tatoué juste au-dessus de la chatte de l'esclave que Thomas tenait en laisse au bal. J'ai été envahie par une chaleur soudaine au souvenir de toutes les marques et de tous les mots de toutes formes que j'avais vus sur tant d'hommes et de femmes, que ce soient les colliers, les *paddles* imprimés qui gravaient le mot « Salope » en hématomes sanglants, les piercings génitaux de Liana, et même une fois un code-barres.

À présent, Neil serait lié à moi pour toujours, que ça me plaise ou non. Je n'avais rien prémédité. Mais cette idée m'excitait bien plus que ce que j'aurais imaginé avant notre visite à la *Maison des poupées en bambou*.

— Il te suffisait de dire non, et j'aurais quitté l'endroit sans problème, ai-je affirmé à Neil. Je ne t'aurais pas demandé de le faire.

Nous étions de retour à Londres, dans son nouvel appartement près de Maida Vale. Par temps clair, de la baie vitrée, nous voyions les murs bas du terrain de cricket de

Lord et, au-delà, une lointaine bande de verdure. Nous étions rentrés depuis deux jours et nous souffrions toujours du décalage horaire. L'ardeur initiale de notre semaine frénétique à Darwin s'était apaisée, et une gêne s'était abattue sur nous depuis les événements de San Francisco.

Neil était assis sur un tabouret de cuisine et il avait l'air mal à l'aise : il s'agitait d'une fesse sur l'autre, comme pour chercher son équilibre.

— Ça fait toujours mal ? ai-je demandé.

— Pas vraiment. Mais j'ai envie de me gratter en permanence et j'essaie de me retenir.

Je n'avais pas vu la marque sur sa fesse, ma marque, depuis la *Maison des poupées en bambou*. Il s'était rapidement rhabillé, et nous avions fui l'endroit après quelques cafés et une conversation à bâtons rompus avec Mme Violet et les autres dominatrices, qui nous ont posé des questions sur notre histoire et notre passé. Tout frais, d'un noir d'encre, le tatouage dominait la surface pâle de sa peau comme une lettre d'infamie en police gothique. Je me demandais combien de fois, en mon absence, Neil le contemplait dans le miroir de sa salle de bains et ce qu'il en pensait. Et de quelle manière il l'associait à moi.

— On aurait pu partir sans rien faire, ai-je répété.

— Non, Lily. C'était mon choix, a-t-il déclaré. C'est ma façon d'accepter le fonctionnement de notre relation.

Dans la chaleur du soleil tropical à l'autre bout du monde, son enthousiasme m'avait semblé naturel, et j'avais aimé être servie et vénérée. Mais la façon dont je m'étais comportée à la *Maison des poupées en bambou* m'avait choquée et, à présent que nous avions retrouvé la vie quotidienne, je me demandais ce que nous allions devenir.

Je me sentais coupable. Comme si je l'avais délibérément manipulé sans rien lui donner en retour, traité comme un chiot, joué avec lui et compté sur ses émotions sans réfléchir. Quoi que j'en pense à présent, Neil porterait ma marque pour toujours.

Ses vacances prenaient fin le lendemain, et il allait retourner au travail. Devais-je continuer à squatter chez lui ou devais-je chercher un appartement ? Et un emploi ? Je ne pouvais pas vivre éternellement à ses crochets, même s'il aimait être maltraité et qu'il ne se plaignait jamais.

— Pourquoi moi, Neil ? ai-je demandé alors que nous nous apprêtions à regarder un DVD.

Nous nous étions longuement disputés sur le choix du film et nous avions fini par atteindre un compromis qui ne nous satisfaisait ni l'un ni l'autre.

— Avec ton boulot et ton physique, tu pourrais sortir avec n'importe quelle fille. Non ?

Il a choisi ses mots avec soin avant de lever le visage vers moi et de me regarder droit dans les yeux.

— Je t'ai toujours désirée, Lily. Dès le premier jour. Ce n'est pas une question de physique. Même si je tiens à dire que je t'ai toujours trouvée très belle. Quand tu sais, tu sais.

341

Tu m'attires, tu m'agaces, tu me mets parfois hors de moi, il m'arrive d'avoir envie de te crier dessus, mais ça ne change rien. Je n'ai jamais ressenti ça pour aucune autre femme. Au début, je voulais être avec toi, te baiser, tendrement ou brutalement, de toutes les façons obscènes possibles. J'avais même honte des fantasmes que tu faisais naître en moi, des choses que je voulais te faire, j'avais honte de mes propres pensées. Ne ris pas, mais, pendant des mois, j'ai fantasmé que je te dominais, te domptais, t'utilisais comme une pute, t'exhibais en public avec une rage dont je ne me savais pas capable, t'ordonnant de faire les choses les plus dégradantes, les plus dégoûtantes, t'offrant à d'autres hommes pendant que je regardais. Tu vois à quel point j'étais pervers…

J'ai ouvert la bouche, mais il ne s'est pas interrompu.

—Alors imagine ma surprise, ma terreur, quand j'ai compris que c'était moi le soumis quand j'étais avec toi, que je devais réprimer toutes ces pensées et que la seule façon pour moi d'être avec toi était de devenir ton jouet. Au début, j'ai été abasourdi par cette facette de toi, mais j'ai compris que le plaisir prend des routes bien différentes et j'ai accepté le fait que pour te garder je devais me plier. Et maintenant je me rends compte que je suis devenu accro. J'ai besoin de toi. Plus que jamais. Et j'ai peur que tu ne le comprennes pas vraiment et que tu finisses par te lasser de moi, et que tu me largues pour un autre jouet, que tu m'abandonnes, vide et incomplet. Ce n'est pas seulement une histoire de sexe, c'est un investissement émotionnel. Quand tu m'utilises, tu me fais découvrir des endroits dont j'ignorais l'existence, et, même si ça fait mélo, je pense que je mourrais si tu me retirais ça.

— Je crois que je comprends, Neil, mais je ne suis pas la seule dominatrice à Londres. Les autres sont beaucoup plus expérimentées. J'ai encore beaucoup à apprendre.

— Je sais. Mais je n'ai pas de lien personnel avec elles. Ce n'est pas comme avec toi.

— Je veux juste que tu ne dépendes pas de moi, Neil, ai-je protesté. Je ne sais pas si je suis capable d'être tout ce que tu veux que je sois. Tout ce dont tu as besoin.

Ses épaules se sont affaissées comme si je lui avais porté un coup mortel.

— J'ai accepté d'être marqué pour toi, Lily.

Il me suppliait à présent, ce qui a fait naître ma colère. Je ne lui avais pas demandé d'être dépendant. Je ne voulais pas le posséder. C'était un ami. Très proche. Un amant. Je ne voulais pas qu'il soit uniquement mon jouet. C'était trop de responsabilités.

Je savais ce que je ne voulais pas.

Mais savais-je ce que je voulais ?

11

80 NOTES

La femme portait seulement des cuissardes noires et une fine chaîne en or autour de la taille. Elle n'était plus de la première jeunesse, elle avait certainement une petite quarantaine d'années, mais, avec l'aide du sport et d'un bronzage étonnamment uniforme, on lui donnait facilement dix ans de moins. Seules les rides de son cou la trahissaient.

Les deux hommes étaient chauves – ou avaient le crâne rasé – et ils étaient bronzés eux aussi, comme s'ils venaient juste de rentrer d'une plage naturiste des Caraïbes. Ils étaient très costauds, et, de loin, on aurait pu les prendre pour des jumeaux. La femme avait été étendue sur un épais matelas en caoutchouc gris. Elle était légèrement sur le côté pour permettre à l'un des deux hommes de la prendre par-derrière pendant que, tête un peu levée, elle suçait avidement la queue de l'autre. Ses gémissements étaient orchestrés par le mouvement de balancier de sa tête, tandis que l'homme tenait ses cheveux et la faisait aller et venir sur son membre avec une régularité de métronome. Les hommes étaient sans pitié et la prenaient de manière mécanique, comme des athlètes parfaitement synchronisés, sans jamais manquer un coup de reins.

Je me suis immobilisée, bouche bée.

C'était animal mais terriblement beau, comme un ballet de chair, une danse des sens hédoniste.

J'étais arrivée au club en milieu de soirée : j'espérais convaincre Elle de me permettre de retrouver mes attributions au vestiaire et mon job de factotum. La colère que j'avais ressentie en voyant l'exposition avait disparu depuis longtemps, et je voulais tendre le rameau d'olivier. Je n'avais pas reconnu le videur à l'entrée, mais il m'avait laissée entrer lorsque je lui avais expliqué que j'avais longtemps travaillé là.

En mon absence, la salle principale avait été refaite, et l'ambiance avait totalement changé. Les murs de pierre sur lesquels toute la panoplie BDSM était naguère exposée – des rangées d'instruments et de jouets, de crochets, de chaînes, de poulies, et une variété éblouissante de quincaillerie dont l'usage ne m'avait jamais été clairement expliqué ou montré – étaient à présents dissimulés sous de lourds rideaux en velours qui me faisaient penser à un restaurant indien de seconde zone. L'éclairage, naguère tamisé et élégant, qui délimitait harmonieusement des zones de lumière et d'obscurité permettant la discrétion et l'exhibition en fonction de l'humeur de la soirée, était maintenant cru et brutal; il isolait les participants dans une explosion de lumière blanche, plongeant le reste de la salle dans des ténèbres glauques et repoussantes, créant ainsi une zone idéale pour les voyeurs et les parasites. Le club avait perdu toute sa joie.

Mais le spectacle du trio en train de baiser était saisissant, certainement à cause de l'expression de la femme qui se faisait prendre. Elle avait l'air extatique, presque comme les soumis quand ils atteignaient la zone. C'était la femme la plus heureuse du monde, et elle avait complètement oublié tout ce qui l'entourait, les spectateurs, les autres couples plus ou moins déshabillés, assis dans les alcôves, les quelques femmes aux talons vertigineux qui se déhanchaient maladroitement sur la piste de danse au rythme d'un morceau d'électropop, ivres comme si elles cherchaient à fuire quelque chose.

Le club n'était plus du tout le même : c'était devenu un baisodrome. J'ai détourné les yeux du trio en rut alors que les gémissements de la femme prenaient un accent désespéré sous l'effet de la jouissance et que l'infatigable duo poursuivait sa destruction soigneusement orchestrée.

Une dizaine de personnes étaient présentes dans la salle, et j'ai remarqué que leurs vêtements étaient différents, vulgaires, mal coupés, sans rien de l'éclat rituel des nuits BDSM : elles ressemblaient à des motards bruyants et ordinaires qui se seraient invités à un mariage.

J'ai regardé en direction du bar et n'ai reconnu aucun des employés.

Mon attention a été attirée vers l'escalier qui menait au donjon. Un rideau avait été installé, et l'accès aux niveaux inférieurs barré.

Je suis revenue vers la porte d'entrée juste au moment où les deux hommes ont échangé leur place. J'ai remarqué du coin de l'œil que celui qui s'était fait sucer enfilait un préservatif. Le nouveau videur était toujours là.

— Le club est différent, ai-je avancé. Nouveaux clients, nouvelles... activités.

Il m'a lancé un drôle de regard, puis il a souri. Il mesurait deux têtes de plus que moi et il était bâti comme un catcheur. Ses biceps tendaient les manches de son tee-shirt noir.

— Oh oui! Il y a eu un changement de propriétaire. C'est un club échangiste maintenant. Finis les trucs pervers! Vous ne le saviez pas? Dans deux semaines, ils feront les travaux au sous-sol pour le transformer en sauna, et on pourra tourner à plein.

Il a remarqué ma déception lorsque je l'ai dépassé pour regagner la rue et il m'a lancé en riant :

— Désolée de te décevoir, petite, mais reviens quand tu veux, et je te laisserai me donner une fessée. Gratuitement.

Je lui ai fait un doigt d'honneur.

Qu'était-il arrivé aux clients réguliers? À Elle et à Richard? Avaient-ils trouvé un autre endroit ou étaient-ils devenus des orphelins dans la tempête, privés de leur plaisir?

J'ai supposé qu'Elle était toujours avec Grayson et que je pouvais les joindre à Shadwell. Devais-je prendre tout cela comme un présage ? Le signe que mon ancienne vie était définitivement derrière moi ? J'étais certaine d'une chose en tout cas : avec ou sans Neil, il était hors de question que je me livre à l'échangisme.

Tout en rentrant chez lui, je n'ai pas pu m'empêcher de penser de nouveau à l'expression béate de la femme du trio, comme si elle avait trouvé un endroit que je n'avais jamais approché. Même avec Leonard, quand nous baisions de manière alternativement tendre et brutale, et que mes entrailles fondaient en même temps que la partie rationnelle de mon cerveau, je savais que je ne pourrais jamais me laisser aller comme cela. Idem lorsque je dominais les hommes. C'était une autre sorte de plaisir.

J'ai repensé avec ironie à ce qu'avait affirmé Leonard, un soir à Barcelone : « Notre problème, Lily, c'est que nous sommes trop cérébraux. Du coup, on ne peut pas s'empêcher de garder le contrôle. Les gens moins intelligents sont moins compliqués en matière de plaisir. Ils l'assument totalement. »

Mon doux et triste philosophe. Mon philanthrope au cœur tendre.

Où était-il à présent ? Hors de ma vie : c'était ma seule certitude.

Le club que j'avais connu et où j'avais, d'une certaine façon, achevé mon éducation sexuelle, avait disparu. Remplacé par un bouge vulgaire et ordinaire, où les gens échangeaient sans problème leur partenaire ou se prostituaient sur l'autel du sexe sans attaches. Je me sentais sale et j'étais en proie à des sentiments contradictoires. Qui étais-je pour juger les gens qui fréquentaient cet endroit et semblaient très heureux? S'ils savaient, ils me prendraient pour une désaxée, la fille avec le tatouage en forme de larme qui prenait son pied en dominant les hommes, en jouant cruellement avec eux, tout cela pour assouvir ma colère et ma frustration tout en ayant l'impression que je valais mieux qu'eux. Ils ne comprendraient rien, ni à moi ni à la délivrance extatique que je fournissais aux soumis qui s'agenouillaient à mes pieds, métaphoriquement parlant. Nous étions des deux côtés du miroir, et j'ai compris que personne ne savait ce qu'était le bon côté. Nous avions tous raison et tous tort. Et voilà que j'étais coincée au milieu, Lily au pays des merveilles, Blanche-Neige brandissant un fouet.

Neil est rentré du travail vers 19 heures. Il m'avait laissé un message un peu plus tôt en me demandant de ne rien préparer pour le dîner: il voulait qu'on sorte manger chinois.

—Le club fétichiste est devenu un baisodrome, ai-je annoncé. C'était… sordide. Tu le savais?

—C'est arrivé quelques semaines après ton départ pour l'Australie.

— Pourquoi tu ne m'as rien dit ?

— Je pensais que tu le savais.

— Non. Comment tu l'as su, toi ?

Je ne pensais pas qu'il s'y soit jamais rendu seul.

— C'est Elle qui me l'a dit.

— Tu as toujours de ses nouvelles ? (Neil m'a regardée en rougissant.) Qu'est-ce qu'il y a ?

— Oui.

— Oui, quoi ?

— Je l'ai vue après ton départ.

Il hésitait.

— Raconte-moi.

— La boîte qui leur louait le club voulait transformer l'immeuble, alors ils leur ont demandé de partir. À un moment, Elle espérait que Grayson ferait une offre pour racheter le club, mais quelque chose a mal tourné. Le conseil leur a refusé le permis de construire, et c'est un club échangiste qui a récupéré les locaux. Je n'y suis pas retourné depuis.

Il évitait de me regarder en face.

— Mais tu y es allé avant qu'il ferme ?

Il a de nouveau eu l'air d'hésiter.

— Euh… oui.

— Tout seul ?

J'étais curieuse. Cela ne ressemblait pas à Neil.

— J'y suis allé avec Elle. Mme Haggard.

— Oh ?

—Elle m'a contacté. Elle voulait savoir où tu étais. Je n'en avais pas la moindre idée à cette époque puisque tu ne m'avais pas encore écrit. Je le lui ai dit. Elle n'a pas eu l'air particulièrement déçue. Elle est devenue toute gentille. Bon, tu la connais. Elle allait à la pêche, mais je n'avais rien à cacher. Puis elle a commencé à me parler de ce qu'on avait fait, toi et moi. Je savais que c'était ton mentor, qu'elle t'avait formée. Elle a lourdement suggéré qu'elle pouvait me… m'en donner davantage. Me montrer…

—Neil!

—Tu n'étais pas là, Lily. Et tu m'avais donné un avant-goût. Je mourais d'envie de retrouver ces sentiments, ces émotions… Quelque chose s'était éveillé en moi.

—Tu t'es soumis à Elle?

Je l'avais vue à l'œuvre avec des victimes inconscientes de ce qui les attendait même si elles étaient consentantes. J'étais une gamine à côté d'elle, une dominatrice junior encore en formation. Elle était cruelle et brutale, et ne pliait jamais.

Pendant un bref instant, j'ai été transpercée par une jalousie dévorante et foudroyante, à l'idée qu'Elle, entre toutes, avait possédé Neil. Elle savait pourtant bien qu'il était à moi.

Mes yeux m'ont trahie. J'ai senti une larme irrationnelle briser le barrage de mon indifférence. Neil me regardait, quêtant silencieusement mon pardon. Mais était-ce lui qui avait besoin d'être pardonné? Ou moi?

Je devais savoir.

—Raconte-moi.

—Tu veux vraiment savoir ?

Je me suis préparée au pire.

—Oui.

Il a soupiré profondément.

—Je suis allé au club plusieurs fois. Et aussi chez elle. Ce n'était pas comme ce qu'il y a entre nous…, mais je ne vais pas te mentir, Lily, avec elle c'était électrique. Comme si je marchais sur la corde raide d'un cauchemar en ayant sans cesse l'impression d'être à la fois retenu et de pouvoir tomber à tout moment. Comme si j'étais suspendu dans les airs sans pouvoir voir ou sentir la corde.

J'ai hoché la tête pour l'encourager à continuer. Il me faisait penser à Liana. Il avait le même désir de se tenir au bord du précipice. Mais je connaissais la théorie et je la comprenais. Je voulais savoir ce qu'elle lui avait fait. Je sentais déjà mes cheveux se hérisser sur ma nuque comme un animal prêt à défendre sa progéniture.

—Elle m'a fouetté si fort que je n'ai pas pu m'asseoir pendant quinze jours. Elle a utilisé des baguettes… sur ma queue.

J'ai cillé. Les baguettes avaient l'air toute petites et inoffensives à côté d'une cravache ou d'un fouet, mais, en fonction de la façon dont elles étaient utilisées, elles pouvaient infliger une douleur intense, et, contrairement à d'autres instruments qui administraient une douleur passagère, celle des baguettes perdurait longtemps. Je ne pouvais même pas imaginer la souffrance qu'elles devaient donner à un pénis. Et j'avais vu Elle les utiliser sur des soumis. Elle n'était pas tendre.

— Et plus. L'humiliation. J'ai nettoyé ses bottes avec ma langue. Je n'avais le droit de m'approcher d'elle qu'à genoux. Je portais des costumes de fille. Une jupe blanche et rose à volants et des talons hauts. Et un collier à clous roses avec une laisse.

— Qu'est-ce que ça te faisait ? ai-je demandé, plus curieuse qu'autre chose à présent.

— Les vêtements, c'est pas vraiment mon truc. Je n'ai jamais eu envie de m'habiller en femme. Mais je suppose que c'est pour ça que c'était vraiment humiliant. Sinon ça n'aurait pas été aussi drôle pour elle. Quant aux autres trucs… ils m'ont fait me sentir complet. Comme si j'admettais enfin que je ne valais pas plus qu'un morceau de merde sur la semelle de sa chaussure. Accepter, ça m'a apporté la paix.

J'ai commencé à protester.

— Non. C'est assez dur comme ça d'en parler. Laisse-moi continuer, s'il te plaît.

Les mots sont restés coincés dans ma gorge.

— Je l'ai laissée me baiser. Avec un harnais. J'ai imaginé que c'était toi. Tu utilises ton doigt, mais j'ai toujours eu envie de plus.

J'ai hoché la tête, muette.

Tandis que Neil parlait, son visage était traversé par toute une palette d'émotions qui cheminaient de l'excuse à l'excitation, de l'envie à la honte. Puis ses sens désemparés empruntaient de nouveau ce sentier tortueux et compliqué.

Lorsqu'il est parvenu à la fin de son récit et a décrit comment Elle l'avait empalé et chevauché devant un parterre de soumis qui avaient regardé avec concentration, attendant peut-être impatiemment que leur tour vienne ou ayant au contraire très peur d'être les suivants, et de voir leur cul pris violemment par le rigide instrument de sa colère, son visage a été parcouru par un mélange fiévreux de souffrance et d'extase.

— Ça t'a fait mal ? ai-je demandé.

J'avais utilisé beaucoup de choses sur lui, mais je ne l'avais jamais pénétré ainsi. Je me contentais de lui mettre un doigt pour stimuler sa prostate et le pousser à bout, mais c'était une bénédiction ou une caresse en regard du terrible gode en ivoire d'Elle. J'avais vu des hommes pleurer quand elle les avait enculés.

J'avais l'estomac retourné. Je savais d'expérience que lorsqu'on a un partenaire attentionné le sexe anal peut être merveilleux, mais, avant de découvrir cela, quand j'étais inexpérimentée et que j'avais couché avec quelqu'un qui l'était autant que moi, j'avais ressenti une intense souffrance, accompagnée d'un début de plaisir, lorsque j'avais été sodomisée. Et le sexe de mon partenaire n'avait rien à voir avec la taille du gode japonais qu'utilisait Elle. Sans compter qu'elle n'avait certainement pas été tendre.

— Oui, a répondu Neil. Beaucoup.

J'ai cligné des paupières pour exprimer ma compassion.

— Le truc, c'est qu'elle m'a poussé, mais qu'il n'y avait rien qui me rebutait. Certaines choses me soulageaient, c'est tout. C'était une façon de m'accepter comme je suis. Mais d'autres choses m'excitaient terriblement. La douleur. Les baguettes me font jouir quand on les pose sur ma queue, Lily. Je n'ai pas besoin de plus.

— Pourquoi est-ce que tu as arrêté ?

Il a détourné le regard.

— Je voulais que ce soit toi, Lily, a-t-il murmuré. Je me suis soumis parce que je voulais me punir de t'avoir éloignée de moi, de t'avoir fait partir en Australie. C'était ma façon complètement stupide de me faire pardonner, mais j'ai fini par admettre que c'était toi que je voulais. Alors, je suis venu te chercher en Australie…

— Tu es un idiot, Neil.

C'est tout ce que j'ai réussi à dire, et j'ai regretté mes mots aussitôt.

Je récoltais ce que j'avais semé.

Mon cœur a bondi, quittant son orbite.

— Viens là, ai-je ordonné.

Il s'est avancé, timide, hésitant, vulnérable. Et, pendant un instant, j'aurais aimé être à sa place. Savoir ce que c'était

355

que d'aimer quelqu'un de manière inconditionnelle. Pour le meilleur et pour le pire.

Je l'ai pris dans mes bras, et nous nous sommes embrassés.

La douceur de ses lèvres m'a submergée, et j'ai pris conscience que nous ne nous étions jamais embrassés pour de bon, avec innocence et tendresse. Même lorsque nous nous étions retrouvés à Darwin, ce n'était qu'une étape sur un chemin compliqué, pavé de souffrance, de colère et de désir. C'était si simple à présent, alors que nos langues se cherchaient, hésitantes, que nos souffles se mêlaient et que mes mains se glissaient sous sa chemise, mes doigts caressant ses abdominaux musclés.

Je l'ai déshabillé.

J'ai léché, titillé et mordillé ses tétons. Mes yeux ont erré lentement sur son torse presque imberbe, et j'ai salué une dernière fois Leonard et sa forêt de poils sombres avant de le chasser de ma mémoire une bonne fois pour toutes.

Neil a soupiré. Comme s'il imaginait déjà les étapes suivantes de notre danse : je lui tirerais les cheveux jusqu'à ce qu'il en ait les larmes aux yeux, je presserais sans pitié ses couilles et je ferais courir mes dents sur son sexe. Il anticipait déjà les coups de la paume de mes mains sur ses fesses et il savait qu'il atteindrait cet espace neutre dans lequel il se permettait de tomber quand je sortais mon arsenal : martinet, *paddle*, cuir, chat à neuf queues ou tout autre instrument que j'avais volé au donjon désormais disparu d'Elle. Son âme tout entière tremblait au seuil de l'inconnu, appelant la douleur et la soumission, et acceptant ma volonté et mes désirs. Il tremblait parce qu'il n'avait aucun moyen de savoir ce qui allait se passer ensuite. Cette ignorance faisait partie du rituel : elle le réduisait à l'impuissance, et, lorsque arriveraient le prochain coup, le prochain ordre, ce serait un soulagement, une récompense que je lui octroyais.

Nous nous sommes séparés.

Je me suis redressée. Et déshabillée.

Neil s'est agenouillé en silence et a levé vers moi des yeux aussi suppliants qu'un pénitent devant l'autel.

— Non, ai-je dit en lui tendant la main. Ce soir, tu me baises. Et je veux que tu sois dessus.

J'ai ouvert les bras.

La lumière d'un lampadaire, qui traversait la fenêtre, s'est réverbérée sur son visage. Ses yeux avaient l'éclat des lucioles qui brillent dans le ciel nocturne.

Il s'est levé.

Je me suis agenouillée et j'ai pris la chaleur réconfortante de son sexe dans ma bouche jusqu'à ce qu'il atteigne le fond de ma gorge. Neil a retenu son souffle.

Ce soir, je voulais juste qu'il me baise. Et je nourrissais le faible espoir qu'en jouissant mon visage soit à moitié aussi beau que celui de la femme qui se faisait sauter par deux hommes dans le pathétique décor du club échangiste. Ce n'était pas beaucoup demander, non ? Et si cela ne suffisait pas à Neil, je pourrais toujours le fesser ou lui griffer le dos plus tard, n'est-ce pas ?

Je venais de décider que la fille avec le tatouage en forme de larme, la Blanche-Neige perturbée qui avait emprunté un chemin compliqué et incertain, verrait la vie, vivrait la vie, dans son ensemble.

Je voulais tout.

Épilogue

L'ATMOSPHÈRE MAUSSADE DE L'HIVER LONDONIEN avait enfin laissé place aux prémices du printemps, même si les matins étaient encore froids et que le givre qui se déposait sur les pare-brise ne fondait pas avant 9 heures. Mais le ciel était d'un bleu uniforme.

Lily avait retrouvé son job au magasin de musique, où elle avait été accueillie à bras ouverts par ses anciens collègues, comme si elle n'était jamais partie. Elle savait que ce n'était pas un emploi d'avenir et elle était bien décidée à ne pas y passer sa vie; elle s'était inscrite à une formation de journaliste, qu'elle suivait par correspondance. Elle avait brillamment réussi les deux premiers modules.

Elle n'était pas certaine de vouloir devenir journaliste, mais elle était intriguée par les possibilités de travail en freelance. La célèbre violoniste Summer Zahova était récemment passée à la boutique pour acheter des accessoires pour ses instruments, et elles avaient discuté. Lily avait entamé la conversation en lui parlant du roman de Dominik sur lequel elle était tombée durant ses voyages, et que Summer semblait avoir inspiré. Elle voulait savoir qui était l'auteur. Summer, avec un sourire amusé, avait admis que c'était son compagnon. Cet aveu avait été une libération pour Lily, comme si toutes les pièces du puzzle se mettaient enfin en place.

Pour se récompenser de ses bonnes notes, Lily avait fait un détour par Covent Garden en rentrant chez Neil, et elle s'était fait un cadeau dans une boutique de luxe de Seven Dials. Un cadeau pour elle mais aussi pour Neil.

— Déballe-le, avait-elle ordonné en remplaçant malicieusement les assiettes disposées sur la table de la cuisine par un coffret emballé dans un papier doré.

— C'est pour moi ?

— Non, répondit-elle. C'est pour tous les deux.

Il se pencha pour saisir la boîte et la soupesa. Il remarqua qu'elle était légère et il défit avec précaution l'emballage sans le déchirer. Lily ne put s'empêcher de glousser. Si c'était elle qui avait ouvert l'emballage, elle aurait été impatiente et sans pitié, et aurait déchiré le papier en mille morceaux.

Neil fronça les sourcils lorsqu'il aperçut l'élégant manche en cuir. Il s'en saisit fermement et le sortit du papier de soie. Les longueurs de daim coulèrent en dehors de la boîte comme des serpents et firent un faible « kchhhh » lorsque Neil fouetta théâtralement la table avec le martinet.

— Pour tous les deux, hein ? répéta-t-il. Tu veux dire que c'est un cadeau pour que tu puisses me torturer ?

Il souriait de toutes ses dents.

— Même si c'était le cas, ne fais pas comme si ça ne te plaisait pas.

— Je ne peux pas te contredire.

— Regarde mieux.

Lily s'agitait impatiemment sur sa chaise. Les Noëls avec Neil allaient être cauchemardesques s'il ouvrait aussi lentement chaque cadeau.

Ses mains fourragèrent dans le papier de soie pendant une éternité, puis il finit par sortir de la boîte un autre martinet.

— Deux ? demanda-t-il, intrigué. Tu comptes les agiter ensemble comme des bolas ?

Elle grogna, saisit les deux fouets par leurs lanières et les retourna pour lui présenter les deux manches.

Le visage de Neil s'illumina.

Les mots « Elle » et « Lui » étaient gravés en lettres gothiques dorées sur chaque manche. C'était la même police que le L de son tatouage.

—Tu me laisseras en utiliser un sur toi ? demanda-t-il.

—Oui, répondit-elle. Si j'en ai envie et toi aussi.

Un jour que Lily était de repos, Lauralynn, avec qui elle était restée en bons termes et qui était devenue une espèce de complice, l'invita à prendre le thé au *Ritz*. Elle lui conseilla fortement de s'habiller de manière traditionnelle pour l'occasion. Lily, par provocation, portait une minijupe plissée Burberry, qui était si courte que même Neil rougissait lorsqu'elle la mettait pour jouer. Elle avait enfilé un chemisier blanc moulant et une cravate qu'elle avait trouvée dans le tiroir de Neil, et qui devait être celle de l'uniforme de sa classe prépa.

Lauralynn portait un costume masculin, tout en lignes droites et en rigueur. Elles avaient l'impression de ressembler à Laurel et Hardy. Le portier s'inclina et souleva son chapeau quand elles franchirent la porte à tambour et entrèrent dans l'hôtel. Elles firent tourner quelques têtes, mais nul ne leur demanda de sortir. Le *Ritz* avait un *dress code*, mais elles l'avaient très intelligemment contourné.

Lauralynn adorait les ragots et n'était jamais à court d'histoires hallucinantes sur les gens qu'elle fréquentait. La plupart du temps, elle était d'une mauvaise foi délicieuse, drôle, indiscrète et pleine d'esprit. Lily aimait bien discuter avec elle. Lauralynn était déçue par l'évolution de la relation entre Lily et Neil, qui s'était transformée en un jeu à deux parties, où, d'un commun accord, chacun dominait l'autre lorsque leur humeur et leur envie s'y prêtaient.

Lauralynn avoua à Lily qu'elle avait fréquenté pendant un temps un homme avec qui elle aurait pu atteindre le même genre de compromis, mais sa relation avec une autre femme, qu'il avait rencontrée avant elle, avait empêché sa partie soumise de faire correctement surface.

—C'était qui?

Lily l'interrogea longuement, mais Lauralynn refusa de révéler son nom.

—Je le connais?

Lily était intriguée. C'était encore une ombre qui se déplaçait derrière le rideau de sa vie.

—Oui. Mais je ne te dirai pas de qui il s'agit.

—Tu n'es vraiment pas sympa, protesta Lily.

Lauralynn porta le dernier gâteau à sa bouche tout en tenant la tasse en porcelaine parfaite dans l'autre main. Elle était l'incarnation même de la lady. Elle reposa la tasse en regardant fixement Lily, comme si ce qu'elle avait à lui annoncer pouvait être mal pris.

—Quoi? finit par demander Lily.

—Elle rouvre le club, annonça Lauralynn.

—Ah bon?

—Au même endroit. Les propriétaires ont décidé de se débarrasser de l'immeuble. Le permis de construire ne va manifestement pas être délivré, et l'estimée Mme Haggard

363

a convaincu son photographe chéri de racheter tout l'immeuble.

—Eh ben !

Tant de souvenirs refaisaient surface, songea Lily.

—Tu ne l'as toujours pas recontactée, commenta Lauralynn.

—Non.

—Grayson non plus.

—Non plus.

—Ils disent le plus grand bien de toi, tu sais, affirma Lauralynn.

Lily hésita.

—Je ne suis pas certaine de faire toujours partie de leur monde, avoua-t-elle.

—Foutaises, Lily ! C'est dans ton sang. Je vois déjà ton œil se mettre à briller. C'est une partie de toi.

Lily savait que Lauralynn avait raison. Elle soupira, en espérant que, cette fois-ci, les choses seraient différentes. Pour elle comme pour Neil.

—Ils ouvrent le jour de la Saint-Valentin, poursuivit Lauralynn. Je te donnerai une invitation pour tous les deux.

Elle avait planifié tout autre chose pour le club. L'idée lui en était venue lorsqu'elle avait visité le bâtiment avec un membre du conseil de l'urbanisme. *Un homme stupide*, songea-t-elle tandis qu'il toussait nerveusement. Elle l'imagina à quatre pattes au bout d'une laisse : il se déplacerait, mal à l'aise

364

sur le sol en pierre et, chaque fois qu'il parlerait, il sentirait la morsure infatigable du collier sur lequel elle tirerait. Le fantasme améliora considérablement son humeur. Elle lui ferait peut-être porter un collier avec les clous à l'intérieur. Elle regarda sa pomme d'Adam, qui montait et descendait lorsqu'il parlait, et elle imagina la pression des clous acérés sur son cou de dindon.

Ses paroles la ramenèrent à la réalité.

— Je ne pense pas qu'il soit vraiment possible de…

— Ne soyez pas ridicule! répliqua-t-elle. Tout est possible.

Avant que les échangistes qui avaient temporairement occupé le club abandonnent leur projet, ils avaient commencé à rebâtir les vieux tunnels qui s'étendaient comme les fils d'une toile d'araignée autour du premier donjon. Il y avait bien longtemps de cela, avant l'avènement des règles de santé et de sécurité, les tunnels et les petites caves qui achevaient chacun d'eux avaient servi de celliers pour entreposer les marchandises qui étaient vendues au Smithfield Market tout près de là. Les nouveaux propriétaires avaient décidé de créer une grotte souterraine avec des bains et des piscines, afin de redorer un peu le blason de leur établissement: les clients pourraient prétendre qu'ils allaient au spa au lieu d'admettre qu'ils fréquentaient un baisodrome délabré.

Elle avait une très mauvaise opinion des échangistes et des spas, et, lorsque les deux étaient combinés, son opinion devenait encore plus dépréciative. Mais lorsqu'elle découvrit les tunnels, dans un moment exceptionnel de joie pure, elle abandonna le masque de la terrible Mme Haggard, attrapa le bras de Grayson et couina comme une enfant dans une confiserie.

— Regarde! avait-elle crié en battant des mains.

Il lui avait souri en retour et, chaque fois qu'une facture en rapport avec les travaux de rénovation arrivait, il repensait à l'expression de sa maîtresse adorée et se disait qu'un tel bonheur méritait tout l'argent qu'il dépensait.

Les différentes permissions officielles qui avaient contre-carré tous les plans des échangistes ne posèrent aucun problème à Elle. L'un de ses esclaves occupait un poste important au conseil, et elle n'avait eu qu'à tirer quelques ficelles, *ou plutôt quelques chaînes*, se souvint-elle avec une immense satisfaction.

Lorsque Elle avait été enfin satisfaite du moindre détail, elle organisa l'ouverture et lança les invitations. Les élus étaient triés sur le volet, et il était hors de question de laisser entrer quiconque ne figurerait pas sur la liste. Cependant, elle ne composa pas cette liste en fonction de l'apparence physique, de la richesse ou de l'âge. Les invités furent choisis selon un critère très strict en accord avec le système de valeurs d'Elle.

— On n'invite que ceux qui nous comprennent, expliqua-t-elle à Grayson. Les vrais joueurs. Pas de touristes, même si leurs bras moulés dans le latex sont super longs et que leurs poches sont bourrées de fric.

Les invitations en épais carton blanc ne portaient que la date, 14 février, et l'adresse, en lettres rouge sang pailletées d'or, qui brillaient à la lumière.

—On est encore invités à un mariage? demanda Summer Zahova, la violoniste à la chevelure de flammes, à Dominik lorsqu'elle remarqua l'invitation épinglée sur le réfrigérateur à côté du menu du traiteur chinois qui faisait le meilleur canard laqué qu'elle ait jamais mangé.

—Non, répondit-il. Je pense que c'est la réouverture de ce club, près de Smithfield. Pas un mariage.

—Dieu merci! commenta-t-elle avec un soupir de soulagement. Je ne pense pas que je puisse en supporter encore un. On y va alors? Ça fait longtemps.

—C'est vrai, répondit-il en posant les mains sur ses hanches et en l'attirant à lui. Je suis étonné qu'Elle ne t'ait pas demandé de jouer pour l'occasion.

—Maintenant que tu le dis, j'ai reçu un coup de fil de mon agent. Elle a dit quelque chose à propos d'une ouverture où je ne suis pas censée mourir, et encore moins jouer.

Dominik se mit à rire.

—Je suppose que tu répètes depuis?

De l'autre côté du parc de Hampstead, Viggo Franck protestait avec véhémence contre sa dernière tâche, sous l'œil perçant de Lauralynn. Il venait juste de terminer son ménage hebdomadaire quand la sonnette de la porte d'entrée avait retenti. C'était le facteur, qui attendait sur le seuil avec un paquet de lettres et un colis qui ne rentrait pas dans la boîte.

— Je me fous que vous soyez la reine d'Angleterre, répondit le facteur quand Viggo lui proposa de lui donner le code de l'alarme par l'interphone afin qu'il puisse ouvrir la porte et déposer le courrier. Ça me suffit pas, mec ; j'ai besoin de votre signature. Je veux pas perdre mon emploi.

Il était inflexible.

— Vas-y, ordonna Lauralynn. Allez.

Elle avait l'air très amusée par la situation, et ses yeux pétillaient.

Viggo s'arrêta et jeta un coup d'œil sur sa tenue. Il portait un costume de soubrette en plastique bon marché. Et il n'était même pas noir et blanc. Pire que cela : la jupe était une horreur rose et blanc, avec un volant énorme qui ne se balançait pas sur ses hanches lorsqu'il marchait, mais qui pendait sur son cul, lui donnant une apparence débraillée qu'il détestait. Il tenait dans la main droite un plumeau assorti avec un affreux manche en plastique.

— Pas la peine de faire comme si tu craignais d'être pris en photo par les paparazzis. Tout le monde s'en fout. Ils savent que tu es un pervers.

Oui, avait-il envie de répondre, *mais il y a pervers et pervers…* Et personne ne savait à quelle catégorie il appartenait. C'est cela qui était amusant.

Mais, en ce qui concernait Lauralynn, il n'arrivait pas à ne pas obéir à ses ordres. Il ouvrit donc joyeusement la porte, avec toute la dignité dont il est possible de faire preuve lorsqu'on est perché sur des talons rose vif, puis revint quelques instants plus tard en portant une pile de lettres et un paquet contenant un nouveau jouet que Lauralynn avait commandé dès qu'elle avait su qu'Elle avait commencé à envoyer les invitations.

—Voilà ton colis, annonça Viggo sans manifester la moindre irritation. Je pense qu'à partir d'aujourd'hui le facteur sera beaucoup plus aimable. Ou alors on ne le verra plus jamais.

L'invitation de Luba voyagea beaucoup plus loin, jusqu'à Darwin. La jeune femme venait d'attacher son vélo devant la bijouterie lorsqu'elle remarqua l'enveloppe qui dépassait sous la porte. Chey était déjà à l'intérieur, mais il était tellement absorbé par la précieuse cargaison d'ambre qu'il avait fini par obtenir qu'il n'avait pas fait attention au courrier.

Il se leva pour la saluer quand elle entra et il replaça d'une caresse les courtes boucles blondes que le casque avait dérangées. Luba avait toujours les cheveux courts. Chaque fois qu'il la regardait, Chey était submergé par le souvenir : c'était lui qui lui avait coupé les cheveux pour qu'elle dissimule plus aisément ses traits féminins après qu'ils avaient réussi à quitter Dublin et à fuir les mafieux russes qui avaient tenté de l'assassiner. Ils avaient refait leur vie en Australie.

Luba posa la pile de prospectus et de factures sur le bureau, et examina l'épaisse enveloppe blanche.

—Il n'y a ni timbre ni adresse, commenta-t-elle avant de l'ouvrir rapidement.

Elle craignait que les ennemis de Chey n'aient retrouvé sa trace, même si elle savait que Viggo Franck, qui les avait aidés à s'échapper cette terrible nuit-là, avec l'aide de Lauralynn, de Summer et de Dominik, avait créé d'infinies diversions pour brouiller leur piste à jamais.

Elle se détendit en voyant les lettres rouges et en lisant la note qui avait été ajoutée en plus de la date et de l'adresse.

—Ç'est en rapport avec le Réseau. Ils veulent que je danse et me disent qu'ils s'occupent de tout.

—C'est sans danger?

—Je les connais bien. Ce sont des magiciens. Ça veut dire qu'on pourrait retourner en Europe et que je pourrais danser une dernière fois.

Il se pencha vers elle et l'embrassa tendrement sur le front.

Neil venait juste de trouver le courage d'abattre le martinet qui lui appartenait sur les fesses nues de Lily lorsque la sonnette de la porte d'entrée retentit.

—Merde! commenta-t-il. Ne bouge pas.

—Je ne vois pas où je pourrais aller, répondit sèchement Lily.

Neil avait reçu une prime substantielle pour avoir conquis un nouveau client et il l'avait utilisée pour transformer son appartement en décor de film tout droit sorti de pervers.com. Lily était pieds et poings liés, entièrement nue, sur une croix de Saint-André qui se dressait dans le séjour.

— C'était important ? demanda-t-elle en entendant ses pas revenir vers le salon.

— Pas autant que ce que je vais te faire, rétorqua-t-il en balançant le carton d'invitation sur le comptoir sans l'ouvrir.

Lorsque vint enfin la nuit, elle fut parfaite. L'air était immobile et glacé. Le givre s'était déposé sur les chemins et les pare-brise, et, lorsque Lily descendit du taxi, son souffle flotta dans l'air comme un nuage.

Neil lui tint la portière et l'aida à attraper la traîne de sa robe grise. Il portait un élégant smoking noir, avec une chemise blanche et un nœud papillon, mais ce n'était que pour faire le trajet. Dans ses bras, il tenait un grand sac de voyage qui contenait, entre autres, un minuscule short en latex sur lequel s'étalait «Propriété de Lady Lily» en lettres argentées.

Lily serra étroitement contre elle son manteau en fausse fourrure. La robe, la même que celle qu'elle avait portée au bal, était magnifique mais pas du tout adaptée aux éléments. Ses Dr Martens crissèrent sur le sol. Elle les remplacerait par ses mules en soie dès qu'ils seraient dans le club. Encore que, si Neil n'était pas sage, il pourrait sentir dès à présent la semelle de ses bottes sur son dos.

—Qu'est-ce qu'il y a dessous, d'après toi? demanda-t-elle à Neil en désignant le rideau de velours noir qui avait été dressé à l'extérieur pour dissimuler le nom du club.

—Aucune idée, répondit-il, mais je suis certain qu'on le saura bien assez tôt.

À l'intérieur, une rangée d'hôtes attendait les invités pour les débarrasser de leurs manteaux et leur faire les honneurs du lieu.

—Préférez-vous une Alice ou un lapin? s'enquit la maîtresse de cérémonie, une petite femme brune aux courbes voluptueuses, dont la robe à volants somptueuse ne laissait aucune place à l'imagination.

Sa peau était entièrement recouverte d'étoiles et de lunes, dans un mélange d'argent, de bleu et de noir, comme le ciel nocturne.

Lily jeta un coup d'œil à la rangée.

—Un lapin, s'il vous plaît, répondit-elle.

Les Alice, constata-t-elle, étaient les danseurs habillés en cygnes du bal. Ils portaient tous des robes bleu roi recouvertes de tabliers en dentelle, avec des gants blancs assortis et des socquettes. Les lapins étaient des femmes, mais, au lieu du traditionnel costume de *Playboy*, elles arboraient des smokings en latex blanc et des hauts-de-forme noirs avec un liseré rouge. Elles avaient toutes un mouchoir rouge plié dans leur pochette et de grosses montres à gousset argenté. Leurs bouches peintes en carmin étaient surmontées d'une fausse moustache finement recourbée.

Un lapin bondit hors de la rangée, et la femme enjoignit à Neil et à Lily de la suivre.

— Par ici, s'écria-t-elle. Je vais vous montrer le chemin.

Ils hâtèrent le pas pour la rattraper alors qu'elle disparaissait au fond de couloirs que Lily n'avait jamais vus, alors même qu'elle avait longtemps fréquenté l'endroit. Ils n'avaient même pas eu le temps d'ôter leurs manteaux ou de se changer.

— Le vestiaire est sur le chemin, cria le lapin comme si elle avait lu dans les pensées de Lily.

La première pièce était peinte en blanc brillant, comme un paysage lunaire. Lily tendit la main. Quelque chose tombait du plafond. Des flocons de neige ou une pluie de cristal. Mais ce n'était ni l'un ni l'autre, juste une illusion d'optique qui donnait l'impression que tout était baigné dans la lumière.

Un long bar courait tout autour de la pièce. Sa surface brillait à cause des petits cristaux posés sur le comptoir. Les nombreux barmans qui officiaient derrière portaient tous un costume de Chapelier fou et ils servaient des cocktails dans un assortiment de verres hauts et de vieilles tasses en porcelaine.

Lily saisit un verre sur le plateau d'un serveur qui passait par là et goûta le breuvage. *Grenadine*, décida-t-elle, en faisant rouler le liquide dans sa bouche. *Et vodka.*

— Tes lèvres brillent, remarqua Neil lorsqu'elle reposa le verre.

— Il y a des paillettes sur le bord du verre.

— On va en être tous couverts d'ici à la fin de la soirée.

— Je suppose que c'est le but, rétorqua-t-elle.

La pièce suivante formait un contraste saisissant avec la première. Les murs étaient peints en noir profond et éclairés par des candélabres. Une lourde odeur d'encens imprégnait la salle.

— Pour ton côté gothique, s'émerveilla Neil.

À l'entrée de la pièce, sur une estrade solennelle, était assis un couple entre deux âges. Ils portaient des costumes victoriens assortis et ressemblaient à des vampires attendant que leurs victimes consentantes s'égarent près d'eux. Ils tenaient tous deux une soucoupe mauve et buvaient dans des tasses identiques. Les paillettes s'étaient répandues ; quand ils sourirent au jeune couple, leurs dents brillèrent de mille feux.

— Elle me dit quelque chose, remarqua la femme. On l'a déjà vue quelque part, non ?

— Mmmm, réfléchit son compagnon. Probablement.

— C'est ce tatouage en forme de larme, Ed. Il me semble le reconnaître.

Mais, avant que Clarissa ait pu mettre le doigt sur le souvenir, le jeune couple avait disparu, entraîné par l'hôtesse qui menait la visite. De toute façon, il y avait fort à parier qu'ils les croiseraient de nouveau plus tard dans la soirée, et certainement de manière plus intime.

—Ouah! commenta Neil. Je me demande si on sera comme ça dans vingt ans.

Lily songea qu'elle allait devoir penser à le bâillonner. Elle n'avait quasiment pas dit un mot depuis qu'ils étaient entrés dans le club. Elle voulait juste s'imprégner de ce qu'elle voyait. C'était merveilleux. Elle avait l'impression qu'elle venait de se réveiller et se retrouvait plongée en plein milieu de la plus heureuse des rêveries conscientes, et qu'elle pouvait y rester aussi longtemps qu'elle le souhaitait.

Un mur d'humidité les frappa quand ils atteignirent le couloir suivant. Ils se trouvaient dans une serre emplie de plantes et de fleurs tropicales. Des oiseaux pépiaient, et une brise légère caressait leurs épaules.

En plein milieu de la pièce se tenait une magnifique femme blonde. Elle était entièrement nue, les bras dressés au-dessus de la tête et peints en mauve lilas. Le regard de Neil se posa immédiatement plus bas. Il se sentit coupable. Il essayait de ne pas faire trop étalage de ses tendances au voyeurisme, mais c'était difficile.

—C'est un pistolet? demanda-t-il à voix feutrée à Lily.

Le minuscule dessin était tatoué juste au-dessus de son sexe. Neil avait compris depuis longtemps qu'il n'était pas le seul à avoir un tatouage dans un endroit que peu de monde pouvait voir. Cette pensée lui plaisait. Il avait l'impression d'avoir enfin trouvé sa place.

—Oui, répondit Lily en souriant. Il faut la regarder danser. Elle est incroyable. Les autres salles peuvent attendre.

Luba déroula ses bras et commença à se balancer. Après quelques instants de silence, les notes claires d'un violon résonnèrent dans la pièce.

Encore *Les Quatre Saisons*, de Vivaldi. Lily leva la tête pour localiser la provenance de la musique. Elle n'avait pas l'impression qu'elle se déversait par des enceintes.

Summer Zahova était suspendue sur une plate-forme en verre près du plafond. Lily n'apercevait que l'éclat de ses cheveux et les courbes familières de son corps. Elle aurait reconnu cette musique n'importe où. La plate-forme se dressait au beau milieu de la pièce, et Summer était nue. Quiconque levait les yeux aurait une vision de ses longues jambes fuselées, et, si elle bougeait un peu et écartait légèrement les pieds, tous auraient la confirmation que c'était une vraie rousse.

Richard, en bon Monsieur Loyal, se tenait à l'arrière-plan, dans toute sa splendeur, maître incontesté de son domaine.

Lily remarqua alors les deux hommes assis au fond de la pièce, quasiment dissimulés par la végétation. L'un était brun et l'autre blond. Ils portaient tous deux un pantalon en latex et un haut en résille. Ils formaient un beau couple malgré leur air un peu timide. Dominés par leurs femmes, comme cela était juste, songea Lily, suffisante. Elle les examina de nouveau et reconnut l'homme à qui elle avait loué le violon il y avait de cela des années.

Dominik.

—Salut, beauté, l'interpella une voix effrontée derrière elle en interrompant brutalement le spectacle.

C'était Lauralynn, vêtue de sa combinaison en latex préférée et de ses bottes à hauts talons. Viggo la suivait à quatre pattes, entièrement nu. Elle avait quand même eu la gentillesse de lui permettre de protéger ses genoux et la paume de ses mains de la dureté du sol avec des protections. Il s'approcha, et Lily manqua d'éclater de rire lorsqu'elle remarqua le plug anal qui dépassait de son cul. C'était une longue queue noire de cochon, en tire-bouchon.

—Ne t'avise jamais de me faire porter ça, siffla Neil à l'oreille de Lily. C'est ma limite.

Lily lui tapota le genou pour le rassurer.

—Hé! s'exclama quelqu'un de derrière une fougère.

Liana et Leroy firent leur apparition.

—On a commencé tôt, expliqua Liana en s'essuyant la bouche sans paraître gênée le moins du monde.

Le pantalon en cuir de Leroy était encore à mi-cuisse, et, lorsqu'il se rajusta, Lily remarqua que son sexe était couvert de paillettes.

—On est tous là, remarqua Lily.

—Je sais, répondit Liana. C'est génial, non?

Lorsque minuit sonna, tous les invités furent conduits à l'extérieur, flûtes à champagne à la main. Certains étaient ivres, d'autres simplement joyeux ; certains habillés, d'autres plus ou moins dévêtus, et ils se déversèrent tous dans l'étroite rue en un cocktail effervescent de cuir, de soie, de latex, de coton, parmi les plus fins, et de tous les tissus existants.

— Et voilà ! cria Elle.

Elle portait un incroyable costume ultramoulant en latex, qui révélait plus de choses qu'il n'en couvrait, et des talons vertigineux incrustés de diamants. Elle tira fermement sur une corde de bondage rose, dévoilant l'enseigne du club. Elle ne s'alluma pas tout de suite, et tous retinrent leur souffle. Puis les néons clignotèrent avant d'exploser en lettres lumineuses.

« 80 notes »

— Le club est baptisé, proclama Elle devant la foule enthousiaste.

Pendant que les invités revenaient dans le club pour poursuivre les festivités, Lily fut bousculée et se retrouva à côté de l'exubérante Elle. La dominatrice suprême lui sourit largement.

— Pourquoi *80 notes* ? s'aventura à demander Lily. Ça veut dire quoi ?

Elle se mit à rire.

— Rien, Lily. C'est quelque chose qui nous est venu comme ça. Ça ne veut rien dire du tout, mais à présent nous pouvons vivre heureux à jamais.

Découvrez les aventures d'Aurelia dans :

80 Notes de nuit
(version non corrigée)

Bientôt disponible chez Milady Romantica

Traduit de l'anglais (Grande-Bretagne)
par Angéla Morelli

Prologue

L'enfant près du lac

L'ENFANT DORMAIT.

La lueur de la lune traversait la fenêtre du motel et les bruits assourdis du lac voisin leur parvenaient, transportés sur le tapis de nuit. Ils reposaient, immobiles, sur le lit étroit. L'Ingénieur et la Dame d'honneur étaient tous deux silencieux, absorbés dans leurs pensées, attentifs au rythme régulier du souffle du bébé, qui accompagnait le murmure des cigales.

—Je ne savais pas que les cigales chantaient la nuit, remarqua-t-elle.

—C'est peut-être à cause de la lumière de l'embarcadère, répondit l'Ingénieur. Ou de la canicule.

—C'est vrai qu'il fait chaud…

Instinctivement, elle lissa le drap qui recouvrait leurs corps du plat de sa main moite, comme si en faisant disparaître les plis, elle atténuait la chaleur suffocante.

— Ce sont peut-être des criquets ou des sauterelles, proposa-t-elle.

— Non, ce sont des cigales, affirma l'Ingénieur. Je reconnais leur chant particulier.

La jeune femme se tut et se tourna vers lui, caressant légèrement sa peau du bout des doigts.

L'Ingénieur soupira, submergé par un incontrôlable sentiment de gratitude. Ils étaient côte à côte, les yeux grands ouverts. Le couffin du bébé était posé sur le sol à côté de sa femme, afin qu'elle puisse garder l'œil sur lui et saisir l'arceau en bougeant de quelques centimètres seulement.

Il pivota vers elle. Sa femme.

Depuis deux semaines seulement.

Ses longs cheveux blonds étaient étalés sur l'oreiller, dorés, royaux.

Il se repassa dans son esprit la courte cérémonie de mariage dans la mairie du village pittoresque où ils avaient trouvé refuge après avoir fui le Bal. C'était dans ce hameau que leur enfant était né. Leur refuge dans la tempête, une petite communauté dans une vallée perdue parsemée de lacs, et sur laquelle ils étaient tombés par hasard.

Ils avaient violemment débattu : ce joli mais touristique rassemblement de cottages de cartes postales, de boutiques de souvenirs et de chalets autour d'un petit lac était-il vraiment le meilleur endroit où se cacher ? Ils en avaient finalement décidé ainsi. Vivre au sein du flot sans cesse renouvelé de visiteurs était une façon de se dissimuler. Le printemps était bien avancé et le terme était prévu pour le début de l'été. En arrivant en bus, ils avaient remarqué un petit hôpital non loin du village. De plus, ils savaient qu'ils ne pouvaient pas fuir éternellement. Cet endroit en valait bien d'autres.

La cérémonie n'en avait pas été vraiment une. Le maire portait un costume noir et une cravate sombre et ils avaient eu pour témoins la sage-femme du coin, qui avait présidé à l'accouchement, et le propriétaire de l'auberge dans laquelle ils avaient logé à leur arrivée. Ils ne connaissaient personne d'autre en ville. Tout avait été expédié en dix minutes et la seule touche de couleur avait été apportée par un bouquet de roses rouges que l'Ingénieur avait assemblé à la hâte. Le bébé, dans son couffin, était resté silencieux pendant l'échange des vœux durant lequel ils avaient ânnoné les mots de rigueur avant d'être déclarés mari et femme.

L'Ingénieur tendit la main et passa les doigts dans les longs cheveux de sa femme. Il avait l'impression de caresser de la soie, ce qui l'apaisait et l'excitait tout à la fois. Il inspira profondément afin de s'immerger dans l'instant. De le faire durer.

Si l'enfant avait été un garçon, ils auraient pu décider de rester un certain temps là où ailleurs, et envisager de se poser quelque part, afin d'échapper à la route et à leur fuite sans fin. Mais cette possibilité leur avait été refusée. Le Bal ne permettrait jamais à la fille de la Dame d'Honneur d'échapper à son destin.

—Tu ne peux pas dormir, n'est-ce pas? demanda sa femme.

—Non.

Elle bougea à ses côtés et, se laissant glisser sans effort dans le creux au milieu du matelas, qui portait l'empreinte des centaines de couples qui s'étaient succédé dans le lit avant qu'ils n'en héritent, elle se blottit contre lui. Il dormait nu, et elle avait pour habitude de porter une fine chemise de nuit en coton qui était à présent remontée au-dessus de sa taille.

Le contact fut électrique. Comme toujours depuis la première fois que leurs corps s'étaient frôlés, une nuit d'été une année plus tôt alors qu'ils travaillaient tous deux au Bal.

Leurs lèvres se trouvèrent.

Exactement comme lors de cette nuit fatale, pendant que les feux d'artifice rugissaient dans le ciel au-dessus des champs lointains, marquant le début de la bacchanale, une palette multicolore de feu, d'étincelles et de flammes baignant le paysage dans un rideau de magie.

Leurs cœurs battaient à l'unisson.

Aujourd'hui comme hier.

L'Ingénieur enlaça sa femme tout en chassant les bruits imaginaires du dernier Bal auquel ils avaient participé. Il se souvint combien ils s'étaient délectés de cette première étreinte qui avait semblé ne jamais prendre fin. Tout avait disparu autour d'eux, les laissant seuls au milieu d'un cocon de silence et de tendresse, vacillants, suspendus dans la brise flottante de leur propre souffle, la douceur de leur peau, le désir qui se lisait dans leur regard.

Ils avaient alors immédiatement su tous les deux qu'ils avaient attendu cet instant toute leur vie.

Elle avait murmuré son prénom, comme pour ne pas l'exposer aux oreilles indiscrètes. L'Ingénieur avait chuchoté le sien en allongeant chaque syllabe et en caressant chaque son.

Cramponnés l'un à l'autre comme si leurs vies en dépendaient, ils s'étaient contemplés, cherchant leurs mots, les mots justes, les mots faux, n'importe pourvu qu'ils puissent s'y raccrocher.

— On n'a pas le droit, avait-elle dit sans toutefois le lâcher. On ne peut pas être ensemble.

Elle avait frissonné.

— Tu sais ce qu'il advient à l'aube, n'est-ce pas ? avait-elle poursuivi.

— Oui, avait acquiescé l'Ingénieur.

C'était lui qui avait conçu la console de cérémonie. Il ne pouvait pas faire semblant de ne pas savoir.

Elle serait inscrite pour la première fois.

Elle serait marquée une fois pour toute comme la Dame d'honneur.

Ils avaient fui.

Tout en sachant qu'ils seraient inévitablement poursuivis.

Jusqu'au bout du monde.

— Serre-moi fort, ordonna sa femme.

L'Ingénieur revint au présent. À la chambre suffocante malgré les fenêtres grandes ouvertes qui n'allégeaient en rien la chaleur de plomb. Ses doigts s'attardèrent sur sa chevelure avant de caresser ses épaules nues. Elle avait la peau moite.

La petite main de sa femme caressa sa poitrine nue, ses ongles glissèrent tendrement sur sa peau, l'attirant à elle. Il sentit son rythme cardiaque s'accélérer. Ils n'avaient pas fait l'amour depuis la naissance du bébé. Ils n'en avaient pas parlé, c'était comme ça, c'est tout. Ils attendaient le bon moment.

Le matin, il l'avait regardée se doucher à travers la porte entrouverte de la salle de bains. Son corps, d'une blancheur de porcelaine, brillait sous le jet d'eau comme un joyau et l'Ingénieur avait senti sa poitrine se contracter. Il était submergé par l'apaisante familiarité de son désir pour elle. Il savait que ça ne s'arrêterait jamais.

Il y eut un bruit assourdi. Le bébé avait régurgité ou hoqueté.

Ils s'éloignèrent l'un de l'autre.

—Elle se réveille ?

Sa femme jeta un coup d'œil de son côté du lit.

—Non. C'est trop tôt, je pense.

Juste à ce moment-là, comme en réponse espiègle à l'affirmation de sa mère, l'enfant ouvrit grand les yeux, dévoilant des pupilles sombres qui illuminèrent son visage potelé.

Ses parents sourirent.

Le bébé les contempla en silence, inquisiteur.

— Tu as faim ? demanda la mère à l'enfant.

Elle fit glisser la bretelle de sa chemise de nuit, découvrant ainsi un sein gonflé au téton délicatement rosé. Sans changer d'expression, le bébé se mit à téter dans le vide.

— Elle a toujours faim, constata l'Ingénieur.

Sa femme se pencha, prit sa fille dans ses bras et la cala contre sa poitrine.

— On ne lui a toujours pas choisi de prénom, remarqua-t-il.

Jusqu'à présent, ils s'étaient contentés de la nommer affectueusement «Boulette», sans arriver à se décider pour un nom. Chaque fois qu'ils pensaient être parvenus à se mettre d'accord sur un prénom, ils le rejetaient le lendemain matin parce qu'il était inintéressant, inapproprié, banal ou complètement à côté de la plaque.

— On va bien finir par trouver, dit l'Ingénieur, qui contemplait sa femme et sa fille avec une fascination sans faille.

Une fois nourri et changé, le bébé se rendormit rapidement.

— Elle va dormir quelques heures, assura sa femme.

L'aube pointait à travers la fenêtre ouverte du chalet, baignant la pièce de son éclat frémissant. La température remontait déjà et le chant monotone des cigales montait crescendo.

Dans son couffin, l'enfant n'avait pas l'air troublée par la chaleur. Elle était calme, les cheveux bruns mal répartis sur son petit crâne, le souffle régulier, rassurant.

—J'ai besoin de prendre l'air, annonça sa femme en s'essuyant le front.

—Je ne pense pas qu'il fasse moins chaud dehors, fit remarquer l'Ingénieur.

—Près du lac, si, peut-être, répondit-elle en regardant avec envie en direction de la calme étendue d'eau au-delà du rideau d'arbres qui encerclait le motel et ses cottages.

Le parking à l'entrée était désert. Ils étaient seuls ce jour-là.

Il baissa les yeux vers le couffin posé sur le sol, entre le lit défait et le mur.

—Et l'enfant? demanda-t-il.

—Elle vient juste de téter, fit observer sa femme. Elle va dormir jusqu'à midi, ou au moins onze heures. Ne t'en fais pas pour elle. On ne sera pas absent plus d'une heure.

—D'accord, accepta l'Ingénieur avec réticence.

Ils se penchèrent sur le couffin et déposèrent un baiser sur le front de leur fille, comme s'ils recherchaient à être absous pour leur absence momentanée. Ils sortirent ensuite et parcoururent au pas de course les quelques centaines de mètres qui les séparaient du lac.

—Nous sommes suffisamment près pour l'entendre pleurer. Elle a un sacré coffre, notre petite, remarqua la Dame d'honneur.

Main dans la main, ils marchèrent pieds nus sur l'herbe et traversèrent le rideau inégal de hauts chênes, avant de déboucher sur la rive de boue sèche du petit lac. Une petite jetée branlante surplombait l'eau immobile et soudain, une brise infime et légère s'éleva des faibles profondeurs de l'eau comme par magie et caressa leur peau, chassant faiblement la chaleur montante du jour qui débutait.

Les planches irrégulières étaient tièdes sous leurs pieds et ils s'éloignèrent de quelques mètres du bord du ponton.

À cette distance des arbres et des champs, le chant incessant des cigales s'était estompé, et le jeune couple était environné par un silence irréel.

Une rafale de vent venue de nulle part fit soudain frémir les frondaisons des arbres derrière eux ; le craquement brutal des branches et le froissement des feuilles laissés dans son sillage atteignirent les oreilles de l'Ingénieur. Par réflexe, il pivota rapidement et crut apercevoir une ombre qui courait entre deux arbres, avant de s'évanouir comme un spectre. Une soudaine angoisse le saisit.

—Que se passe-t-il ? demanda sa femme en sentant la soudaine tension de son mari.

—Je ne sais pas, répondit-il. J'ai cru que quelqu'un nous épiait.

—Tu as un nouvel accès de paranoïa, commenta-t-elle. Et puis de toute façon, quelle importance ? Nous sommes mariés, je te rappelle, et ce ne serait pas la première fois qu'on nous verrait nus, n'est-ce pas ?

Il contempla quelques instants de plus l'espace entre les deux arbres, puis fit face à sa femme.

—Ce n'est rien. Ne t'inquiète pas.

Il ne lui avait pas dit que la veille, alors qu'il était descendu au village pour acheter des provisions et du lait frais, il avait croisé un couple d'étrangers dont l'accoutrement différait de l'habituelle tenue des touristes de la région. Il avait remarqué que la femme le regardait étrangement. Cependant, il ne les avait jamais vus au Bal, ni elle ni l'homme qui l'accompagnait. Il avait rapidement chassé l'idée qu'ils puissent être sur leurs traces, mais cette pensée s'était manifestement enracinée en lui et elle refaisait surface à cet instant.

—Je t'aime, dit l'Ingénieur.

Sa femme pivota vers lui et lui sourit de cette façon qui faisait fondre son cœur puis, presque au ralenti, elle fit glisser les bretelles de sa chemise de nuit, et laissa le fin vêtement tomber à ses pieds. Elle ne portait rien dessous. Les premiers rayons du soleil jouaient sur ses tresses blondes et couronnaient les brins dorés d'un halo délicat.

Cloué sur place par la beauté de sa femme, qui attendait, immobile, les pieds légèrement écartés, l'Ingénieur retint son souffle. Il buvait des yeux le moindre détail du corps qu'elle venait de dévoiler, les indescriptibles teintes de rose de ses tétons, sa cage thoracique que l'on devinait sous la peau blanche, le feu sombre de son buisson, la courbe élégante de ses hanches, l'exquis cercle de sa cheville et le bracelet qu'il lui avait toujours connu. Il leva les yeux et leurs regards se croisèrent. Son âme plongea dans les profondeurs de son être.

Il s'approcha et l'embrassa, s'abandonnant à la douceur de ses lèvres. La peau nue de sa femme s'enroula autour de la sienne. Leur étreinte sembla durer une éternité ; le temps suspendit sa course pour eux.

Elle finit par reculer. Il avait les yeux fermés.

Le soleil se levait par-delà l'horizon tremblotant derrière lui et gagnait en force de minute en minute. Ses rayons féroces caressaient son dos nu et, pendant un bref instant, il fut étourdi. Il ne savait pas ce qui était le plus chaud, des rayons tranchants et lents qui voyageaient dans son dos ou du brasier de sa bouche, qui jouait avec son sexe comme elle seule savait le faire.

L'Ingénieur émit un petit cri.

— Pas maintenant. Pas comme ça, protesta-t-il. Je veux être en toi.

Ce serait la première fois qu'ils feraient l'amour depuis la naissance de leur fille et il voulait que ce moment soit inoubliable.

Sa femme se détacha de lui et il s'agenouilla à ses côtés. Le bois rugueux des planches de la jetée le rappela à l'inconfortable réalité. Il tendit le bras vers la chemise de nuit, qu'il étala sur le sol, avant d'étendre délicatement dessus sa femme et de lui écarter les jambes.

Elle étendit les bras de part et d'autre et son corps s'ouvrit comme une croix, prêt à accueillir l'invasion imminente et bienvenue.

BRAGELONNE – MILADY,
C'EST AUSSI LE CLUB :

Pour recevoir le magazine *Neverland* annonçant les parutions de Bragelonne & Milady et participer à des concours et des rencontres exclusives avec les auteurs et les illustrateurs, rien de plus facile !

Faites-nous parvenir votre nom et vos coordonnées complètes (adresse postale indispensable), ainsi que votre date de naissance, à l'adresse suivante :

Bragelonne
60-62, rue d'Hauteville
75010 Paris

club@bragelonne.fr

Venez aussi visiter nos sites Internet :
www.bragelonne.fr
www.milady.fr
graphics.milady.fr

Vous y trouverez toutes les nouveautés, les couvertures, les biographies des auteurs et des illustrateurs, et même des textes inédits, des interviews, un forum, des blogs et bien d'autres surprises !

Achevé d'imprimer en août 2014
N° d'impression 1407.0102
Dépôt légal, septembre 2014
Imprimé en France
81121272-1